極秘調査ファイル2

浅見光彦の真実

浅見光彦シリーズ主要登場人物

浅見光彦《あさみみつひこ》……フリーのルポライター。浅見家の次男坊。

浅見雪江《ゆきえ》……光彦の母。光彦にとって非常に怖い存在。

浅見陽一郎《よういちろう》…光彦の実兄。警察庁刑事局長。

浅見和子《かずこ》……陽一郎の妻。

浅見智美《さとみ》……陽一郎の長女。高校生。

浅見雅人《まさと》……陽一郎の長男。中学生。

吉田須美子《よしだすみこ》…浅見家のお手伝い。

藤田克夫《ふじたかつお》……『旅と歴史』編集長。人使いが荒い。

内田康夫《うちだやすお》……推理作家。通称軽井沢のセンセ。

監修者まえがき――浅見光彦《あさみみつひこ》を囲む五つの世界

内田康夫《うちだやすお》

浅見光彦のすべてを知る「極秘調査ファイル」のいわば第一集ともいうべき『浅見光彦の秘密』では、浅見光彦自身の外見・内面を徹底分析しました。浅見の言動からばかりでなく、雪江《ゆきえ》未亡人をはじめとする浅見家の人々や、軽井沢のセンセをはじめとする友人・知人、それに浅見に仄《ほの》かな恋心を抱いたかもしれない女性たちに到るまで、彼らの浅見に対する思いを通して、浅見の人となりを推《お》し量《はか》ったのです。

しかし、考えてみると、浅見の周囲にいて浅見を観察したり批評したりする、そういう人々自身のことはあまり紹介されていませんでした。浅見がどういう世界で生きていて、どういう人々と関わりを持っているのか――こそが、じつは浅見光彦像を形作る要因であるはずなのです。

浅見光彦はふだんは浅見家というしごく平和な、ある意味ではどこにでもありそうな家庭の中で、のんびりと居候《いそうろう》生活を送っているかのように見えます。近頃は「パラサイト・シングル」などという、洒落《しゃれ》た呼び方で、親離れをしないで、いつまでも生まれた家の厄介《やっかい》になっている独身者が脚光を浴び（？）ているような世相です。したがってわが居候次男坊も、それほど肩

身の狭い思いをしなくてもすむ。ただし、それは彼もその恩恵を身にしみて感じているように、浅見家の人々の優しさ、温かさがあればこそです。

いったい、その人たちの好ましい性格はどこからきたものなのでしょう。外見やふだんの言動からだけでは計ることのできない、本質的な部分は、僕の拙《つたな》い文章でもそれなりに伝わっているのではないでしょうか。

たとえば、雪江未亡人はどちらかといえば昔風の硬骨漢《こうこつかん》のサンプルみたいな女性ですが、しかしそれだけではない。若い人たち以上に世の中のことが分かっているのに、あえて時流に逆《さか》らおうとしているようなところがありそうです。

賢兄・陽一郎《よういちろう》にしても、ガチガチの警察官僚の権化《ごんげ》のようでいて、じつは豊かな人間性を持ち、時にはちょっとした茶目《ちゃめ》っ気《け》さえ発揮するといった、融通無碍《ゆうずうむげ》で包容力のある一面を備えているのです。

お手伝いの須美《すみ》ちゃんにいたっては、人情味がありすぎて、いつもわれわれをハラハラさせます。若い女性の心理は複雑で、彼女の本心はなかなか見抜くことがむずかしい。光彦坊っちゃまにそこはかとない恋心を抱いているらしいのですが、そんなことはおくびにも出せない。僕などはそういう健気《けなげ》な彼女を見ていると、ときどき可哀相に思えてなりません。

そのほかの家族――陽一郎夫人の和子《かずこ》、姪《めい》っ子《こ》の智美《さとみ》、甥《おい》っ子《こ》の雅人《まさと》等々の、ちょっとした

言葉の端々にも、次男坊の居心地《いごこち》をよくする「思いやり」というエキスが込められています。もっとも、時には雅人が食卓で「イソーローって何？」などと発言して、全員の心臓を凍りつかせるような「事件」もないではありませんが。

浅見光彦のキャラクターを決定した要素の最初は、やはり彼の家族・家庭環境にあるといっていいでしょう。彼がオギャーと生まれた時からいまに到るまで、そしてこれから先も、浅見は「家族」というしがらみの中で生きていかなければならない。もし彼が何かのハズミで結婚するようなことになれば、さらにその上に新しい家族が増殖することになります。この「家庭環境」こそが、浅見光彦の人物像を形作る「世界」です。

浅見家の家庭環境はある意味では理想的だといえそうです。居候次男坊の微妙な立場にしたって、母親に「いつまでもいてほしい」と言わせるほど、じつは安定しています。それに引き替えわが家は――と思うのは僕だけではありますまい。あなたのお宅はいかがですか？　近頃は「家庭崩壊」「学級崩壊」など、「ああほうかい」と言いたくなるほど珍しいことではなくなっています。考えてみると、浅見家は、かつてはごく当たり前だった家族関係のありようを具現化したものだったのです。それが理想的に見える現代は、やはり病《や》める時代なのでしょうか。

ところで、われわれが浅見光彦の行動や思考に触れるきっかけは、じつは彼が何かの事件に遭遇した時からなのでした。そういうことでもなければ、ただの居候次男坊など、誰が興味を

抱く気になるものですか。しかし浅見はひとたび事件捜査に関わるやいなや、まさに水を得た魚のように生き生きとして、われわれを魅了します。そういう意味からいえば、「事件捜査」こそが、浅見光彦の本領を発揮させる「第一の世界」というべきなのかもしれません。

政治や企業を巡る利権の構造、金銭を巡る肉親同士の相剋《そうこく》、愛情のもつれから殺人を犯してしまった事件……と、当然のことながら事件には醜悪で不愉快なことがつきものです。世の中の裏側を知れば知るほど、人間誰しも純粋さを失い、汚れてゆくのがふつうなのに、浅見光彦は違います。事件のストーリーを解明する過程で、浅見はさまざま出来事と出会い、怒り、悩み、ときには苦しみながら、自分の内面を磨《みが》きあげてゆくのです。

たとえば「サッカーくじ問題」など、知らないままで過ぎてしまえば、文部省がバクチの胴元を務《つと》めるなどという理不尽を、永久に疑問に思わなかったかもしれない。この例のように、たまたま殺人事件が起きて、それに関わったことで生まれた知識は数えきれません。つまり、事件が浅見光彦を教育する反面教師といっていいでしょう。

そこでこの本では、浅見光彦が関わった事件を「第一の世界」として、まずその世界へ通じる扉を開けていただくことにします。不思議の国のアリスのように、あなたが第一の扉を開ければ、その向こうには浅見が歩いた「事件の国」があるというわけです。そこでは浅見が出会った警察官を始めとする行きずりの人々にまた会えることになっています。『後鳥羽《ごとば》伝説殺人

事件』で浅見が初めて探偵まがいの道を踏み出すきっかけを作った、広島県三次《みよし》署の野上《のがみ》部長刑事と、思いがけなく『鞆《とも》の浦《うら》殺人事件』で再会したことも、(ああ、そんなことがあったな——)と懐《なつ》かしく思い出しました。

第二の扉の向こうには「仕事の国」があります。一歩外に出れば藤田《ふじた》編集長をはじめとする、きびしい現実の世界が待っています。そこでは浅見の本来の稼業である「ルポライター」としての仕事ぶりを見ることができます。僕も、ともすると忘れがちなのですが、彼はルポライターとしても、そこそこの活躍をしているのでした。時には兄・陽一郎の立場を危《あや》うくし、国会の法務委員会などで代議士連中に吊《つ》るし上げられる原因になったりもするけれど、たとえば『佐《さ》渡《ど》伝説殺人事件』のきっかけとなった宗教論など、なかなかタンゲイすべからざるものもあります。

第三の扉を開けると、冒頭で書いたような浅見家の風景——というより、浅見家の住人、一人一人のプロフィールが分かる世界です。雪江未亡人はもとより、須美ちゃんの生い立ちがどんなものだったかを、あらためて知ることができるでしょう。

第四の扉は交友関係の世界へ誘《いざな》います。少年時代から学生時代、そして三流サラリーマンを振り出しに、いくつもの職業を転々としてきた頃に知り合った人々が、現在の浅見の「探偵稼業」に係わっていることが分かります。たとえば学生時代に応援団長として付き合いのあった

漆原宏《うるしばらひろし》が変死した事件など、その典型といえます。

　そして第五の扉はいよいよ女性関係の世界へ通じています。整理してみると、浅見光彦という男、羨《うらや》ましいほどの数の女性と知り合い、呆れるほど簡単に別れていることが分かります。男の僕でなくても、女性の目から見てもじれったいと思うのではないでしょうか。

　しかし、そういう中にも何度か、きわめて「危険」な状態に大接近したことがある。浅見がキスをして、結婚の約束までした（と思われる）女性が存在することを、あなたもご存じでしたか？　そういう不届きな経歴がありながら、いや、あるいはその思い出を大切にするために、浅見はいつまでも独身を続けているのかもしれません。

　といったようなわけで、本書では浅見光彦を巡る人々を網羅《もうら》し、分析しています。もちろんその中には「軽井沢のセンセ」も登場します。この本は浅見光彦倶楽部のスタッフによる労作で、折にふれ僕が監修しました。ただし、「軽井沢のセンセ」の項目に関しては秘密裡《り》に作成されました。いったい僕がどんなふうに書かれているのか、じつはまだ読んでいません。読むのが怖いからです。

二〇〇〇年夏

目次

監修者まえがき――浅見光彦を囲む五つの世界　3

第一の扉～事件が浅見を呼んでいる?　15

事件に関わるきっかけ　17
軽井沢のセンセからの依頼／ボディガードを依頼されて／兄・陽一郎《よういちろう》からの密命／第一発見者になり／容疑者にされて

浅見がもらった捜査費用　31
母の依頼金額／兄の依頼金額／金額が明示されない依頼

事件の収支は?　34

事件解決までの日数　36

結末のゆくえ　38

被害者の死因　40

お世話になった本部長たち　41

交友のあった警察官～おなじみの刑事たち　45
交友のあった警察官～ゆきずりの刑事たち　53

第二の扉～ルポライターは天職か？　65

浅見の書いたルポ・エッセイ　67
浅見が売り込んだルポ／依頼された原稿
浅見の持ちかけたウソ企画　77
一つの事件でかかった金額　84
歌枕殺人事件支出報告書／藍色回廊殺人事件支出報告書
取材先で食べたもの　89
警察署でお食事／センセに奢《おご》ってもらった食事／
雪江の奢り／浅見が自前で食べた高級料理
浅見が旅先で購入したお土産　101
浅見が購入した資料　108

第三の扉～この浅見にしてこの家族あり？　111

浅見家とは　113

父・秀一《しゅういち》　124

母・雪江《ゆきえ》　129

嫁いでからの思い出／夫の浮気相手と対決？

秀一と雪江の子供たち　135

長男・陽一郎《よういちろう》一家　138

陽一郎の青春／和子は夫をどう思っているか／浅見家の嫁姑問題

お手伝い・須美子《すみこ》　146

平塚亭《ひらつかてい》　149

第四の扉～類は友を呼び、浅見は事件に遭遇する？　151

学生時代の友人たち　153

浅見の交友録　160

マスコミ関係の知りあい 166

第五の扉～浅見が結婚しない理由《わけ》？ 171

女性に対する浅見の考え・態度 173
結婚願望は／女性を美しいと思うときは？／愛する定義／
自分の裸に／女性は恐い……
ヒロインの年齢 186
ヒロインの容姿 190
ヒロインとの出会い 191
ヒロインの服装 193
特殊な職業のヒロインたち 194

ヒロイン一覧 196

追加報告書～浅見光彦倶楽部《くらぶ》について　281

その一　浅見光彦倶楽部　283

倶楽部に関する謎　283

浅見さんは何番なのか？／センセはいつもドラマに登場するのか？／テレホンサービスでセンセの美声が聞けるのは本当か？／どんなグッズがあるのか？

会報「浅見ジャーナル」に関する謎　288

会員が選んだ次世代浅見役一位は誰？／会報でセンセのミステリーが読めるのは本当？／浅見さん宛にメッセージを送ると、答えてくれるって本当？

倶楽部主催のイベントに関する謎　292

「軽井沢のセンセを囲む会」はどんなことをするのか？／エリアスタッフって何？

その二　クラブハウス　297

クラブハウスは見つからない？／展示品には「幻のあの絵」があるって本当？

その三「ティーサロン 軽井沢の芽衣《めい》」

「軽井沢の芽衣」はなぜ建てられたのか？／「軽井沢の芽衣」ではセンセ夫妻に会えるか？ 304

浅見光彦度チェック 310
編著を終えて 312
内田康夫著作リスト 314
浅見光彦全国制覇マップ 318
索引 324

本文写真・浅見光彦倶楽部事務局 坂本利幸
本文イラスト・緒方環 磯田和一
カバー装幀・中原達治

第一の扉

〜事件が浅見を呼んでいる?

第一の世界へようこそ。

ここでは、浅見光彦が関わった「事件」についてご紹介しましょう。

記念すべき第一作『後鳥羽伝説殺人事件』以降、浅見は様々なきっかけから難事件に遭遇し、個性豊かな刑事たちと出会ってきました。

いったい、浅見にとって事件とは何なのか……。本当は事件に関わることをどう考えているのか。この世界を覗いてみれば分かるかもしれません――。

事件に関わるきっかけ

妹の死の真相を突き止めた『後鳥羽伝説殺人事件』で、浅見は探偵としての才能に目覚め、その後もいろいろな状況から事件に関わりをもつ。家族や友人からの調査依頼を受けて、第一発見者として、そして時には殺人事件の容疑者としても関わっている。

◆友人・知人からの依頼

浅見は友人が少ないと言いながら、結構、学生時代の友人からも、相談や探偵依頼をされている。

『平家伝説殺人事件』の堀《ほり》ノ内《うち》を始め、『斎王《さいおう》の葬列《そうれつ》』の高校同窓生・白井《しらい》、『津軽《つがる》殺人事件』の村上《むらかみ》、『琵琶湖《びわこ》周航殺人歌』の相川《あいかわ》など。『鄙《ひな》の記憶』では、高校の同窓生で、浅見に想いを寄せていたらしき女性から、夫の死の真相を探って欲しいと手紙が届いたのがきっかけだった。幼なじみである野沢光子《のざわみつこ》のアリバイを証明したことから事件に興味を持ったのが『「首の女《ひと》」殺人事件』で、光子の姉からも脅迫電話の件で相談を受ける。この事件ではその他にも、「久

しぶりに旅情が騒いだから」という理由を浅見自身が挙げている。

知人から、相談を持ち込まれることも度々ある。『「紅藍《くれない》の女《ひと》」殺人事件』では、軽井沢のテニスコートで知り合った三郷夕鶴《みさとゆづる》に呼び出され、「はないちもんめ」の童謡について訊《たず》ねられる。その最中に事件が起こり夕鶴と共に行動する。

『歌わない笛』では、かつて『高千穂《たかちほ》伝説殺人事件』で知り合った本沢千恵子《ほんざわちえこ》から事件の話を聞いて、「近い内に、現地へ向かう予定です」と答える。しかし、取材もなしに二泊三日の旅をするのは、居候《いそうろう》には限界であったらしく、現地から『旅と歴史』の藤田《ふじた》編集長に電話で、リポートの売り込みをし、最低限、旅費だけは確保した。

軽井沢のセンセが浅見の事件簿を次々と発表するので、最近では、取材先で「名探偵・浅見光彦」のファンに出会うこともある。『遺骨《いこつ》』では、早良《さわら》親王の取材で訪れた常隆寺《じょうりゅうじ》の住職夫人が浅見のファンだった。そこの住職が、ある男の残したお骨について助けを求めてきたことから、事件に興味を持つ。

浅見家の親戚に関しての記述が少ない中で、珍しく遠い親戚の大学生が登場し、浅見に助けを求めてきたのが『薔薇《ばら》の殺人』である。浅見家の女性陣が皆出払っていて、浅見が留守番を仰《おお》せつかった時のことであった。

◆刑事からの依頼

浅見の助言によって解決した事件が多々あるにもかかわらず、総体的に刑事たちは、「本職である警察官が素人《しろうと》の力に頼るなど沽券《こけん》に関わる」と思っている。だから、刑事が浅見に、行き詰まった事件について意見を求めたり、相談を持ちかけたりすることは、極めて珍しいことである。

例えば『津軽殺人事件』で浅見家に話を持ち込んだ、赤坂《あかさか》署の堀越《ほりこし》部長刑事。『琥珀の道《アンバー・ロード》殺人事件』で、単独意見を浅見に持ちかけた戸塚《とつか》署の刑事課長・橋本《はしもと》警部。浅見家の菩提寺《ぼだいじ》がからんだ事件『鐘《かね》』で、浅見を引っぱり出しに来た警視庁捜査一課の主任捜査官、升波《ますなみ》警部などで、数は少ない。これらの警察官との詳しいいきさつは、後述「交友のあった警察官」の項をお読みいただきたい。

◆軽井沢のセンセからの依頼

内田康夫《うちだやすお》から依頼があるときは、ほとんどなかば強引に一方的に頼まれてしまい、断るスキさえ与えられない。頼まれればいやとは言えない浅見の性格を見越しているのだ。そんな内田が、いつもの調子の良さとは少し違う様子で、「ちょっと頼みたいことがあるのだけど」と、

神妙な声で電話してきたのが『上野谷中《うえのやなか》殺人事件』である。内田の小説の読者からの依頼で、冤罪《えんざい》を晴らしてくれというものだった。内田に断ったつもりで忘れていたら、その人物の自殺記事が出て、浅見は「あっ」と声をあげてしまう。そして事件解明に奔走《ほんそう》する。

　その『上野谷中殺人事件』を読んで、浅見こそ父を助けてくれる、と信じた女性が、『「紫《むらさき》の女《ひと》」殺人事件』の曾宮一恵《そうみやかずえ》だった。彼女の依頼は内田を通して浅見に届く。しぶる浅見に前回の上野谷中の一件を持ち出し「行ってあげないと、彼女は本当に死ぬかもしれないよ」と内田は脅《おど》したのである。

　高島平《たかしまだいら》団地近くで起きた殺人・死体遺棄《いき》事件の捜査が進展しないので、被害者の知人で作家の樹村昌平《きむらしようへい》が、同じ作家仲間の内田に話を持ち込んだ。そして、内田は「大して面白くなさそうな事件だけど、ためしにちょっと覗いてきてみてよ」と、浅見に探偵の仕事を持ち込んだのが、『若狭《わかさ》殺人事件』である。被害者の夫人からも一緒に犯人を捕まえてくれと言われ、内田から改めて取材目的で事件の捜査を依頼される。

　未解決のまま終結した『軽井沢通信』では、K氏の冤罪《えんざい》事件を内田が依頼され、内田から浅見に調査依頼が回ってくるし、『黄金《おうごん》の石橋《いしばし》』では、内田を通して榎木孝明《えのきたかあき》氏の母の事件を依頼される。このように、内田からくる事件の依頼は、内田本人ではなく、内田が頼まれたモノを浅見に押しつけてくる場合がほとんどである。内田自身のことを浅見に相談したのは、「内田家

の墓に花を供《そな》える女性を捜して」というもので『記憶の中の殺人』という事件に発展した。他に、東京のホテルでカンヅメになったときは、「浅見ちゃん助けて」とSOSし、「逮捕される」と言わんばかりに怯《おび》えてホテルまで呼び付けたことから浅見が関わったのが『鞆《とも》の浦《うら》殺人事件』である。

◆藤田編集長からの紹介・依頼

いつもは浅見が事件を調べたいばかりに藤田を騙《だま》して取材費用を勝ち取るのだが、『透明な遺書』では、藤田の方が、喜多方《きたかた》の取材を口実に、友人の死を浅見に探って貰《もら》おうとする。

藤田からの依頼も内田と同様に、知人に頼まれたのを「そういう件は浅見に丁度良い」といって回してくるのがほとんど。藤田と内田の二人だけは、浅見を頭から私立探偵扱いしている。『須磨明石《すまあかし》』殺人事件』では、藤田の紹介で、大手J新聞社大阪支社のエライさんが依頼にやって来た。大手に自分の記事が載ると思って喜んだ浅見だったが、いきなり事件の依頼が持ち込まれ、当てが外れてがっかりする。断ろうと思うが一応話だけは聞くことになり、そうなれば好奇心の塊《かたまり》のような浅見が、話だけを聞いてすむハズもなく、依頼を快諾《かいだく》したのは言うまでもない。

記録的な暑さの夏の余韻《よいん》も覚《さ》めやらぬ頃、藤田から「ひまかね」と札幌《さっぽろ》裏参道取材を依頼さ

れたのが『札幌殺人事件』。しかし、これにはウラがあって、実は藤田がある女性から行方不明者の捜査を依頼されていたのだ。藤田が事件のあらましを一方的に喋《しゃべ》るうち、浅見は、悪い癖だとは思いながら、しだいに藤田の話す「事件」の世界にのめり込んでしまう。

『ユタが愛した探偵』の依頼人・福川《ふくかわ》も藤田の紹介で浅見家にやって来たが、藤田の方は「適当にあしらって帰してくれていいから」という気のないものだった。社長の死を殺人と証明してくれたら保険金十億円の一%、

事件に関わったきっかけ

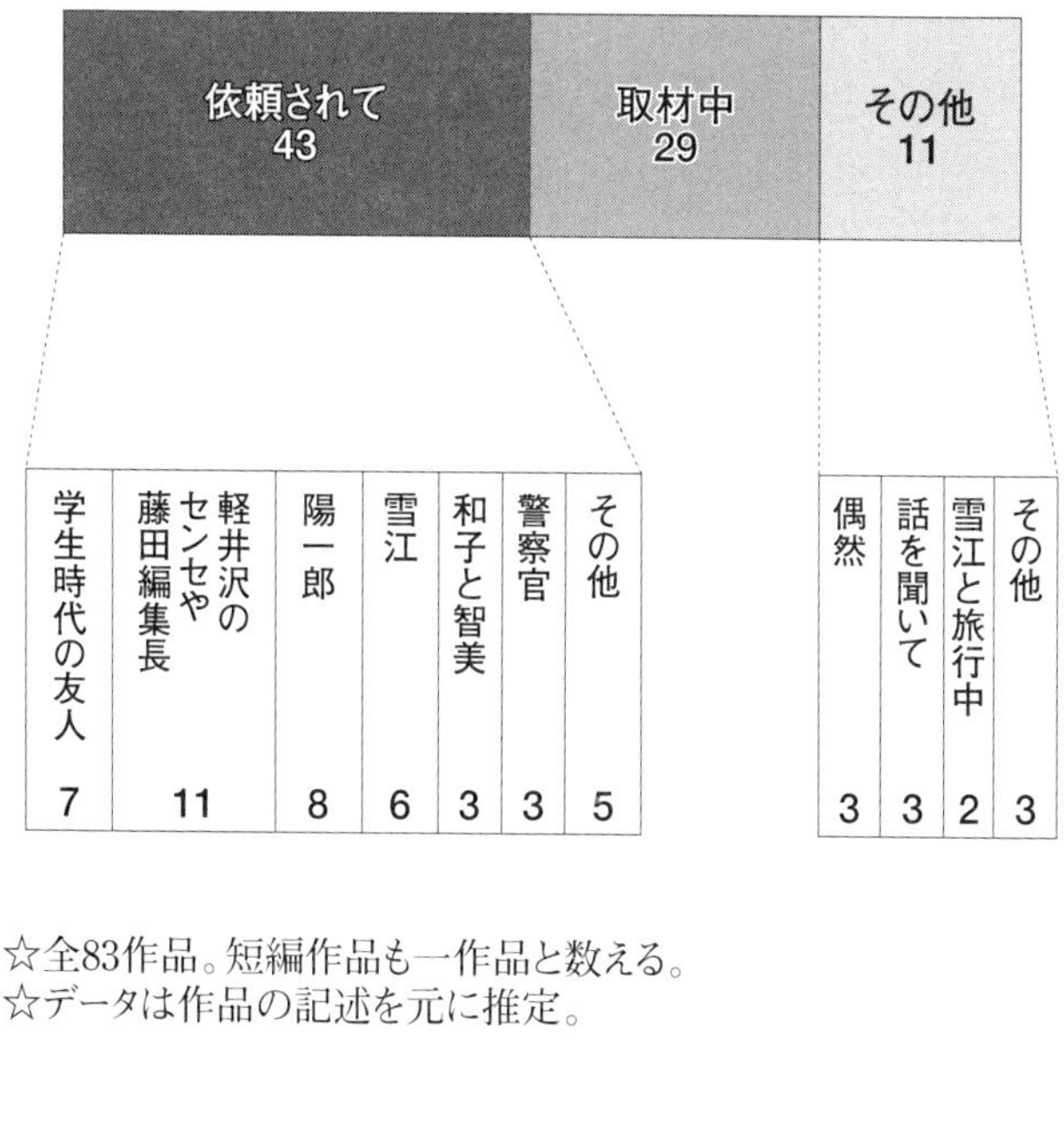

☆全83作品。短編作品も一作品と数える。
☆データは作品の記述を元に推定。

一千万円を探偵料として支払うというとんでもない申し出であった。浅見は渋ったが、「正義のため」という言葉を使った福川の老獪《ろうかい》さに負けて捜査に乗り出す。

◆ボディガードを依頼されて

浅見は体力にも腕力にも大して自信がないにもかかわらず、推理力や人間性を買われて、ボディガード役を頼まれることがある。『高千穂伝説殺人事件』では、知人の林《はやし》教授から、浅見が見合いしたヴァイオリニスト、本沢千恵子のボディガードを依頼される。父親を捜しに行った千恵子を追って浅見も高千穂へ行き、事件に遭遇する。

『恐山《おそれざん》殺人事件』では、初め被害者から手紙で捜査を依頼されるが、事件を調べるうち、藤波《ふじなみ》紹子《しょうこ》のボディガードを紹子の父親に三十万円で頼まれる。

◆母・雪江《ゆきえ》からの依頼

日頃は浅見の探偵業を戒《いまし》めている雪江だが、雪江が関わりを持ってしまった事件では、何度か探偵を依頼している。浅見にとっては、おおっぴらに事件捜査ができる上にお小遣いにもなるのだから、こんなうまい話はない。

雪江が顧問をしている絵画教室立風会《りっぷうかい》の会員、小松美保子《こまつみほこ》の絵が行方不明になり、捜査を依

頼されたのが『赤い雲伝説殺人事件』。その絵を探しに行った大網町《おおあみちょう》で事件が発生。内閣調査室員から事件解決を内密に依頼され、「費用の方は、いずれ方途《ほうと》を講じますので、お任《まか》せ下さい」と言われる。

『津和野《つわの》殺人事件』では、染井《そめい》霊園で起きた事件の第一発見者になってしまった雪江が、最初に疑われたことから、事件捜査を依頼される。「私が依頼人になりましょう。あなたの規定にしたがって料金を支払います。必要なら旅費も前払いしましょう」という有り難い申し出であった。

『隅田川《すみだがわ》殺人事件』では雪江の知人である池沢《いけざわ》の花嫁失踪《しっそう》の事件を調べるよう依頼される。ただし、陽一郎《よういちろう》に内緒で、という条件付きであった。

雪江が旅先で事故に遭《あ》い記憶喪失になってしまった『讃岐路《さぬきじ》殺人事件』では、事故を起こした女性が自殺したというニュースを聞いて、浅見に捜査を依頼するし、『朝日《あさひ》殺人事件』では、雪江が被害者を列車内で目撃したことから、母の命を受けて浅見が捜査に乗り出す。

『沃野《よくや》の伝説』では、雪江が米穀《べいこく》通帳の件で問い合わせをした人が、その日から行方不明になり、ついには遺体で発見される。雪江は自分が原因であると思われては心外と、息子に事件調査を依頼する。

◆兄嫁・和子《かずこ》から

普段は「光彦さんは探偵さえしなければいい人なんだけど」と言っている和子だが、脅迫めいた文面の手紙が届いた時は浅見を頼りにする。こうして、珍しく心に屈託《くったく》を抱えた兄嫁・和子から相談を持ちかけられた事件が『箱庭《はこにわ》』である。和子はへそくりから十万円を浅見の捜査費用に差し出す。「引っ張りだこの光彦さんにお願いするんですもの、これでは足りないでしょうけれど、ごめんなさいね」と頬を染められて、浅見は（ああ、この義姉《ねえ》さんのためなら何でもしてあげちゃう――）と心に誓って捜査を開始する。

◆姪・智美《さとみ》から

姪《めい》の智美は「光彦叔父《おじ》さん」の探偵業に興味を示し、そういう浅見の才能を評価しているように見受けられる。本人も推理などに興味があるらしい。『皇女《こうじょ》の霊柩《れいきゅう》』では、そんな智美から、同級生のお母さんを何とか助けて欲しいと頼まれる。事件の第一発見者になったため、事情聴取や報道攻勢に遭《あ》ってノイローゼ気味だという。『はちまん』では、智美の通う学校の先生の父親が殺されたことから、犯人を捕まえてくれと頼まれる。

◆兄・陽一郎《よういちろう》の密命

父がかつて芸妓《げいぎ》に贈った竹人形《たけにんぎょう》の事実関係を調査することになったのが『竹人形殺人事件』で、「僕に任せておいてください。こういうつまらないことで、兄さんは神経を使うことはありませんよ」と大見得《おおみえ》を切る。

兄が書斎に呼ぶ時は秘密めいた用件の場合に限る。それも捜査の難問を抱え知恵を借りたいという内容の相談が多かった。『軽井沢殺人事件』では、夜遅く帰宅した陽一郎は光彦を書斎に呼び、「これは私の独り言《ひとりごと》として聞いてもらいたい」と言ってトップシークレットを浅見に漏らす。表だって警察を動かせない兄の苦衷《くちゅう》を救うため、浅見は九条《くじょう》家の別荘をさぐるべく軽井沢へ出向く。

『博多《はかた》殺人事件』では、取材先で起きた事件について、兄から「警察とは別に、きみ独自の捜査を進めてもらう。警察が把握している捜査データについては、私の方から逐次《ちくじ》、きみに伝えよう」という電話が入る。これにも驚いたが、「君が独自にキャッチしたことは、警察ではなく、私の方に伝えてもらいたい」という兄の言葉にさらに驚く。

『記憶の中の殺人』では、「例の財田《たからだ》家の事件、どうなったのですか?」と浅見が水を向けたとき、陽一郎は知らないと答えながらも、「そうだな、きみに調べてもらうことにするかな」と兄

にしては珍しいことを言った。捜査データはすべて見せる、報告は逐一兄へすること、「ただしあくまでも私ときみのあいだだけの秘密だ」と、念を押される。費用は兄のポケットマネーから出すことまで決まった。

◆兄を通じて依頼

政財界人から浅見に事件の捜査依頼がある場合は、兄・陽一郎を通す場合が多い。警察庁刑事局長という立場、あるいは兄という立場から頼まれたら、浅見が断れないだろうことを見越してそういう依頼の仕方をするようだ。兄を通じ長崎《ながさき》県代議士が事件調査を依頼してきた『長崎殺人事件』もその一つ。往復の旅費及びすべての費用・日当・謝礼を支払うという結構な仕事だった。

兄を通して自衛官から内密に東郷《とうごう》元帥の短剣を捜すよう依頼されたのが『江田島《えたじま》殺人事件』。旅費・実費・日当あわせて二十万円が妥当《だとう》と浅見は思うが、相手は口封じの意味もあってか百万円を出す。

『氷雪《ひょうせつ》の殺人』では、七月半ば過ぎ、秋元《あきもと》北海道沖縄開発庁長官が内密に浅見に会いたい旨《むね》、兄に連絡してきた。利尻《りしり》で会うことになり事件捜査を依頼される。

◆第一発見者になり

　よく旅先で事件に遭遇する浅見だが、死体を発見してしまうこともしばしば。第一発見者となったからには、浅見が事件を捜査しないわけがない。『小樽《おたる》殺人事件』では、小樽のルポ記事を頼まれ、訪れた先で写真を撮《と》ろうとファインダーを覗いたとき、海に浮かぶ死体を発見する。

『地下鉄の鏡』（『鏡《かがみ》の女《おんな》』に収録）では、一月十二日、笹塚《ささづか》にある雑誌編集長宅で新企画打ち合わせを兼ねた新年会があり、そこへ行く途中で目の前に人が落ちてくる、という特異な状況で第一発見者になる。この時はまだ被害者は息があり、浅見はしっかりダイイング・メッセージを聞いた。

　たまたま朝の新宿風景を取材中、花園《はなぞの》神社で死体を発見したのは『鳥取雛送《とっとりひなおく》り殺人事件』。素人にしては、やけに落ち着いた口調で死体の様子を通報し、事件現場では、夜店の香具師《やし》のように、物馴《ものな》れた手つきで、巨大な円を描き、野次馬の整理までする。

『風葬《ふうそう》の城』では、会津《あいづ》の漆器づくりを見学中、目の前で漆《うるし》職人が急死する。第一発見者として、警察にしつこく事情聴取され、その後事件に関わる。

◆容疑者にされて

『佐渡《さど》伝説殺人事件』のように被害者の傍《かたわ》らに、泥酔状態で倒れていた、というような抜き差しならない状況を始め、浅見は容疑者という立場から事件に関わる場合も多々ある。その中でも、『城崎《きのさき》殺人事件』『三州吉良《さんしゅうきら》殺人事件』の二つは、母の雪江と旅行中の出来事で、大いに面《めん》目《ぼく》をなくす。しかし、これを好機ととらえて「僕が犯人を捕まえて身の潔白を証明する以外ありません」という論法で母を納得させ、事件に関わっていく。こう見てくると、浅見は容疑をかけられることを、そう悪いこととも思っていないらしい。容疑者になれば警察から情報を引き出せるし、これでおおっぴらに捜査に参加できると思っているふしがある。

◆その他の変わった関わり方

珍しく浅見宛に女性からお中元が届く。送られた品が謎を含んだ姫鏡台だったことから浅見が謎にのめり込む『鏡の女』。亡くなった友人が、浅見宛にワープロを残したことから、その事件を探る『漂泊《ひょうはく》の楽人《がくじん》』。須美《すみ》ちゃんが実家から帰る途中容疑者にされ、救出に向かったのち、事件に関わる『伊香保《いかほ》殺人事件』など。

『歌枕《うたまくら》殺人事件』では、浅見家のカルタ会で知り合った女性の話を聞いて興味を示し、調査依

頼もなく、取材依頼もないのに、彼女と二人でドライブしながら事件を追って宮城県多賀城市《たがじょう》まで出掛ける。

『坊っちゃん殺人事件』などは、ふいに時計を見上げた雪江が、「おや、もう十一時になるわね。こんな時間に、大の男が家の中でゴロゴロして……」と言って浅見を睨《にら》んだのが始まりだった。浅見は「今は取材の準備中です」と言ってしまい、とっさに口にした取材先が四国松山《まつやま》だったため、松山取材を企画し売り込んだというから、呆《あき》れる。そしてなんとその取材先でまたまた事件に遭遇するのである。

◆取材先で事件に遭遇

菓子業界の取材で同行していた人物が奇禍《きか》に遭い、事件を調べることになった『白鳥殺人事件』を始め、母に頼まれ日本古式泳法を取材中、父親の貼った千社札《せんじゃふだ》を探す娘、小林朝美《こばやしあさみ》に出会ったことから、その父親の事故死の真相を探ることになった『天城峠《あまぎとうげ》殺人事件』など、浅見が取材先で事件に遭遇する確率は非常に高い。

『平城山《ならやま》を越えた女』の時は、三月初めの月曜日に、藤田から奈良《なら》行きを依頼されたのがきっかけだが、たまたまその時は、雛人形にまつわる『鳥取雛送り殺人事件』に関わっていて、門跡《もんぜき》尼寺《にじ》を巡っていた。その先で奈良好きの編集者・阿部美果《あべみか》に出会い、ついでに事件にも出会う

という忙しさ。

他にも上げると『美濃路《みのじ》殺人事件』『日光《にっこう》殺人事件』『天河《てんかわ》伝説殺人事件』『志摩《しま》半島殺人事件』『隠岐《おき》伝説殺人事件』『横浜《よこはま》殺人事件』『日蓮《にちれん》伝説殺人事件』『菊池《きくち》伝説殺人事件』『神戸《こうべ》殺人事件』『御堂筋《みどうすじ》殺人事件』『喪《うしな》われた道』『鬼首《おにこうべ》殺人事件』『怪談の道』『イーハトーブの幽霊』『華の下にて』『蜃気楼《しんきろう》』『姫島《ひめしま》殺人事件』『崇徳《すとく》伝説殺人事件』など、きりがない。まさに事件が向こうからやってくる状態である。

浅見がもらった捜査費用

『後鳥羽伝説殺人事件』から『ユタが愛した探偵』まで、様々な事件に関わってきた浅見だが、正式に探偵として雇われた事件は少ない。また、探偵を依頼されても、探偵料が入るとは限らない。これまで浅見の関わった八十三件の事件中、二十一件がなんらかの報酬を得ているが、はっきり金額が記載されているのは十件である。その内訳は——百万円……三件、五十万円……一件、三十万円以上……一件、三十万円……一件、十万円……三件、三万円……一件となる。

◆母の依頼金額

日頃、浅見の探偵ゴッコを快く思《こころよ》っていない雪江だが、これまでに、何度か捜査を依頼しているので、支払った探偵料は結構な金額に達するのではないかと推察される。『津和野殺人事件』では、浅見の規定に従って払う、と言っているし、旅費は前払いだから探偵業に専念せよ、とのお達しだった。だが、自分が頼んだ染井霊園の事件はいっこうに解決する様子もないのに、浅見が何日も津和野に滞在し「捜査費用」ばかりが嵩《かさ》んだため、雪江の機嫌はよくなかった。「あなたは物見遊山《ものみゆさん》のつもりで、津和野に行っているのではありませんか？」と、雪江から露骨に嫌味を言われた。

また『沃野の伝説』では、珍しく「事件を調べなさい」と言って三万円を当座の費用として支払ってくれた。

◆兄の依頼金額

『博多《はかた》殺人事件』や『竹人形殺人事件』のように陽一郎の個人的依頼の場合は、陽一郎のポケットマネーで支払われるらしい。金銭感覚が昔のままの雪江やケチな内田とは違って、兄から依頼された場合は、取材費が潤沢《じゅんたく》のようだが、はっきりした金額は示されていない。

◆金額が明示されない依頼

『札幌殺人事件』では、藤田を通して越川春恵《こしかわはるえ》から、知人の行方を探すよう依頼される。謝礼と費用を送りたいからと、浅見の銀行口座番号を問い合わせてきた。もっともこの時は、「取材費が浮いて当方は大いに助かる」と藤田に言われ、謝礼がそのまま取材費に化けてしまったらしい。

『氷雪の殺人』では、兄を通して北海道沖縄開発庁長官の秋元《あきもと》から、内密に事件捜査を依頼される。兄からは「できるだけデータを拾い集めてくれ。むろん費用は出るそうだ」「本件はあくまできみの個人的取材活動という建前《たてまえ》でいってもらいたい。必要な情報は私のほうで用意する」と言われた。何かあれば、陽一郎と同期の北海道警察の本間《ほんま》本部長が便宜《べんぎ》を図《はか》るとまでいわれる。秋元長官がスポンサーとあっては、きっと潤沢な取材費だったにちがいない。その証拠に、ウニやハマグリ、イカなど、海の幸を堪能《たんのう》して「これは全部取材費で落ちるんです。いつもラーメンかカレーばっかり食っていますからね、たまには豪遊しないとバランスがとれない」と言っている。

『鞆の浦殺人事件』では「今回の出張旅費を含めてそれなりの報酬を差し上げる」と、N鉄鋼の北川《きたがわ》から懇願されN鉄鋼に雇われる。本来ならば、この事件は内田から依頼されたもので、調査費などは内田が支払うべきであるが、内田がそういう常識人なら浅見は苦労しないはずだ。

また『若狭殺人事件』では、浅見が被害者の未亡人から捜査を頼まれたのをいいことに、内田が未亡人に費用を出させようとして、浅見にたしなめられた。「あくまでも取材なのだから、最初の約束通り、交通費やコーヒー代の実費は、すべて内田さんに請求しますから、ちゃんと払ってくださいよ」と浅見に念押しされ、「高速料金とガソリン代ぐらい大したことはない、宿泊もビジネスホテルなら三千円か四千円だろう」とセコイことを言って浅見を呆れさせている。

事件の収支は？

浅見が探偵料をもらって事件捜査にあたったのは全体のおよそ二割強である。その他は、一銭の依頼料もないまま、事件に関わっている。しかし、だからといって浅見がすべて自腹を切って、全国を駆け回っているかというと、そんなことはない。浅見にしたって、それではいくら居候でも食べてはいけなくなる。

取材費も探偵料もなく、純粋に浅見が自腹を切った事件といえば、八十三件のうちたった十件にすぎない。浅見を探偵に駆り立てる発端となった『後鳥羽伝説殺人事件』をはじめ、『「紅藍の女」殺人事件』、『歌枕殺人事件』『漂泊の楽人』『「首の女」殺人事件』『地下鉄の鏡』など。ヒ

ロインから話を聞いて事件に関わった場合、自腹を切ることが多いが、最近では藤田編集長に企画を売り込み、なんとか騙《だま》して取材費を確保している。

　また取材費が無い場合でも、東京で起きた事件（『隅田川殺人事件』『上野谷中殺人事件』『鏡の女』など）は、宿代も旅費もかからないので、持ち出しの金額はいらないと思っていいだろう。

　浅見に言わせると、スポンサーのいない場合は、旅行費用をひたすら安くあげるのが秘訣だそうだ。宿と食い物を極端にケチること。たとえホテルのレストランでも高級なフルコースなど頼まずに、カレーライスで済ませ、何杯でもお代わりできるコーヒーを注文するなど、工夫している。

旅費の有無

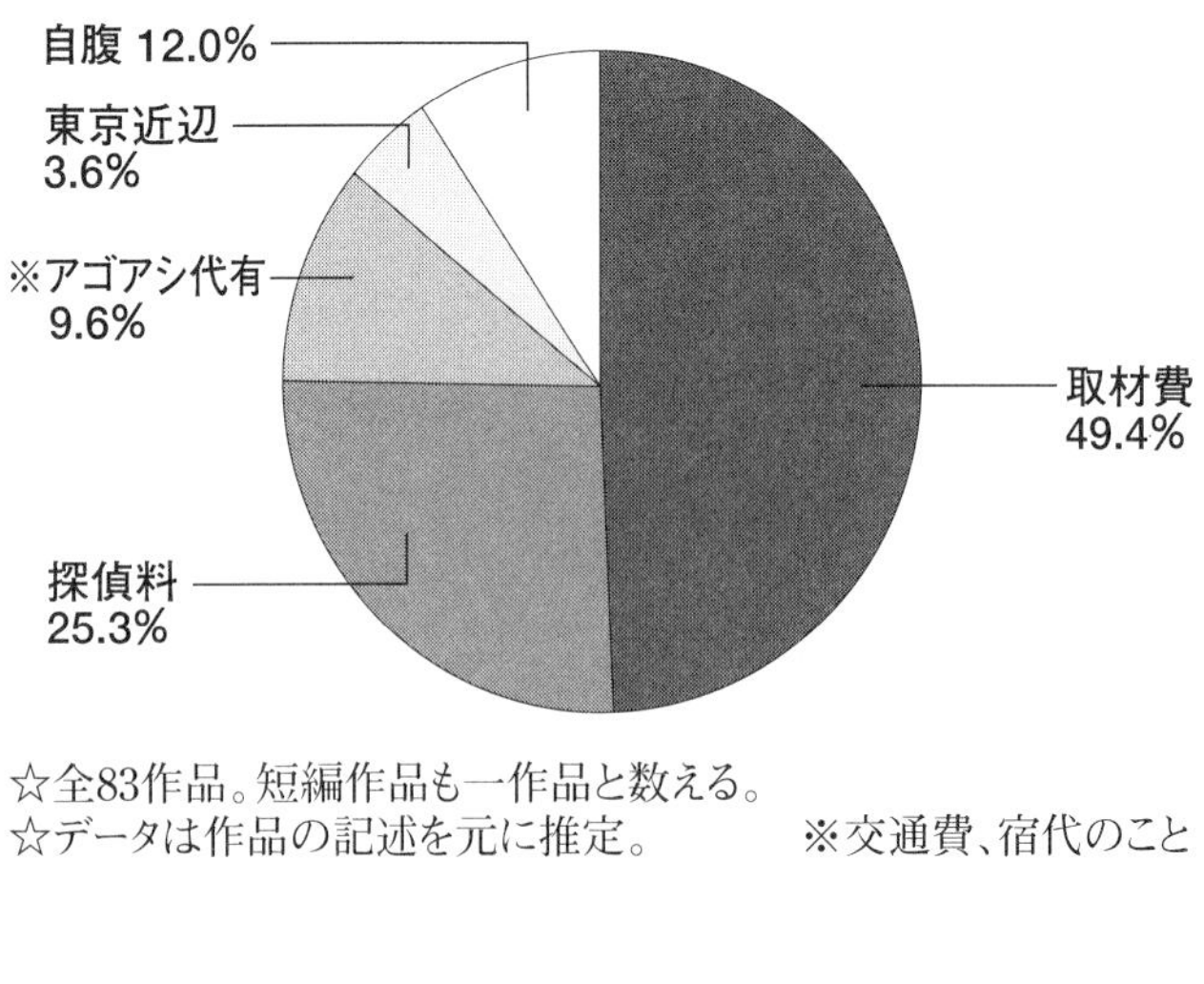

☆全83作品。短編作品も一作品と数える。
☆データは作品の記述を元に推定。　　　※交通費、宿代のこと

取材中の事件ではないけれども、なんらかの形で旅費や宿代を他人が払ってくれた事件は八件（35ページの表「アゴアシ代有」参照）。『琵琶湖周航殺人歌』では、大学同期の相川から頼まれたので、宿は相川の自宅に泊まった。『透明な遺書』では、藤田から喜多方の取材を口実に事件捜査を頼まれたので取材費が出たものと思われる。また、陽一郎や雪江から依頼された場合、ほとんど探偵料や旅費・宿代は支払われている。

事件解決までの日数

浅見が解決した事件といっても、事件簿にはっきりと日時が入っていない場合もあるので、確かとは言えないが、そういう場合は作品中の記述を元に、浅見の足取りを追って推定した。この日数は事件発生からのものではなく、浅見が事件を知ってから解決までの日数である。

最も短い解決日数は、老俳優・加堂孝次郎《かどうこうじろう》から、百万円の探偵料で依頼された『終幕《フィナーレ》のない殺人』で、一日のうちに解決している。夜から始まった惨劇が朝には解決をみたので、厳密には十二時間ほどであった可能性がある。次に短いのが二日で解決をみた『熊野古道《くまのこどう》殺人事件』と『透明な鏡』（『鏡の女』に収録）の二件。

　それでは最も日数がかかった事件はというと、『透明な遺書』で、およそ七ヶ月かかっている。事件から一ヶ月後、寒気団が南下する頃、浅見は喜多方へ向かい、現場を見に行く。事件が収束《しゅうそく》したのは五月末であった。次に長いのが、約半年かかった『記憶の中の殺人』で、四月末に事件が起きて、十月に解決している。

　十日間以内に解決した事件は二十八件ある。そのうち主だった解決日数を見ていくと、五日で解決したのが五件、一週間で解決したのは十件、十日で解決したのが五件となっている。二十一日から三十日までの解決件数は十九件で、そのうち三十日、約一ヶ月かかったのは十四件ある。浅見が関わった八十三件の事件の内、約七割を一ヶ月以内に解決している。

事件解決までの日数

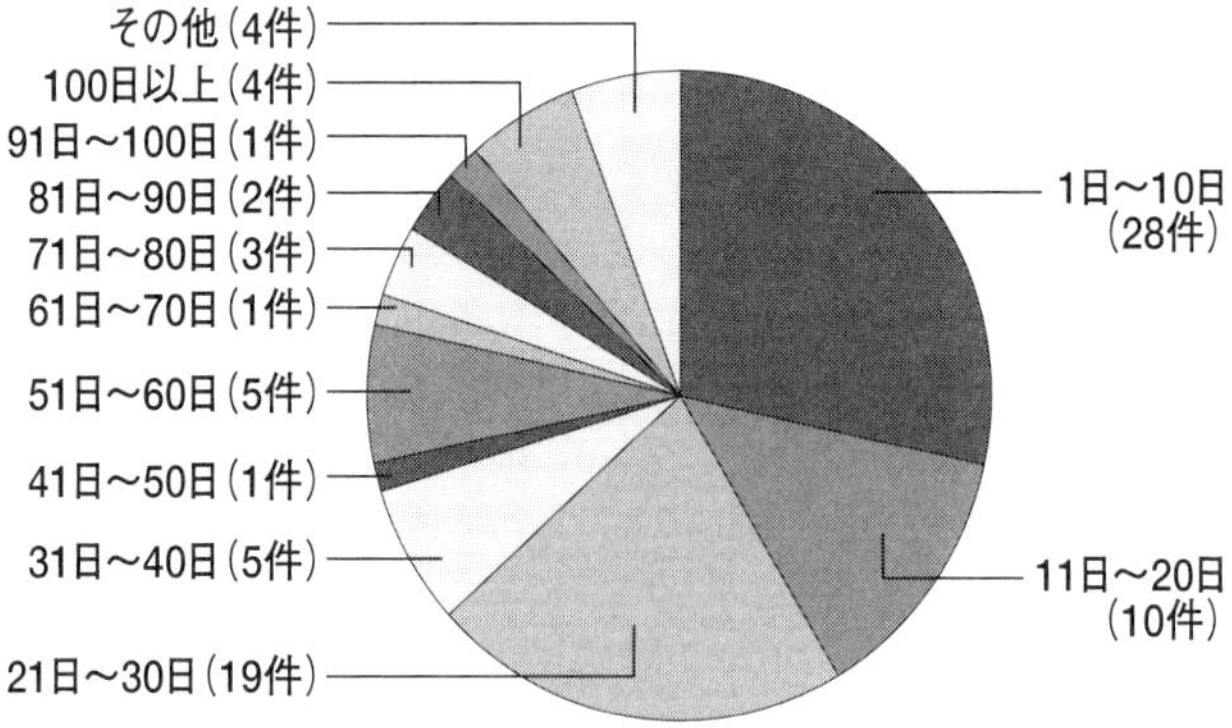

☆全83作品。短編作品も一作品と数える。
☆解決日数は作品の記述を元に推定。
☆その他は不明3作品、未解決1作品。

結末のゆくえ

浅見シリーズでは、犯人を司法の手に委《ゆだ》ねない結末が多い、とだれでもが思うところだろうが、全体から見れば逮捕に至っている場合が約四割と、意外にも最も多いのである。八十三件の事件の内、犯人逮捕に至る事件が約四割、自首する場合を含めれば、警察に結末を任せるのは四十三・四％になる。

「最近の浅見は犯人に甘い」という意見もきかれるが、「最近」とはどのあたりまでをいうものだろうか。最近の十作品を見ると、確かに逮捕の割合は少ない。しかし、「自首」という結末もあって、十作品中、司法に委ねた結末は四件になる。これは全体から見た割合とほぼ同じである。浅見は事件の結末を特に最近甘くしている訳ではないことがわかる。

全事件の結末を統計的にみるとちゃんとバランスがとれていると言える。ここでの「バランスがとれている」とは、浅見が犯人の自殺を黙認している事件も、逮捕に至った事件もそれなりの割合であるということを指す。そこで犯人の自殺件数を調べると、全体の三割強という結果が出るが、これは、浅見が犯人に結末の選択を委ねた数字でもあるといえるだろう。

「自殺」の項を取り出してその内訳を見てみると、犯人の自殺の方法としては、「車で事故死」が三十・八％と一番多い。これは犯人が事故を装《よそお》って自殺するときの常套《じょうとう》手段であるようだ。事故を装うため、残された家族に集まる周囲の目は、犯人の家族という厳しいものではなく、「肉親を亡くしたかわいそうな遺族」という同情的なものになる。浅見の希望もそのあたりにありそうだが、被害者の気持ちになってみれば、複雑である。

他には、服毒死が十五・四％で、薬物による自殺が少ない印象を受ける。一方、銃による自殺が十一・五％あり、ほぼ同じような数字であっても、銃で自殺というのは、浅見の扱う事件にしては珍しい感じを受ける。

犯人の結末

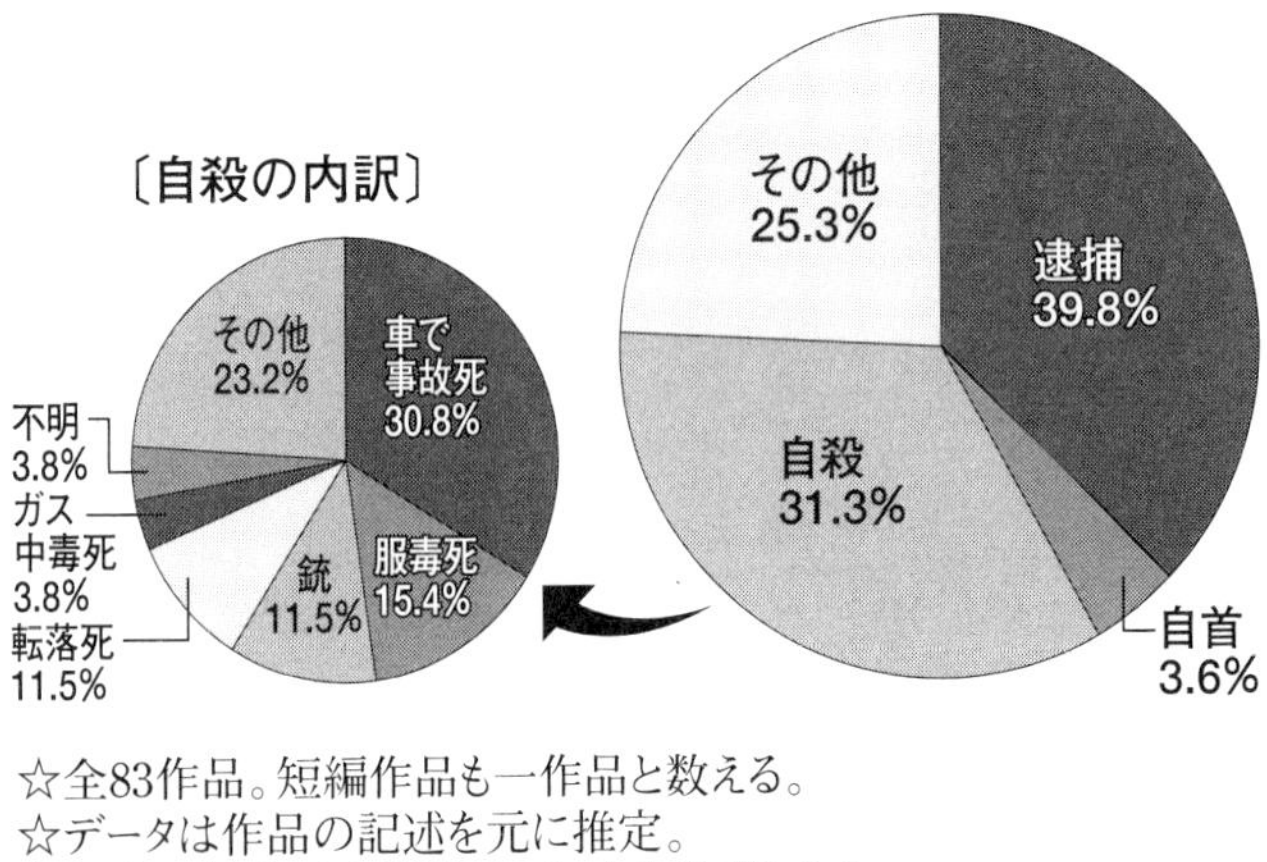

☆全83作品。短編作品も一作品と数える。
☆データは作品の記述を元に推定。
☆犯人の結末は主犯格のデータを参考にした。

◆その他の結末

その他の結末の内訳は、病死や事故死、あるいは殺されたり、犯人がいなかったり、天の配剤ともいうべき感電死だったりというもの。

個々に事件を追ってみると、浅見がその結末を迷っているのがよくわかる。ここでは図を示さないが、逮捕という項目を右に、自殺の項目を左に配し、「その他の結末」を中間点に置いてみると、八十三件の結末が描く軌跡は、振り子のように左右に揺れる。これは浅見の心の揺れでもあるわけだ。

被害者の死因

浅見が出会った事件では、被害者はどのような殺され方をしているのだろうか。全被害者数は二百五名。その内、毒殺が二十二・九％と最も多い。主に青酸性毒物とアルカロイド系毒物によるものである。その他の死因を多い順に並べると、撲殺(十七・一％)→絞殺・扼殺《やくさつ》(十五・

一%）→転落死（十一・二%）→水死→刺殺→銃殺→轢《れき》死《し》となる。あまりグロテスクな殺され方をすることは少ないが、中には「電動ノコで胸部を切られ」という凄まじいものもあり、自白剤によるショック死やリンチでのショック死などの、一般市民には馴染《なじ》みのない死因もある。

お世話になった本部長たち

全国各地で事件に遭遇する浅見にとって、県警本部長クラスとの繋《つな》がりは何にも増して心強い。兄・陽一郎と同期であればなおさらである。

被害者の死因

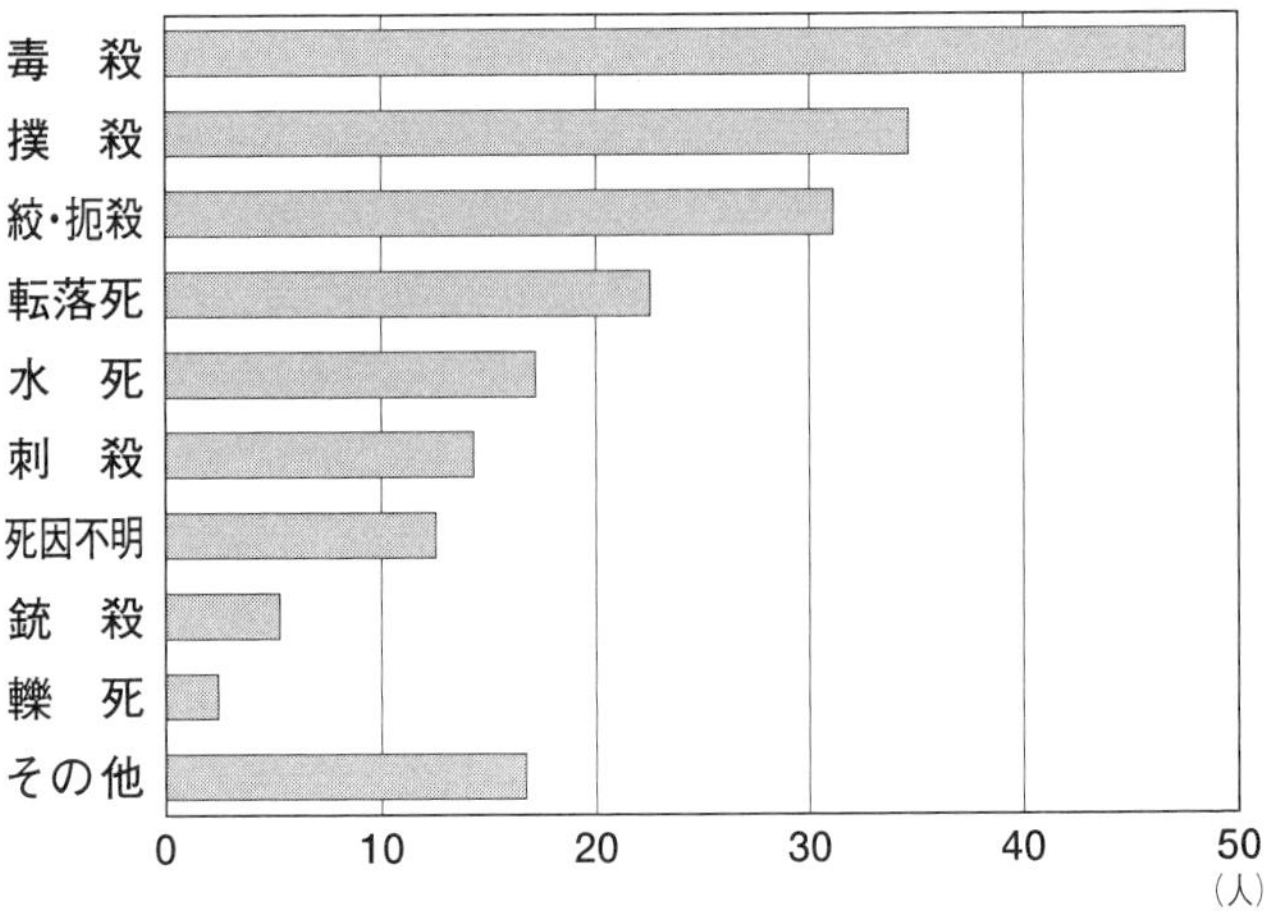

◆広島県警本部長ー榊原《さかきばら》

制服が似合いそうな引き締まった体型。四十七歳。兄の陽一郎とはツーカーの間柄。「優等生の兄貴は相変わらずかね」と砕《くだ》けた応対をしてくれる。『後鳥羽伝説殺人事件』では、警察でレクチャーすることになったとき、署長に電話してバックアップしてくれた。『江田島殺人事件』では表向き終結宣言した事件を、浅見の提言を容《い》れた陽一郎からの連絡で、内々に捜査を続行する。

◆高知県警本部長ー吉野《よしの》

陽一郎と同期。兄から預かった土産の『舟和《ふなわ》』の芋羊羹《いもようかん》を手渡すと、「ヤッコさん、よく憶えていてくれたもんだなあ」と赤ら顔を一層赤くして喜んでくれた。若い頃から下戸《げこ》で、兄・陽一郎の友人たちが浅見家に集まると、母の茶の相手をさせられていた。出世コースを走る兄とは対照的な男。浅見が晩飯に土佐《とさ》料理を御馳走《ごちそう》になったときは、酒飲みの好きそうな料理を、渋茶《しぶちゃ》だけで呆れるほど平らげる健啖家《けんたんか》ぶりを見せた。

「官僚は、心ならずも身を固めなきゃならんこともあるが、きみはむしろ余計な首枷《くびかせ》などないほうが似合いだよ」と、浅見が独身でいるのを肯定してくれる。奥方は酒豪。『平家《へいけ》伝説殺人

事件〕

◆岩手県警本部長―谷口《たにぐち》

兄と同期。県警管下の自動車整備工場を警備して欲しい、という浅見の申し出を、夜中の電話にもかかわらず快《こころよ》く承諾してくれた。それまでは浅見とは面識がなかったが、「あなたが有名な探偵さんですか。兄さんからときどき自慢話を聞かされていますよ」と気さくで陽気な応対をしてくれた。〔天城峠殺人事件〕

◆福井県警本部長―坂崎《さかざき》

浅見が兄の依頼で父の醜聞にまつわる事件を調査に福井まで行った際、世話になった。浅見が事件に巻き込まれ武生《たけ ふ》署に連行されてしまったとき、取調室から出るのに尽力してくれた。以前に何度か会ったこともある。兄とは同期である。

ちょうどその頃、越前大観音堂《えちぜんだいかんのんどう》とゴルフ場の用地取得に関する不正事件と、それに絡む汚職事件を裏側から調査していた。県警内部に、外部と通じている人物がいることを想定して、部下に内偵を命じていた。そこに浅見が飛び込んでしまったのだ。〔竹人形殺人事件〕

◆福岡県警本部長—島野《しまの》警視監

陽一郎より二年先輩で、父が面倒をよく見た貧乏学生の一人であった。雪江の手製のちらし寿司の味を覚えている。浅見が兄の依頼で博多に行き、トラブルに遭って西《にし》署に連行されたとき、電話一本で救出してくれた。小学生の頃の浅見を知っていて、「すっかり立派になられたが、面影《おもかげ》がある」と上機嫌で迎えてくれた。かつての浅見家の可愛らしい次男坊の残像があるせいか、事件の概要を掴んでいるらしい浅見に、驚いてしまう。〔博多殺人事件〕

番外◆大阪府警本部長—片山《かたやま》

お世話になった訳ではないが、浅見と関わった本部長としてここに挙げてみた。浅見を貸して欲しい、と兄・陽一郎に異例の申し入れをしてきた。陽一郎と同期かどうかは不明である。曾根崎《そねざき》署、南《みなみ》署、堺北《さかいきた》署のそれぞれの捜査本部幹部が大阪梅田《うめだ》の曾根崎署に集まって、合同捜査会議が開かれる。その席上で、御堂筋パレード殺人事件のレクチャーをしてくれという申し入れであった。〔御堂筋殺人事件〕

交友のあった警察官〜おなじみの刑事たち

浅見シリーズには度々登場する警察官たちがいる。最初は浅見と敵対していても、何度か浅見と関わるうちに、いつしか好意を持ってしまうのである。捜査のプロたちをも惹《ひ》きつける浅見の魅力とは、いったいどんなものなのだろうか。

◆広島県三次《みよし》警察署―野上《のがみ》部長刑事

妹の死にからむ『後鳥羽伝説殺人事件』以来の知り合い。野上の妻・智子《ともこ》も浅見の大ファンである。浅見はその事件が縁で、毎年鵜飼《うか》いの時季に三次の環水楼《かんすいろう》に招待される。

内田から頼まれて鞆の浦に出掛けたとき再会するが、この時は福山《ふくやま》署勤務だった〈鞆の浦殺人事件〉。浅見光彦という男は、会っているだけでは、なんでもない、ただのノホホンとした青年だが、ひとたび頭脳が回転し始めると、どこからそういう発想が生まれるのか――と驚かされる、というのが野上の浅見評である。犯人に対してさえ涙を流す優しい人柄でいて、犯罪や悪事を憎むことは人後に落ちない男だ、と野上は思う。

◆警視庁赤坂《あかさか》警察署―堀越茂夫《ほりこししげお》部長刑事

堀越が初めて読者に知られたのは『赤い雲伝説殺人事件』だが、その中で「ある事件で一度お世話になった。浅見探偵はあまり探偵の仕事をおふくろさんや、兄さんの局長さんに知られたくないらしい。その時も、絶対に内緒でという約束で知恵を借りた」と堀越は言っている。これをみると以前から浅見とは面識があったようだ。刑事局長の弟であることも名探偵という噂も承知しているし、浅見の苦衷《くちゆう》も万事承知している。浅見にとっては気安く何でも話せる刑事で、何度か秘密協定を結んだことがある。浅見のお陰で『赤い雲伝説殺人事件』の解決後に警視総監賞をもらった。堀越は優秀には違いないが、思考パターンがいかにも教条主義的というのが欠点だと浅見は思う。

ホテル・ニューオータニにカンヅメ中の作家・内田が、「刑事が来るから助けて」と浅見にSOSの電話をしてきたときも、赤坂署管内で顔なじみの、堀越刑事に世話になった〔鞆の浦殺人事件〕。

堀越が浅見家までやってきて、被害者の残した奇妙なメモを見せて、浅見に謎解きを頼んだのは、梅雨《つゆ》にはまだ早い雨模様の日であった。雨だというのに傘もささず、クマのように背中を丸めて、時折り門の中の気配を窺《うかが》いながら家の前を行ったり来たりしていた〔津軽殺人事件〕。

よほど相談する事を迷っていたらしい。

堀越は事件のたびに本庁から赤坂署に出向く多田《ただ》警部とは、折り合いが悪い。『津軽殺人事件』で奔走したのは堀越だった筈《はず》なのに、警視総監賞をもらったのは多田警部だったことが『横浜殺人事件』で暴露されている。その事件で浅見は、赤坂署の堀越に電話してＢＭＷの持ち主を調べてもらっている。

『蜃気楼』では、浅見が訪ねたミキセ本社で偶然、堀越と出会う。堀越は浅見の顔を見たとたん、職務を忘れたように大きな笑顔を見せて、「さすがに早耳ですなあ、まだニュースにも出ていないのに」と感心する。事件とは知らずに出くわした浅見は、捜査に来た堀越に出会うという好機を逃さず、後で自分も現場を見せてもらう約束を取り付ける。

◆警視庁戸塚《とつか》警察署―橋本《はしもと》警部

『平家伝説殺人事件』で事件簿に登場したときは、すでに浅見とは旧知の仲であった。ある事件で浅見が手伝わされた仲だそうだ。その後、橋本とは何度となく出会っている。友人の結婚式のあと、戸塚署に寄ると「なんですかい、その格好……」と笑われてしまった。刑事課長と言えば、どこの署でも、見るからに恐ろしげな男というのが相場だが、橋本は気のいい、陽気な性格で、すっかり浅見の才に惚《ほ》れ込んでいる。浅見の信奉者《しんぽうしゃ》で、何か面倒な事件があると、

相談を持ちかけてくる。だから、平塚《ひらつか》神社の銀杏《いちょう》が色づきはじめた十月半ば、面影橋《おもかげばし》の通り魔事件で行き詰まったときなど、浅見家までやって来て浅見に知恵を貸してくれるように頼みこむ〈琥珀の道《アンバー・ロード》殺人事件〉。どうやら捜査本部で孤立しているような橋本の単独意見に興味を示して、浅見は身を乗り出すようにして聞き始める。

反対に浅見が世話になったこともある。公務執行妨害で戸塚署に現行犯逮捕されたときは、橋本警部の名前を出して助けてもらった〈日蓮《にちれん》伝説殺人事件〉。その時は、母親に探偵業を内緒にしていることを「浅見さんのマザコンも相変わらずのようですなあ」と笑われてしまった。

雪江が関わった『朝日殺人事件』では、橋本のいる戸塚署を訪れ、隣の目白《めじろ》署の刑事を紹介してもらう。目白署の刑事課長・藪中《やぶなか》は、橋本と警察学校の同期なので、快く紹介してくれた。

橋本は途中、東調布《ひがしちょうふ》署の刑事課長だったことがあり、浅見は初恋の女性の死を知って、橋本のもとを訪れる。警察の判断に不満を示した浅見は「プロでも間違いはある」と言って橋本を怒らせてしまい、気色《けしき》ばんだ口調で「浅見さん、言葉が過ぎませんか?」と言われたことがあった〈鏡の女〉。

◆警視庁捜査一課—宮本《みやもと》警部

本庁の警部だが、滝野川《たきのがわ》署や巣鴨《すがも》署など、浅見家近辺で起きた事件にはいつも捜査主任として着任するので、浅見とは顔見知りでおなじみさんである。最初の出会いは染井霊園で起きた事件から始まった『津和野殺人事件』である。三十五、六歳で背も高く精悍《せいかん》な面構《つらがま》え。浅見とはそう違わない年齢だが、優越性を誇示したいらしく、浅見を小馬鹿にしたような老成した話し方をする。その後『佐渡伝説殺人事件』では、浅見が容疑者にされたのを面白がって、「またお会いしましたな、妙なご縁で。ゆうべはだいぶ活躍したそうじゃないですか」といやみったらしい言い方をして笑った。一度思いこんだ事実を白紙に戻すのは、水に溶けたインクを分離するよりも難しい、という融通《ゆうずう》の利かないタイプ。

平塚神社殺人事件捜査本部の捜査主任に着任した時は、浅見を懐《なつ》かしがっている上に、「私はあの人の才能を評価しています」と、すっかり浅見のファンに変貌していた。過去の鮮やかな推理に感心させられたからだという。そして「いくらなんでも民間人に捜査依頼はできないが、あの人が勝手に探偵ごっこをする分には、こちらの関知するところではない」として、暗に浅見が事件捜査に関わるのを奨励しているフシが見受けられる〔金沢《かなざわ》殺人事件〕。

◆警視庁滝野川警察署—小堀《こぼり》警部

浅見家のある所轄といえば滝野川署である。片手間とはいえ、まがりなりにも探偵業をやっている割には、地元署との付き合いがなかった浅見は、署内で起きた事件で被疑者扱いされたときに後悔したものである〔佐渡伝説殺人事件〕。せめて警察庁刑事局長の弟だと知っていたら、扱いの点でずいぶんと態度が変わっていたに違いないのだ。身元がバレてからも、取り調べに当たった刑事課長の小堀は、疑いを解かなかった。

本庁の宮本警部と違って、小堀はいつまでも浅見をけむたがる。平塚神社殺人事件で宮本が浅見を捜査に参加させようとすると、「いや、それはまずいでしょう。だいたい、警察が素人さんの知恵で動くなどというのは、みっともいいことではないのです」と反対している〔金沢殺人事件〕。

浅見家の菩提寺《ぼだいじ》である聖林寺《せいりんじ》の住職から相談を持ち込まれ、浅見と住職が連れだって滝野川署を訪れたときも、小堀はあまり感激も感動も伴わない相づちを打っていた〔鐘《かね》〕。

知人の女性が拘留《こうりゅう》されたとき、浅見が署に行くと、「やあ、浅見さん、またですか」と露骨にイヤな顔をする。浅見を知らない部下の刑事に向かって、「名探偵・浅見光彦センセイだよ。同じ町内に住む名士の顔ぐらい憶えておきたまえ」と皮肉たっぷりに説明した後、「殺しっていう

と首を突っ込む、困った人だ」と付け加えた〔怪談の道〕。いつでも浅見を疑っていて、たとえ警察庁刑事局長の弟だろうと場合によっては容赦《ようしゃ》しないぞという姿勢をとる。

◆長野県警捜査一課ー竹村岩男《たけむらいわお》警部

長野県警では知らない人はいないほどの有名人。数多くの難事件を手掛け、名推理と粘っこい捜査、風采《ふうさい》の上がらない容姿からつけられたニックネームは「信濃《しなの》のコロンボ」。

浅見が軽井沢署で黙秘を続けているところへやってきたのが最初の出会いである。浅見が刑事局長の弟と判明して、憮然《ぶぜん》とする。竹村は名門を鼻に掛けるような連中が大嫌い。好きで警察官になったけれど、もし警察に入らなければ、共産主義者になっていたかもしれない男だ。しかし、浅見のことは、妙に憎む気になれなかった〔軽井沢殺人事件〕。

浅見が菊池《きくち》氏の取材で熊本へ行ったとき、駅前で刑事に尋問され、相手が長野県警の刑事と知ると、「僕は竹村警部の知り合いです」と言って、難を逃れている〔菊池伝説殺人事件〕。

米問題で再び出会った時は協力しあって事件解決に当たった。身分の上下にまったくこだわらない竹村のようなリベラルな人間が警察にいることは、浅見にとって驚くべき発見であった。

「もちろん犯人逮捕は警察の手でやりますが、何がどうなっているのか、事件ストーリーを解明して教えていただくまでお願いできればありがたい。ほかのことは雑用でも何でも、すべて任

せてくれて結構です。浅見さんが声をかければ、どこへでも、何人でも集めて飛んでいきますよ〔沃野の伝説〕」と言ってくれた。

この竹村の、見栄《みえ》も衒《てら》いも飾り気もない、ありのままの心情吐露《とろ》を聞いて、(なんて気持の広い、いい男なんだろう)と、浅見はあたらめて竹村という人物を好きになった。

◆香川県高松北《たかまつきた》警察署―大原《おおはら》部長刑事

四十二歳の小柄な男だが、少し猫背で髪の毛が半白《はんぱく》なのでもっと老けて見える。『讃岐路殺人事件』で浅見と知り合い、「えらい事件に関わりましたなあ」と同情的で人のいいところを見せた。事件解決に当たり浅見の意見を入れて、粕谷《かすや》記者、役所職員辻村暁子《つじむらきようこ》と四人だけの「捜査会議」を開き、囮《おとり》捜査に踏み切る。

梵鐘《ぼんしょう》にまつわる事件『鐘』で浅見はふたたび高松を訪れ、大原と再会する。浅見は大原の人柄が好きである。好人物で大人の風格がある。少し抜けたところがある茫洋《ぼうよう》とした人柄で人をホッとさせる。他人の言うことをよく聴いて、いいと思うことは、たとえ多少の危険を冒《おか》してもトコトンやってみないと気が済まないタイプだ。大原のような相棒とコンビが組めたら、楽しい探偵ゴッコが出来るだろうな――と、浅見はひそかに思うのである。

そんな大原に久しぶりに出会うことになったのは、『崇徳伝説殺人事件』で坂出《さかいで》署に立ち寄っ

たときである。その時大原は、香川県警捜査一課の警部補として坂出署の捜査本部に詰めていた。浅見が解決した『鐘』の事件のお陰で、昇進したそうだ。

交友のあった警察官～ゆきずりの刑事たち

事件に遭遇すれば、必ず関わりあうのが警察官であるが、誰もが皆、好意的というわけではない。反発されることもあれば、時には裏切られるときだってある。けれども浅見に協力し、共に戦ってくれる警察官もたくさんいるのである。

◆北海道小樽警察署ー鳥羽《とば》部長刑事

鳥羽は初老の刑事で、自分と対照的に、スラッと背が高く、ハンサムな上に若い浅見に眩《まぶ》しいような小憎らしいような感想を持った。老練である鳥羽刑事が、捜査の初歩を説いて聞かせる浅見に「いや、初歩でも、肝心《かんじん》なことです。刑事ってやつは、慣れっこになってしまうと、つい杜撰《ずさん》な捜査をやりかねないからね。時として初心に返ることも必要です。いや、どうもあ

りがとうございました」と言って、若造の浅見に深々と頭を下げたのであった。

事件に迫る浅見を見ていて（いい顔してる）と見とれてしまう。刑事のような職業意識とは違う、どこかで事件捜査そのものを楽しむゆとりがある。浅見が事件にのめり込むのは、単なる好奇心だけでなく、旺盛《おうせい》な正義感に裏打ちされた、人間に対する優しさであると、鳥羽は感じ取っていた。（もし、この青年に探偵としての欠陥があるとしたら――その優しさかもしれない――）

捜査官にとって、なまじの優しさは、しばしば命取りになる例を、鳥羽は何度も見てきた。恩情をかけたがために、結果として減俸や降格などの処分を受け、場合によっては、犯人によって殺傷されかねない危険と隣り合わせにいるのである。たとえ「鬼」と言われようが蛇蝎《だかつ》のごとく嫌われようが、刑事は疑心暗鬼《ぎしんあんき》の権化《ごんげ》でなければ、生きていけない。そう鳥羽は信じているのであるが、浅見のような風変わりな探偵に、一服の清涼感をおぼえ、息子ほどの年の開きにも関わらず、ほのぼのとした親愛の情と同時に言いしれぬ尊敬の念が湧いてくる気がしたのである。〔小樽殺人事件〕

◆神奈川県金沢警察署―多田《ただ》部長刑事

金沢八景《かなざわはつけい》で起きた変死事件を担当した。弟は警視庁捜査一課の多田警部。兄より弟のほうが

出世したわけだが、僻《ひが》む様子もなく弟を優秀な警察官として自慢している。浅見は弟の警部とは『津軽殺人事件』で会ったがあまりいい関係ではなかった。むしろ浅見は、兄の方に警察官としての優秀な資質を見て「弟さんより刑事としては優れている」と本心から言う。出世が遅れたのは才能の問題ではなく、能力を発揮するチャンスに恵まれなかったからだともいうのである。そして「多田さんが県警本部長賞を取るなら、いまがチャンスだと思いますが」と進言して浅見は多田を自分の捜査に引きずり込む。〈横浜殺人事件〉

◆静岡県沼津《ぬまづ》警察署―畑山《はたやま》警部

友人の死の真相を探るため、浅見は沼津署を訪れ、そこの捜査主任・畑山警部に出会う。浅見よりいくらも年長でないのに、殺人事件の捜査主任を任せられている畑山を、優秀な警察官だと思う。神話の弟橘媛命《おとたちばなひめのみこと》などを持ち出して、およそ警察官らしくない話をするのに、浅見はみとれてしまう。事件の最後には浅見の口車に乗って、芝居もどきを演じ、「警察官よりペテン師のほうが似合う」などと浅見にいわれる。〈漂泊の楽人〉

◆神奈川県警捜査一課―長洲《ながす》警視

長洲警視は浅見が珍しく好意を持った警視である。細長い顔に眼鏡を掛けている長洲を見て、

浅見は、ひょうひょうとしているが、本質はなかなか俊敏《しゅんびん》で、油断のならない男であると感じた。神奈川県警きっての切れ者である長洲に、浅見は自分と同質のタイプの人間だと思い好感を抱く。これで官僚でさえなかったら、いますぐにも親しく付き合いたい相手であった。〔終幕《フィナーレ》のない殺人〕

◆三重県鳥羽《とば》警察署―竹林《たけばやし》部長刑事

ベテランになると馬鹿げたことを無責任に言い放てなくなる。竹林は、自分も昔はもっと自由に推理を働かせていたことを思いだし「トシかな」と呟《つぶや》く。浅見から、県警のスタッフに遠慮しているのではないかと、指摘されて（若いくせに、いろんなことをようわかっとる。こいつ、何者か？）と疑いの目を向けるが、浅見の意見を捜査会議に出してみる。

よほど気に入ったのか、浅見が帰るときに、思いがけなくホテルのフロントまでやってきて、「女房の里で獲《と》ったもんです」と、サザエやアワビや干物の入った発泡スチロールの箱を置いていった。浅見は百万円の真珠にまさる土産ができた――と、胸がジーンとなった。〔志摩半島殺人事件〕

◆青森県黒石《くろいし》警察署―花田《はなだ》警部補

大柄で、先代の貴《たか》ノ花《はな》に似ている。警察官にもいろいろあるが、花田のように愛想のいい男は珍しい。浅見が訪ねていくと笑顔で迎えてくれる。浅見の熱心な態度に感心し、「ルポライターなんかより刑事のほうがよっぽど向いていますよ。大きな声じゃ言えないが、近頃の若い刑事は、まるでサラリーマンですからな。あんたの爪《つめ》の垢《あか》でも、煎《せん》じて飲ませたいですよ。そうだ、浅見さん、あんたいっそ、私立探偵でもやったらどうです？　明智小五郎《あけちこごろう》みたいな、名探偵になるんでないでしょうか」と真顔《まがお》で言う。浅見は実体を見抜かれたかと思いドキリとする。〔津軽殺人事件〕

◆岩手県久慈《くじ》警察署―宮島《みやじま》警部補

戸塚の橋本警部から紹介されて、久慈ではいろいろと浅見が世話になった定年間近の老刑事。岩手訛《なま》りがきつい重い口調の話し方で、小柄で腰が低く、いかにも好人物という感じがして、人見知り癖の浅見には親しみやすい相手である。浅見の奇妙な実験には、不愉快そのものの顔でプリプリしながらも、部下にも上司にも内緒で協力してくれる。浅見が、高所恐怖症という弱点があるのがわかって優越感を味わう。〔琥珀の道《アンバー・ロード》殺人事件〕

◆宮城県多賀城警察署―千田《せんだ》部長刑事

定年間近の老刑事で、略称は「センチョー」。昇進には縁がなかった自分の刑事人生を振り返って、(まあいいか)と思う。好きでやってきた仕事だ、昇進が遅いのも、給料が上がらないのも、その好きな道でやってこられた報酬と差っ引きだと思えば、そう腹も立たない。

もともと俳句をやっていたのだが、ほんの手すさび程度で短歌をおぼえてからはもっぱら短歌に勤《いそ》しんでいる。

浅見の熱っぽい口調に圧倒されて、若い頃のように血が騒ぐ。もう一度頑張ってみようかと思う。何十年も刑事をやってきたが、大きな事件を解決したことは一度もない。独《ひと》りで犯人を追いつめるようなかっこいいことが、一度ぐらいあってもいいか、と思う。そして浅見の誘いにのって事件に肉薄していく。〔歌枕殺人事件〕

◆警視庁下谷《したや》警察署―山田《やまだ》部長刑事

「まだ二日しか経っていないというのに、いち早く自殺と断定するなんて、警察は急ぎすぎですよ。まるで正月が来る前に片付けてしまいたかったように、です」と浅見に言われて、サッと顔色を変えるが、周《まわ》りをはばかりながら「あんたの言う通りかも知れない」と自己反省を含

めた本心を漏らす。浅見は、ちゃんと見るべきものを見ている山田のような刑事がいることで、あらためて警察を信頼しようとする。そして「個人個人の心の中に、たった一人の捜査本部を作りませんか」と提案する。平凡に過ごしてきた中年刑事の山田にとって、浅見の言う「捜査本部」は荷が勝ちすぎると思いながらも、浅見に捜査協力しようとするのであった。〔上野谷中殺人事件〕

◆警視庁捜査一課主任捜査官ー升波《ますなみ》警部

浅見家の菩提寺がからんだ事件で、浅見家にやってくる。そして、「コトデンに乗りに行きませんか」と誘い、非公式に警部達の高松行きに同行して欲しいと浅見に頼む。もちろん警察が浅見の分の費用までは出せるわけがないので、升波は後ろで手を回し、藤田編集長から高松の金比羅《こんぴら》さんのルポを依頼するように取りはからう。〔鐘〕

◆警視庁捜査一課ー荒谷《あらや》警部補

いかつい四角い顔がクシャッと笑うと、荒谷の本来持っている人の良さが協調される。浅見が月刊『S』に論文を書いた人物と分かって、端倪《たんげい》すべからざるものがある——と、浅見を見直す。浅見は、荒谷に捜査協力を頼む一方で、兄を通じてウラから手を回す。荒谷は（この男、

何者?)と思うが、観察するうち、坊っちゃん坊っちゃんした風貌でありながら、まるで百戦《ひやくせん》錬磨《れんま》、海千山千《うみせんやません》のベテラン刑事のように、さりげなく四方にアンテナを張っている浅見の姿に、ひそかに舌を巻いた。そしてすっかり浅見教の信者になってしまう。〔透明な遺書〕

◆警察庁刑事局主査―沢木義之《さわきよしゆき》

刑事局長の特命を受けて、同じ肩書きの高岳尚人《たかおかなおと》と二人で浅見に接触する。四十歳前後。仕立てのいいスーツを着た紳士風。兄がよこしたんだからキレ者なんだろうと思いながら、浅見はイヤな気がして非協力的態度で反発する。しかし、浅見の意志とは関係なく、この警察庁コンビと行動を共にすることが、兄の計画であったことを思い知る。〔鬼首《おにこうべ》殺人事件〕

◆山口県岩国《いわくに》警察署―依田《よだ》部長刑事

ラーメン屋で初めて浅見が会ったときは、捜査本部の意向に不満を持っているように見えた。依田は勘を働かせるタイプで、いかにもベテラン刑事らしい感覚も持ち合わせている。浅見は気が合いそうな予感がし、依田の自信ありげな言葉を聞いてますます好きになった。依田の兄が仕事の関係で旭光《きよつこう》病院に出入りしていたことから、浅見は情報を提供してもらったことがある。〔箱庭〕

◆警視庁三鷹《みたか》警察署—谷奥《たにおく》部長刑事

谷奥は中村典子《なかむらのりこ》を再訪し、自分と浅見との事情聴取の違いを見せつけられ、顔をしかめる。ほんのちょっとの差——紙一重《かみひとえ》というが、谷奥は、二重構造の一枚目を剥がしただけで切り上げて、その先にもう一枚のヴェールがあることに気付かなかったのだ。素人ごときにしてやられた——というのと同時に、素人の感覚、素人らしい好奇心の恐ろしさを、谷奥は感じた。刑事を二十年もやっていると馴《な》れが生じる。谷奥は自分が、広げていかなければならない好奇心を失っていたことに気がつく。そして浅見というのは、なかなかの人物かもしれないと思う。

〔幸福の手紙〕

◆岩手県花巻《はなまき》警察署—小林孝治《こばやしこうじ》部長刑事

岩手県警から花巻署に転任した日に事件発生。浅見は小林の二十九歳という若さに、柔軟な考えを期待するが、小林はあくまでも民間人の浅見を遠ざけようとする。「目鼻ぐらいつけないと帰れない」と言う浅見に、「冗談でしょう。目鼻だってつくはずないですよ。浅見さん、あんた、事件捜査をラーメンの出前ぐらいに考えているんではないですか？」と大まじめで呆れている。

極めてオーソドックスな考え方をする男だが、自宅で浅見に、キンキの一夜干しをご馳走《ちそう》するような気のいいところがある。〔イーハトーブの幽霊〕

◆京都府山科《やましな》警察署―平山《ひらやま》巡査長

長年の刑事生活で動物的勘が働く点は、浅見と似通っている。釣りをしていたところ浅見と出会い、意気投合する。浅見の意見に感心し、「どんな情報でも求めておるところです。もし何かあるんやったら、ぜひ聞かせてもらいたいのですがね」と言う平山に、浅見はまるで十年の知己《ちき》のようにぴったりと意思が疎通したのを感じる。平山に官舎まで案内され、浅見はお昼に鰻重《うなじゆう》をご馳走になる。〔華の下にて〕

◆京都府舞鶴東《まいづるひがし》警察署―今峰《いまみね》部長刑事

浅見を警察庁刑事局長の弟と知った上で、京都府警捜査一課の山本《やまもと》部長刑事と一緒に浅見家を訪れ、相談を持ちかける。だが、浅見に信頼を置いているという訳ではなく、勘だけで無責任なことを言ってもらっては困る、と言いたげな様子だった。浅見が事件を解決してからは、「二十何年も刑事をやってきたが、すっかり自信を失って、もう辞めたくなった」と言っていたそうだ。〔蜃気楼〕

◆大分県国東《くにさき》警察署ー才賀雄三《さいがゆうぞう》警部補

駐在所に寄った浅見は、才賀に捕まり、まだ宿をとってないことを思いだし、「もし差し支えなければ、こちらの留置場に泊めていただけませんか」と申し出る。才賀は「いいで、ご本人がそう希望するちゅうんなら、どうせベッドも空《あ》いちょるんやしな」と笑った。後で浅見の身元がばれて、県警の杉岡《すぎおか》から「きみは昨夜、浅見さんを留置場にぶち込んだということだし、それはいささか職権乱用だったな」と指摘されると、「自分はぶち込んだわけじゃないです。浅見さんが勝手にお入りになったのでして」と言い訳をする。才賀が恐縮していると浅見の方から「兄にはご内聞に」と謝られて困惑する。泊めていただいてホテル代が助かった、朝食代を払う、と真剣な顔で言う浅見に、才賀は笑ってしまう。そして、風来坊《ふうらいぼう》のようなこのルポライターが好きになった。〈姫島殺人事件〉

◆静岡県島田《しまだ》警察署ー七高《ななたか》部長刑事

知人に頼まれて事件を調べる浅見は、寸又峡《すまたきょう》スカイホテルのロビーで待ち伏せしていた七高に呼び止められる。七高は刑事をしている割には気のいい男だった。「素人さんが捜査に介入《かいにゅう》してくるのは、非常に迷惑」と言いながらも、浅見の推理を聞き長いこと考えて、「今の話を捜査

会議で進言してみますよ」と言ってくれた。しかし、その結果に浅見は落胆する。七高なら、もう少しこっちの意を汲《く》んで、積極的に動いてくれるものと思っていたが、やはり彼もまた警察組織の一員でしかなかったのか。それにしても、警察のセクショナリズムと身内意識は想像以上のものらしい、と浅見はガッカリする。〔鄙《ひな》の記憶〕

◆鹿児島県中央警察署ー石原英之《いしはらひでゆき》部長刑事

顎《あご》が発達していて、いかにも九州男児といった風貌。浅見を公務執行妨害で緊急逮捕するが、警察庁刑事局長の身内と分かると、顔面から血の気が失せる。それまで部下の書いていた調書をひったくり、「もういい、これはなかったことにする」と言って、破り捨てた。その後、ラーメンが好きだという浅見を気に入ったらしく、二人でラーメンをすすった。浅見とはコンビのように行動を共にしている。〔黄金の石橋〕

第二の扉

〜ルポライターは天職か？

第二の世界へようこそ。

ここでは、浅見光彦の「仕事」についてご紹介しましょう。

いくつもの職を転々とし、軽井沢のセンセの紹介でなんとかルポライターに落ち着いた浅見ですが、はたして、この仕事は天職なのでしょうか。

今までに書いたルポやエッセイ、そして取材先で食べたものや購入したお土産なども考察し、浅見の仕事ぶりを覗いてみましょう――。

浅見の書いたルポ・エッセイ

浅見が書いたと思われるルポやエッセイを、軽井沢のセンセの発表した作品から拾ってみた。

（一覧表にある作品No.の欄には、その作品の初めの一文字を掲載。一文字目がダブる作品は二文字目も掲載）

●浅見が売り込んだルポ（売り込み先はすべて藤田編集長の『旅と歴史』）

作品No.	テーマ（太字＝タイトル）	内容	藤田の示す条件	確保したもの
43 津	太宰没後四十周年記念企画	太宰治作『津軽』の中で太宰が旅したコースを辿って歩く	二泊三日車中一泊	旅費・原稿料
52 金	能登・金沢のルポ	金沢で女花火師、浅野川で友禅流しを取材		
55 琥	琥珀の道	久慈の平庭国定公園と琥珀の道	ギャラは原稿次第ホテル代自腹	高速料金ガソリン代
74 薔	『ベルばら』かつてのスターたちのその後	今世紀最後の『ベルばら』にからめて宝塚を取材し、かつてのスターを追う	面白ければ使う	掲載無しに終わる

←次ページへ続く

作品No.	テーマ（太字＝タイトル）	内容	藤田の示す条件	確保したもの
81 坊	四国・松山文学散歩	正岡子規・夏目漱石・種田山頭火の足跡を辿る文学散歩。松山取材		
84 斎	**神に嫁いだ皇女たち**	斎王群行や斎宮を取材。六月号で斎王特集を組む	原稿三十枚 締切まで逐次入稿	取材費は原稿と引替
88 箱	厳島神社の復興	台風被害にあった厳島神社をグラビアページで紹介。美人の内侍も撮る		
91 幸	**神田日勝の奇跡**	北海道『神田日勝記念館』を取材し、彼の伝記風紀行エッセイに仕上げる		北海道までの往復旅費
109 鄙	**ライフル魔事件のその後**	一九六八年に起きた「寸又峡ライフル魔事件」のその後を取材		旅費
	東海道五十三次の「島田宿」中心のルポ※	大井川鉄道や蓬莱橋などの記事に蓮台渡しや文金高島田等の古い文化を写真入りで紹介		
113 は	出羽地方における中世の激動の歴史を探る	仁賀保付近の面白い歴史をルポ		旅費
	千田聖母八幡宮に纏わる隠れキリシタン伝承	熊本県鹿央町の千田聖母八幡宮に祀られたモデルは、聖母マリアではなく神功皇后だった		往復交通費＋α

※「ライフル魔事件のその後」と同じルポかとも思われるが、不明。

●依頼された原稿

作品No.	依頼主	テーマ（太字＝タイトル）	内容	条件・その他
16 佐渡	雑誌P	大ボスの院政がまかり通っている政治の裏面を切る	政治家のミニ伝記シリーズ第一弾・政界最若手代議士S氏にインタビュー	
	某出版社		たいして面白くもない仕事	
18 白	菓業タイムス	『全国ふるさと自慢菓子自慢』シリーズ	東北地方の分を取材、記事にする	
20 天城	母・雪江	日本古式泳法	横浜と修禅寺で行われた大会の記録	カメラマン同行
	週刊毎朝	タレント桜井夕紀と対談	庭に椿が満開の席で行われた、若く、栄光の真っ直中にいる夕紀との対談	目白の庭園レストランで
22 小	H広告代理店	小樽の紹介記事	先入観に邪魔されないフレッシュな「小樽再発見」を期待される	船中泊含め四泊五日・原稿料三倍
27 漂	ある雑誌	三島の湧き水と三島宿の今昔	文明の進展とともに地方文化が変転してゆくさまを描くドキュメンタリー	
28 鏡	某経済情報誌	財界人	財界人の提灯持ちインタビュー記事	三十枚
30 美	F出版社	「二十一世紀に生きる日本の伝統工芸」シリーズ	岐阜県美濃市蕨生「和紙の里」を取材。和紙を滅びさせてはならないという観点に立って、その方法論を探す形の記事に	人間味のある浅見の記事は評判がいい

←次ページへ続く

作品No.	依頼主	テーマ（太字＝タイトル）	内容	条件・その他
35 竹	旅と歴史	福井県武生の菊人形	展示する人形作りの舞台裏	
39 日光	旅と歴史	「天海僧正は明智光秀だった」説を立証するドキュメンタリー	立証が難しいので急遽智秋家と明智の秘密を追うが、もう一度天海を調べなおす	五十枚 取材費立替
40 天河	旅行関係の出版社	「能謡史蹟めぐり」	三宅に来た話を浅見に持ってきた。宿は出版社指定の桜花壇	十一泊十二日 潤沢な取材費
42 志	旅と歴史	伊勢志摩	伊良子清白の詩をバックにした伊勢志摩の取材記事と、美少女海女の写真を掲載	美少女海女が大反響となる
46 隠	旅と歴史	後鳥羽上皇遺跡発掘調査団	調査隊員として同行取材。ドキュメンタリータッチで事件の顛末を書く	
48 城	旅と歴史	**但馬の土蜘蛛伝説**	城崎を取材し、歴史のロマンを探る	
51 横	旅と歴史	**横浜のおんな一三〇年の歴史**	横浜で働く女性に視点を置き、横浜の街と歴史を描く	二泊三日宿代込 三十枚・三十万円
54 日蓮	旅と歴史	身延山を中心とした伝説の旅		藤田は題名に日蓮を使いたい
56 菊	旅と歴史	菊池一族特集	清少納言と西郷隆盛と菊池寛が親戚という説を探る九州取材	アゴアシ付き

58 神	旅と歴史	一の谷と鵯越の関係について	『源義経一の谷合戦の謎』の著者・松村明男にインタビュー	
60 御	コスモレーヨン社PR誌	「フリージアスロン」PR	コスモレーヨンの新製品のPR記事	三泊はコスモレーヨン社持ち
63 平城	旅と歴史	**嗚呼、日吉館はどこへ行く――**	奈良・日吉館は消えない、という論点でルポを纏める	三十枚 旅費自腹
66 三	旅と歴史	不明	（旅先で藤田から頼まれた原稿を書く）	母と一緒の旅
68 鳥	ある雑誌	新宿の古きよき時代	新宿に残っている、古きよき時代の風物を取材して、花園神社の写真を撮る	
70 博	旅と歴史	中世の商業都市・博多のロマン	中世の博多の遺構を発掘した学術調査団に参加し、レポートにする	
71 喪	某旅行雑誌	温泉場を紹介する提灯持ちのルポ	取材なしでパンフレットを見ただけのでっち上げ記事	
	旅と歴史	**甲州裏街道に埋蔵金を探る――**	「謎の黄金ルートに消えた虚無僧寺の秘密とは？」をサブタイトルに執筆	三十枚
		埋蔵金ルート第二弾	佐渡、甲州、伊豆を結ぶ埋蔵金ルートの秘密――という路線で連載を書く	取材費有り

←次ページへ続く

作品No.	依頼主	テーマ（太字＝タイトル）	内容	条件・その他
72 鐘	旅と歴史	四国琴平電鉄沿線特集	高松の鐘を取材	ペラ二十枚 専務から指名
76 若	原発PR誌	美浜原発について	（作中では書いたかどうかは不明）※①	
77 風	不明	会津観光スポット特集	会津漆器を中心に、会津地方の歴史と文化と産物、観光を紹介する	
80 透	旅と歴史	喜多方ラーメン	喜多方にはラーメン以外に何があるのかそこが知りたい——という企画 ※②	現地取材で五枚
86 鬼	旅と歴史	小町まつり	秋田県雄勝町で取材したルポ	
89 怪	動燃PR誌DAM	原発に関する記事	動燃の「人形峠事業計画」に絡む問題が起きたが、粉飾しない記事を書いてボツに	取材費十三十万近い額・不掲載
94 札	旅と歴史	**衰退を辿る北の原宿・札幌「消えゆく裏参道」**	裏参道の再開発やサッポロドーム建設計画に絡む政治家の動きなどをルポ	旅費・取材費有 原稿料先払い
97 イ	旅と歴史	花巻祭り	花巻祭りに絡めて宮沢賢治をテーマにした旅のガイド。屋形山車の写真入り	ギャラ前借り

100 華	旅と歴史	『花を訪ねる旅』シリーズ	茨城県土浦市真鍋小学校の「お花見集会」ルポ	
		国際生花シンポジウムで、日生会の牧原にインタビュー	牧原の「異端」にスポットを当てることによって、対照的に家元制度や保守的な生け花の世界を浮き彫りにする。写真入り	二泊三日アゴアシ付き
101 蜃	旅と歴史	**三百年を越えてブーム再燃・越中富山の置き薬**	富山の薬売りの歴史と現状をマクラに、それに関わる人々を生活臭のあるドキュメンタリータッチで丁寧に描写　※③	魚津・埋没林博物館で蜃気楼取材
102 姫	旅と歴史	大分県国東半島沖合に浮かぶ姫島	車エビの養殖を中心に姫島の歴史や伝説や七不思議を記事に	一泊旅費
104 祟	旅と歴史	天皇家に纏わる怨霊伝説	京都で天皇家に纏わる怨霊伝説をルポ、早良親王の祟りを取材に崇道神社へ	76ページ『遺骨』と同じルポか？
107 遺	旅と歴史 新年号	**金子みすゞのきらめき**	みすゞの故郷、山口県長門市を取材し、その写真をふんだんに収録。冒頭は「お魚」という詩を掲げた、かなり長いレポート	

←次ページへ続く

作品No.	依頼主	テーマ（太字＝タイトル）	内容	条件・その他
112藍	旅と歴史	「時代が町と人の暮らしをどう変えるか」四国八十八ケ所を十番まで探訪	政治や経済の動向によって左右される市民生活や町の機能の変換の歴史を探る。「阿波歴史文化回廊構想」を盛り込む。写真入り	当初の依頼枚数三十枚が五十枚に変更になる
115黄	旅と歴史	熊本・鹿児島にまたがる五石橋	岩永三五郎とその一統の系譜を交えての「石橋物語」。通潤橋の写真を載せ、西郷隆盛に関わる伝説まで絡める	一週間分の経費先払い

※①内田から取材を頼まれて若狭に行き、美浜原発の広報課に勤務する人物を紹介される。内田は浅見にそっちのPR記事を書かせて旅費を出させようという魂胆だった。実際に『若狭殺人事件』では浅見が書いた事にはなっていないが、『怪談の道』では、浅見の書いた原発の記事が発端で取材を依頼される。

※②「かりにも『ラーメンの喜多方』と、あまねく名声をかち得ているのだし、ラーメン立国といってもいいような、観光の目玉にしているのでしょう。だったら、個々の店はもちろんだけど、市の行政当局も責任を持ってもらいたいものです。たまには抜き打ち的に査察に入って、その店のラーメンを試食してみるくらいの努力があってしかるべきですよ。そうして、合格した店には『マル適マーク』みたいな『マル旨《うま》マーク』を掲示させるといいんだ」というのが浅見の意見。

※③「売薬《ばいやく》さん」の日常の生活や仕事ぶり、お得意さんとの家族同様の交流など、あまり知られていない世界を興味深く見つめ、なるべく細やかに描いた。富山の和漢薬の歴史から書き起こし、前半は薬科大学教授や、富山の薬店で仕入れた薬学的知識、製薬事業の実態などを披瀝《ひれき》してあるが、やはりメインテーマは、配置薬という特異な事態を支える「売薬さん」の生活を紹介することに費やした。富山の薬売りは、一つの職種である以上に、日本特有の文化の象徴といえる――と結ぶ。

●依頼されたのか売り込んだのか定かでないもの・どちらでもないもの

作品No.	掲載紙	テーマ（太字＝タイトル）	内容	条件・その他	備考
16佐渡	不明	**くたばれ水子地蔵**	賽の河原伝説や水子地蔵信仰は悪しき宗教の典型である		作中に本文あり
	ある雑誌	エッセイ	アルコールの入った晩は、タクシーを表通りで降りて、酔いを醒ましながら帰る		マザコンで有名になる
18白	週刊宝石	**犯人は逮捕を待っている**	現在捜査難航中のいくつかの刑事事件を取材。「毒入り菓子企業恐喝事件」に触れ、「怪盗X団には二つの顔がある」と発言	見開き二ページのルポ風エッセイ	発表になり物議を醸す
62伊	不明	伊香保温泉	夢二記念館や日舞「桃陰流」を取材し、伊香保の歴史や風習、踊りの会を記事に		
63平城	旅と歴史	門跡尼寺を巡る	京都・奈良を巡り、門跡尼寺と雛人形を取材		
64紅	旅と歴史	芭蕉と紅花	奥の細道を辿り、尾花沢の芭蕉歴史資料館、山形の紅花記念館を取材		
65耳	旅と歴史		下関の歴史と観光を取材	原稿料五万円	締切破る
74薔	旅と歴史	不明	（締切を目の前に何か執筆／あと二十枚は書かないといけない）		

←次ページへ続く

作品No.	掲載紙	テーマ（太字＝タイトル）	内容	条件・その他	備考
75 熊	旅と歴史	不明	（内田と旅行中も『旅と歴史』の原稿をワープロで打つ）		
78 朝	旅と歴史	不明	（三日後の締切目指して執筆中）		
80 透	月刊『S』新年号	警察批判 ※①	警察の頑迷と怠慢に怒り、思いの丈をぶつけた警察批判は、国会でも問題になる	四百字詰で二十六枚	署名入り論文扱い
88 箱	旅と歴史	不明	（めちゃくちゃ遅れている原稿に追われている。十日近い長旅に出掛けていたので明け方までワープロをたたく）		
106 皇	不明	皇女和宮生誕百五十年記念	生誕百五十年と逝去百二十回忌を記念して「静寛院和宮奉讃法要」の模様と親睦パーティを取材		
107 遺	旅と歴史	淡路廃帝と称された早良親王	親王が祀られている常隆寺を訪ねる。写真入り	往路分旅費	※②
118 ユ	旅と歴史	沖縄特有の文化、信仰や宗教行事	「三線」だとか「琉歌」といった沖縄特有の文化などについて取材		※③

※①「誤認捜査の疑いが濃厚であっても、率直にミスを認めないばかりか、ミスを隠蔽《いんぺい》しようとして更なる過誤を犯す」と警察を断罪し、庶民の信頼を裏切り、ひいては犯罪を助長する、と結論した。藤田は浅見の原稿に感激し、自社の別セクションの総合誌に掲載すると告げる。しかし後に国会でも取り上げられ兄が苦衷《くちゅう》に立たされることになった。

※②『崇徳伝説殺人事件』と同じ早良親王をルポしているし、時期も近いので、同じルポの可能性がある。

※③本当に記事にしたか、浅見の出任せかは不明。しかし取材したからにはどこかに売り込むことは考えられる。

浅見の持ちかけたウソ企画

事件の謎を探るために浅見が考えたウソの企画を、いくつか拾ってみた。自分でも詐欺師の才能があるかもしれないと思うほどの、浅見の「口から出任《でまか》せ」ぶりをご覧いただきたい。

◆「首の女」殺人事件◆

企画→「智恵子《ちえこ》生誕百年・光太郎《こうたろう》没後三十年を記念する特集号」

身分→ある出版社の名を借りて、K大学助教授に取材を申し込む。

浅見の口上→「じつは、最近読ませていただいた先生の著書の中に、高村《たかむら》光太郎という人物は、芸術においても愛においても、西洋的であろうとしてついになりきることができなかった人である——というようにお書きになっているのを拝見して、いままでの光太郎論とは一風、異《こと》なった視点に立っておられると思いました。芸術に関しては私などにもなるほどと理解できるような気がするのですが、智恵子との愛においてもそうだというのは、たいへん興味ある部分ですし、とくに女性読者を多く持つ本誌としては、先生の生のお声で、そのあたりのことについて解説していただければと考えたわけです」

◆長崎殺人事件◆

企画→七洋《ななよう》興産が熱心に進めているポルトガル村計画について。

身分→F出版社記者の肩書きが刷り込まれた名刺を使う。臨機応変《りんきおうへん》にF社の記者として活動できるように契約を結んである。

浅見の口上→「ポルトガル村計画について、将来への展望をお聞きしたいのです」

◆竹人形殺人事件◆

企画①→「福井県経済界の現状について」福井県の名士に取材する。

企画②→「真正《しんせい》越前竹人形の神髄《しんずい》はこうして創られる」というドキュメント番組。

身分→「北越《ほくえつ》テレビ制作局プロデューサー本田政男《ほんだまさお》」の名刺を使用。北越テレビの社旗を立てた社用車に本物の運転手付きで乗る。後日「北越テレビ」のマークと社名の入ったカメラを担《かつ》いだ男とその助手を伴い、本田として竹人形師にインタビューする。

浅見の口上→「先生の真正越前竹人形をぜひ取材させていただきたいのです」「この繊細《せんさい》な浮き彫《ぼ》りの妙技などを、ぜひともカメラに収めさせていただきたい」

◆志摩半島殺人事件◆

企画↓作家・袴田啓二郎《はかまだけいじろう》氏の伝記を出版したい。

浅見の口上↓「申し遅れましたが、僕はルポライターをやっているのです。それで、袴田先生の生き方に共感を抱きまして、ぜひ伝記を書きたいと思っておりました。もしお許しいただけるのならと……」と袴田事務所に申し入れる。

◆讃岐路殺人事件◆

企画↓雑誌『旅と歴史』で高松の特集を組むと、高松の観光課に持ちかける。

身分↓『旅と歴史』の名刺を使う。ある程度名の通った雑誌で特集を組むとなれば、地元観光の宣伝になるので、どこの自治体も大乗り気になるものだ。浅見は真面目くさった顔で高松の観光行政について課長の談話を取る。しかしこれが真っ赤な嘘。

◆伊香保殺人事件◆

企画↓『旅と歴史』の特集として、舞踊芸術を取材。

浅見の口上↓「うちの雑誌が取り上げるのは、必ずしも旅と歴史のことばかりではないのです。日本の伝統芸能だとか、日本人の美意識だとかについても、ときどき特集を組んでいますから」

「それで、今回は舞踊芸術について、——ことに川上《かわかみ》先生の踊りの新鮮な感覚はどこから生まれるのか、その神髄のようなものを取材できればと思って参りました。たまたま、四月七日には桃陰流清園《せいえん》派の大きな催しがあるそうですから、タイミングもぴったりだと思いまして」

◆鐘◆

企画↓『旅と歴史』で梵鐘《ぼんしよう》の特集。

浅見の口上↓「うちの雑誌は『旅と歴史』という、名前のとおり、歴史に重点をおいた雑誌なのですが、今回は梵鐘についての特集をしたいと思いまして、日本一のメーカーである若親《わかおや》製作所さんにお邪魔したようなわけです」と、口から出任せを言う。後になって升波警部が『旅と歴史』に手を回して、鐘の特集を浅見に依頼させたので、結果としてウソ企画ではなくなった。

◆薔薇の殺人◆

企画①↓「大河ドラマの宣伝を含めて、スターの近況を聞く」

身分↓Nテレビの芸能記者を装って女優にインタビュー。カメラマンまで同行してそれらしい形にする。このとき浅見は、いくら真相究明のためとはいえ、この女性を欺《あざむ》くことになるのは、

何とも気がさして、こっちが犯罪者でもあるかのような後ろめたさにさいなまれた。
企画②↓俳優・三神洋《みかみひろし》の良きパパぶり。
身分↓女性雑誌のレポーターを装う。
浅見の口上↓「じつは、うちの雑誌が企画した『理想のパパ』のナンバーワンに三神さんが選ばれましたので、それについてのご感想など、実際のよきパパぶりと合わせて、お話しいただきたいのですが」と真面目くさった顔で言う。

◆若狭殺人事件◆
企画↓Tエージェンシーに「広告代理店における人事管理」というテーマで、人事担当重役の談話を——と申し入れる。
身分↓『旅と歴史』の名刺を使う。
浅見の口上↓織田信長《おだのぶなが》の大河ドラマにちなんで、企業の人事管理戦略を特集する——という主旨であたりさわりのない質問をいくつかする。

◆歌わない笛◆
企画↓倉敷《くらしき》の西部地域に総合芸術大学を作る計画について。

浅見の口上↓「東京の『旅と歴史』という雑誌社の者ですが、奥様にインタビューをお願いしたいと思いまして、お邪魔しました」と県会議員夫人にインタビュー。

◆幸福の手紙◆

企画↓一般庶民にも理解できる法医学の側面。

身分↓法医学教授の元を訪れ、『旅と歴史』の仕事であることを告げる。法医学理論を体系づけた苦労話とか、現代医学の進歩と科学捜査技術との橋渡し役としての法医学――といった一般的な話をしてもらうつもりだったが、見破られてしまう。教授の恐るべき洞察力を前に、賢《さか》しらな小細工など意味がないと悟り、「それでは率直に伺《うかが》います」と言って浅見は本題に入った。

◆蜃気楼◆

企画↓一流服飾メーカーであるミキセブランドを支える若い人たちの特集。

身分↓知り合いの新聞社の伝《つて》で、報道の腕章をつけて報道陣に加わり、ファッションショーを取材。カメラを持って舞台裏まで入り込む。

浅見の口上↓「まだ駆け出しの新米で恥ばかりかいていますよ」「フリーライターなんだけど、

今回、急遽取材を頼まれちゃって、困ってるんです。もしよければ、少し業界のことをレクチャーしてくれませんか」とそばにいたスタッフに話しかける。

◆皇女の霊柩◆

企画→皇女和宮の柩《ひつぎ》について。

身分→『旅と歴史』編集部の肩書きの入った名刺を出す。

浅見の口上①→N大名誉教授を訪問。「突然で恐縮ですが、ちょっとお話をお聞きしたいのですが」「ぼくがお聞きしたいのは、もう一つの和宮の柩についてです」「和宮降嫁《こうか》の際、道中の不慮を予測して、中山道馬籠宿《なかせんどうまごめ》に和宮のための柩が用意されたというのです」

浅見の口上②→一方、同大学の別の教授を訪問。「皇女和宮の柩のことで、ちょっとお話を聞かせていただきたいのですが」「昭和三十三年に行った、柩の発掘・移葬に関することです。そのとき発掘された副葬品について、興味深い話を小耳に挟んだものですから、それについてご意見をお聞きかせいただきたいのです」と申し込む。

◆氷雪の殺人◆

企画→西嶺《せいれい》通信機の軍需《ぐんじゅ》部門における将来性について。

身分→「週刊B――」という、付き合いのある雑誌の取材であると告げる。
浅見の口上→「西嶺通信機というと、電話の中継機器類や通信機器のパーツのメーカーであることぐらいで、一般にはあまり馴染みのない会社というイメージがあるのですが、じつは御社の通信機器、とくに水晶発振器等を活用した電子機器は、いまや軍需産業にとっては無くてはならないものだそうですね」

一つの事件でかかった金額

浅見が一つの事件にいくらぐらい使っているかを、『歌枕殺人事件』と『藍色回廊《あいいろかいろう》殺人事件』を例に挙げてご紹介しよう。いずれも作中からの推定だが、これを見ると、アゴアシ代等で随分出費が多いことがわかる。最近では、取材の話を持ち込み取材費を捻出《ねんしゅつ》するようになったとはいえ、ソアラのローンで手一杯というのもうなずける。

歌枕殺人事件支出報告書

項目	金額	備考
1日目		
高速代（首都高〜仙台宮城）	7,900円	
夕食代（仙台ホテル）	5,775円	
2日目		
高速代（仙台宮城〜宮城川崎往復）	1,800円	
昼食代（仙台市内レストラン）	4,000円	2人分
本代	2,730円	
夕食代（仙台ホテル）	5,775円	
3日目		
高速代（仙台宮城〜郡山往復）	6,100円	
高速代（いわき〜いわき勿来往復）	1,400円	
飲食代（ホットミルク）	600円	2人分
夕食代（仙台市内）	6,000円	
4日目		
飲み物代（コーヒー）	1,200円	2人分
昼食代	2,000円	
飲み物代（コーヒー）	600円	
5日目		
高速代（仙台宮城〜首都高）	7,900円	
ガソリン代（走行約1400キロ）	17,500円	
宿泊代（仙台ホテル4泊）	55,440円	（サ・税込）
朝食代（仙台ホテル4回分）	6,512円	
合計	133,232円	

※ガソリンはハイオクで、高速1ℓ＝120円として計算。

藍色回廊殺人事件支出報告書

第1回（1997年3月19日〜23日）

項目	金額	備考
1日目		
昼食代（上郷S.A・煮込みうどん）	787円	
高速代（首都高〜坂出）	18,700円	
高速代（美馬〜徳島）	1,500円	
宿泊代（剣山ホテル）	5,405円	（サ・税込）
2日目		
朝食代（モーニング）	840円	
大日寺でお賽銭	100円	
昼食代（うどん亭八幡・釜揚げうどん）	525円	
土産用・そば	840円	
かずら橋渡賃	410円	
宿泊代（阿波池田観光ホテル）	9,200円	（サ・税込）
3日目		
高速代（美馬〜脇町）	450円	
昼食代（フラウ）	1,890円	2人分
4日目		
昼食代（きつねうどん）	630円	
夕食代（パークホテル）	3,675円	
5日目		
昼食代（パークホテル）	945円	
高速代（徳島〜美馬）	1,500円	
高速代（坂出〜首都高）	18,700円	
ガソリン代（走行約2300キロ）	29,000円	
宿泊代（パークホテル2泊）	18,860円	（サ・税込）
朝食代（パークホテル2回分）	2,100円	
小計	**116,057円**	

※ガソリンはハイオクで、高速1ℓ＝120円、一般道1ℓ＝110円として計算。

第2回（1997年3月29日〜4月5日）

項　目	金　額	備　考
1日目		
バス代（徳島空港〜公園前）	430円	
JR・特急代（徳島〜阿南）	1,590円	
昼食代	630円	
JR（阿南〜徳島）	440円	
夕食代（徳島第一ホテル）	840円	
2日目		
昼食代（うどん）	787円	
3日目		
昼食代（ラーメン）	840円	
4日目		
昼食代（うどん）	525円	
5日目		
昼食代（そば）	630円	
6日目		
昼食代（うどん）	367円	
7日目		
昼食代（徳島第一ホテル・カレー）	840円	
8日目		
バス代（徳島駅〜徳島空港）	430円	
朝食代（徳島空港）	945円	
飛行機代（羽田〜徳島往復）	44,300円	
JR・モノレール代（往復）	1,320円	
宿泊代（徳島第一ホテル7泊）	50,312円	（サ・税込）
朝食代（徳島第一ホテル5回分）	3,675円	
夕食代（6回分）	9,450円	
小　計	**118,351円**	

※作中に記述はないが、朝食はバイキングやモーニングセット、昼食は麺類、夕食は1,500円として計算。

第3回（1997年4月）

項　目	金　額	備　考
1日目		
高速代（徳島～脇町往復）	2,400円	
夕食代（海彦）	3,150円	
2日目		
飲食代（コーヒー）	472円	
朝食代（パークホテル）	1,050円	
昼食代（うどん）	735円	
ガソリン代	1,530円	
飛行機代（羽田～徳島往復）	42,200円	
JR・モノレール代（往復）	1,320円	
レンタカー（カローラ2日分）	19,425円	
宿泊代（パークホテル1泊）	9,430円	（サ・税込）
小　計	81,712円	

※ガソリンはレギュラー90円として計算。

第4回（1997年6月）

項　目	金　額	備　考
1日目		
飲食代（コーヒー）	1,050円	2人分
夕食代	1,575円	
2日目		
朝食代（パークホテル）	1,575円	
バス代（徳島駅～徳島空港）	430円	
飛行機代（羽田～徳島往復）	42,200円	
JR・モノレール代（往復）	1,320円	
宿泊代（パークホテル1泊）	9,430円	（サ・税込）
小　計	57,580円	

合計 373,700円

☆後日、浅見は徳島を訪れているが、招待された可能性があるので割愛した。

取材先で食べたもの

事件を追って全国各地を駆け回る浅見は、見事な食べっぷりを披露《ひろう》している。自前で食べたものから奢《おご》ってもらったものまで、自分のことを悪食《あくじき》と評価するほど食欲旺盛《おうせい》な浅見は、取材先でいったいどんなものを食べているのだろうか。

◆警察署でお食事

旅先で容疑者にされることは、浅見の場合非常に多い。そんなとき食事時間にぶつかれば、そこで食事になるのは必然で、浅見はわりと当たり前のように警察で食事をしている。

警察で食べる物といえば、店屋物のカツ丼が定番になっているが、浅見は会津若松《あいづわかまつ》署の取調室でそのカツ丼を刑事と差し向かいで食べた〈風葬《ふうそう》の城《しろ》〉。同じカツ丼でも、『鄙の記憶』の大《おお》曲《まがり》署では署長室で食べた。署長室で署長と刑事課長を相手に食うカツ丼は、ムードこそないが、それなりに旨いものであると、浅見は感想を述べている。

『神戸殺人事件』では、水上《すいじょう》署の刑事にホテルから連行される。さすがに初めは容疑者扱いではなく、まあまあの待遇であったらしく、晩飯は応接室で天丼を出してもらった。しかしそれ

も束《つか》の間《ま》、状況が一変して、海老のてんぷらを丸々残したまま取調室に押し込められたのである。さぞ心残りだっただろう。また、ほっかほか弁当をすっかり平らげて、出涸《が》らしのお茶までついでもらったのは、奈良県の木津《きづ》署だった〔平城山を越えた女〕。

『姫島殺人事件』では、駐在所に泊めてもらい、カマスの干物に味噌汁という純日本風朝食を頂いた。「朝からこんなに御馳走になって、申し訳ありません。こういう場合、食費はどうしたらいいのでしょう？」と真面目くさって浅見が言うと、駐在は「刑が確定したら官費で支給してもらいますが、無罪なら浅見さんに請求します」と答える。そばから駐在夫人が「ばかなこと言うなえ」と笑った。

『沃野の伝説』で山形県酒田《さかた》署の留置場に泊まったときは、泊めていただいたうえに食事まで──と、浅見はなんだか申し訳ない気持になる。その内容は、丼飯《どんぶりめし》と味噌汁と玉子焼きとたくあんであった。パン食一点張りの浅見家の朝食にいいかげん飽きがきていた浅見にとっては、歓迎すべきメニューで、玉子焼きがついていたことに浅見はなにより感激している。

また、刑事に何かを奢ってもらうような状況にはあまり出くわしていない。珍しく浅見がファミリーレストランでサンドイッチとコーヒーを奢ってもらったのは竹村警部で、浅見がアッシーを務めると言ったので「タクシー代」だと言ってくれた〔沃野の伝説〕。他には『琵琶湖周航殺人歌』で、守山《もりやま》署の刑事・横沢《よこざわ》に大津《おおつ》プリンスホテルの喫茶室でコーヒーを奢ってもらった。

◆個人の家で御馳走になる

浅見は店で奢ってもらうより個人の家で手料理を御馳走になる方が嬉しいようだ。

初めに浅見が御馳走になったのは、『後鳥羽伝説殺人事件』の野上部長刑事宅であった。十一月八日は野上の妻・智子の誕生日だったので、夫婦で祝いのすきやき鍋をつついているところに、浅見がやって来た。「やあ、旨そうですね、丁度いいところへお邪魔したようだ」と、遠慮もなくテーブルの前に腰を据《す》えてしまう。夫人が困った顔で「いいお肉がなくて、あとはコマ切れみたいなものなんですけど」と言い訳すると、「いや、何でも結構ですよ、どうせ胃袋は気がつきゃしませんから」とおかしなことを言って笑わせる。

『イーハトーブの幽霊』で花巻祭りを取材に行ったとき、二十九歳になる花巻署の小林部長刑事に寮に寄ってくれと誘われる。夕食時間だからと断ると、「なんなら晩飯を一緒にどうです？　女房の手料理じゃ大した物はないが、実家からキンキの一夜干しを送ってきたのがあります。これは旨いです」と言われる。このときは、三陸名物キンキの一夜干しの魅力に負けて御馳走になった。タテヨコ三十センチはある大きなキンキのヒラキが大きな皿に乗って運ばれ、ふっくらした身から、脂がジュージューと音を立てて流れ落ちる。「いやあ、たまりませんねえ」と、浅見は口の中にたまった唾《つば》を飲み込んで、思わず満面に笑みを浮かべた。

ほかに、ヒロインや旅先で出会った人などから御馳走になった主なものを一覧表にしてみた。

作品No.	誰に	どこで	御馳走になった料理	備考
18白	芹沢玲子	世田谷	コーヒー・手作りローストビーフ・赤ワイン	玲子の実家
27漂	漆原肇子	沼津	カップラーメン・鯵の干物・みそ汁・ご飯	夕飯と朝食
28鏡	浅野家	上中里	寿司	初恋の人の実家
31長	松波春香	長崎	長崎カステラ・紅茶	依頼人宅
43津	石井靖子	津軽	コーヒー・筋子・ホタテのガーリックソテー・味噌汁	
55琥	長内忠雄	久慈市	近海焼魚・キノコと里芋と豆腐の煮付	市会議員
99記	財田雪子	世田谷	ホットケーキ（浅見の訪問時間に合わせて焼く）	
102姫	属家	姫島	車エビの天麩羅・刺身・海の幸	
106皇	池本美雪	馬籠	お茶・馬籠名物菓子（栗を練った菓子）	美雪の実家
109鄙	久保香奈美	三保	上等の鰻重	
112藍	今尾賀絵	脇町	釜揚げうどん	
115黄	榎木くに子	菱刈町	豚角煮・煮染め・小鯛塩焼き・ぼた餅・赤飯・イチゴ	依頼人宅
118ユ	比嘉孝義	恩納村	沖縄郷土料理（ゴーヤチャンプル・グルクン南蛮漬・モズク酢の物・とうふよう・海ブドウ酢の物）	観光協会事務長
	式香桜里	恩納村	豚の角煮・グルクン塩焼き・泡盛	

◆センセに奢《おご》ってもらった食事

『「紫の女」殺人事件』では、網代《あじろ》にある「さつき寿司」という寿司屋で作家・内田康夫に奢ってもらったことがある。二人前で一万円だった。そのあと「月照庵《げつしようあん》」という和風の店で和菓子とお薄《うす》も御馳走になった。

軽井沢のセンセに騙《だま》されて同行した熊野古道の旅では、すべてセンセ持ちだったので、浅見は遠慮なく食べた。国道四十二号沿いのステーキハウスで、ロブスターつきのステーキ定食・二千八百円を食べた。龍神《りゆうじん》温泉では、花札のような名称の「猪鹿鳥《いのしかちよう》料理」というイノシシ・キジ鍋とシカの刺身、アメノウオの川魚料理、山菜料理などを食べ、翌日、清姫《きよひめ》の里では「清姫茶屋」という藁葺《わらぶ》き屋根の茶店で、山菜うどんを食べた。

そのほか現地に着くと、センセの知人松岡《まつおか》氏の驕《おご》りで旅館の特別注文を平らげる。魚介類中心の和洋折衷料理で、伊勢エビとアワビの刺身、ヒラメの塩焼きなど、活魚をそのまま料理したものばかりだった。

◆雪江の奢り

母・雪江と旅をしたときなどは、すべて雪江が支払うので浅見の懐《ふところ》は安泰《あんたい》である。「宿代も料理代も母親の懐が痛むのはいくらでも我慢できる」と浅見は言っている。

作品No.	メニュー	どこで	価格
48 城	出石そば（一人前は皿五枚／浅見十七枚・雪江十枚）	出石町内	六五十円
	城崎名物・但州御膳（但馬牛・蟹・蛤が山盛り）	三木屋（ホテル）	
50 隅	鰻定食	浅草仲見世裏	
66 三	きしめんセット（きしめん＋稲荷寿司）	豊川稲荷参道脇の寿司店	八百円
	和食（夕食）・定食（朝食）	蒲郡プリンスホテル	
	地中海料理（魚介類中心のコース）	伊良湖ガーデンホテル	
	ディナーのフルコース（雪江は伊勢エビのコキール）	蒲郡プリンスホテル	

◆他の人の奢り

日頃ケチな藤田も、頼み事があるときは別らしい。『黄金の石橋』では、社の近くのレストランで二千五百円也のステーキ・ランチに食後のコーヒーまで奢ってくれた。

このほかに様々な人から奢ってもらった豪華な食事の主な物は、次の一覧を参考にしてほしい。

作品No.	メニュー	どこで	支払い者	備考
22小	ニシン蕎麦（あつあつの汁に極細の蕎麦、身欠きニシンが二枚のる）	小樽／蕎麦屋 千登勢	小樽観光課	経費で
25首	松花堂弁当	新宿／日本料理屋	真杉伸子	光子の姉
31長	卓袱料理（刺身・煮物・焼き物・吸い物）	長崎／料理屋いけ洲	稲垣事務所	堪能した
38恐	鯉洗い・鱒塩焼き・鯉こく・うま煮	角館／割烹旅館 唐橋	唐橋春美	同窓生
58神	神戸牛フィレステーキコース	神戸／あらがわ	松村	取材先
59琵	船上コース料理（デザートにメロン・コーヒー）	琵琶湖遊覧船	広岡順子	依頼人
	近江牛スキヤキ	千成亭		
60御	ふぐのコース（味もボリュームも満足）	住吉／日本料理店	奥田	コスモ社部長
65耳	フグ料理（刺身・唐揚げ・ちり鍋）	下関／割烹	池宮孝雄	※①
70博	アマダイ使用の魚料理・牛フィレ肉ステーキ	博多／洋館風レストラン	店長元久	聡子の父

←次ページへ続く

作品No.	メニュー	どこで	支払い者	備考
70 博	日本一旨い寿司（近海物のネタで博多随一）	中洲／高級寿司料亭	大友社長	天野屋
80 透	中華料理（三色冷盆・アワビの旨煮・殻付き車エビの唐辛子炒め他）	日比谷／富国生命ビル	西村裕一	藤田と同期
	ステーキ・シャンパン（旨くて高くて有名）	新橋／ステーキハウス		
84 斎	鉄板焼き和風ステーキ（肉・エビ・貝など）	名古屋／ホテル	喬木社長	※②
	江戸前の京風懐石（軽めのコースでも十分満腹）	西銀座／料亭 八百善		
86 鬼	きりたんぽ鍋	雄勝町／光風閣	高橋典雄	役場職員
89 怪	スープ・フィレステーキ	倉吉／西洋料理店	萩原康秀	後輩
109 鄙	秋田名物・きりたんぽ	大曲／料亭花よし	東読の本庄	経費で
113 は	皿鉢料理	高知／得月楼	松浦勇樹	
116 氷	南仏料理（黒焼きハマグリ・スープ・タイのポアレ・イカのソテー）	池田山／ヌキテパ	藤本室長	
118 ユ	ステーキ・ロブスター鉄板焼き	久米／ステーキハウス	西崎里志	琉球ＴＶ

※①奢り主は漫画家・池宮香奈の父。浅見はこんなに大量のふぐを食べたのは生まれてはじめてであり、生涯二度とこんな贅沢に遭遇することはないにちがいないと思った。

※②特に美味しかったのは、最後に海老の頭の部分を、鉄板の上でせんべいみたいにつぶして、カリッと焼き上げたのだそうで、浅見は喬木の分まで食べた。

◆浅見が自前で食べた高級料理

浅見は奢ってもらう以外では、粗食で済ませているかというと、そうでもない。取材に訪れる先々で、結構美味しいものを食べている。決してカレーやラーメンばかりではない。

作品No.	メニュー	どこで	備考
22小	海鮮サラダ・エビフライ・ホタテのバター炒め・サーロインステーキ・スパゲティボンゴレ	小樽レストラン	早朝に飽食し満足する
	ポタージュ・ホタテバター焼き・エビグラタン・フィレステーキ		麻衣子と夕食
35竹	出雲風せいろそば	今庄町／ふる里	三人前食べる
	刺身・焼魚・エビのぶつ切りの入ったみそ汁	三国町食堂	平石の案内で
36軽	鰻定食	軽井沢／山水	女性二人と
41鞆	鯛づくし料理（刺身・焼物・兜煮・椀）アワビ・伊勢エビ	鞆町／仙酔国際ホテル	北川の分も
42志	黒アワビのステーキ・伊勢エビディナーフルコース	志摩観光ホテル	満足　※①
	キチジ（赤い魚）の生干し焼き・鯛刺・アワビ・サザエ	牡鹿町／民宿	
	エビフライ定食（大きな車エビ四尾つきの豪華さ）	大船渡／玉川食堂	店で一番高価

←次ページへ続く

作品No.	メニュー	どこで	備考
51横	車海老のチリソース・ザーサイ	横浜中華街	大好物
53讃	魚介料理（刺身・焼き物・煮物・塩辛・揚物・鍋物）	庵治町／黒乃屋	辻村暁子と
55琥	ホッケの塩焼き・ホヤの酢の物・アワビの刺身	久慈／田舎料理 魚棚	地酒一本付き
63平城	寿司御膳（刺身・焼き魚・煮物など海の幸主体の懐石風で、最後に寿司が出る）	京都／宝ヶ池プリンスホテル	阿部美果と
70博	鯛の活き造り・イカの活き造り・エビのオドリ	博多／魚村	不満げ ※②
78朝	アワビの刺身味噌仕立てのたら汁・イカ刺し	宮崎／たら汁センター	文句無し旨い
81坊	オマールエビの丸蒸し・ジンジャエール	宇多津／カサ・デル・マール	一万円以内
101蜃	鱒寿司・ハチメという魚の一夜干し	富山の店	
102姫	笠戸ヒラメの唐揚げ・ご飯・味噌汁	山口県笠戸湾	
116氷	ウニ・刺身・焼き魚・ビール	利尻／こぶし	女性を誘う

※①料理長自己流という伊勢エビの料理は絶品、料理につけられている美しい名前もいい、高橋シェフはタダの料理人ではない、すでにして芸術だ——と浅見は、褒めちぎる。

※②出る料理がむやみに生ものばかり、と浅見は不満を漏らす。「せっかく活きがいいのだから、生で食べるほうがいいに決まっている——という思想もわかるけれど、活きのいいやつを焼くなり煮るなりして、供するのが料理の神髄だとも言える」というのが浅見の意見だ。

浅見がどのような状況で食べたかの割合

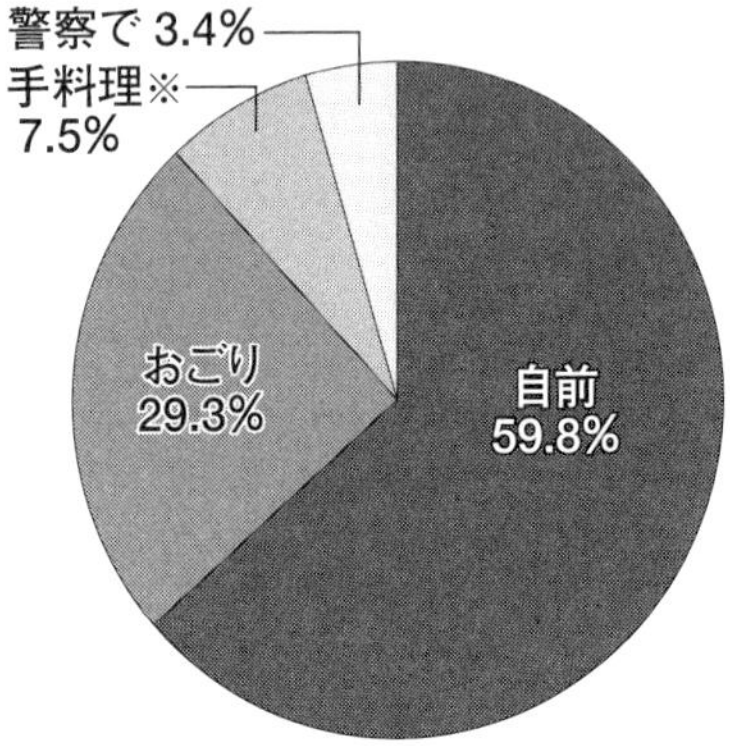

※よその家で手料理を食べた

浅見がよく食する麺類とカレーの割合

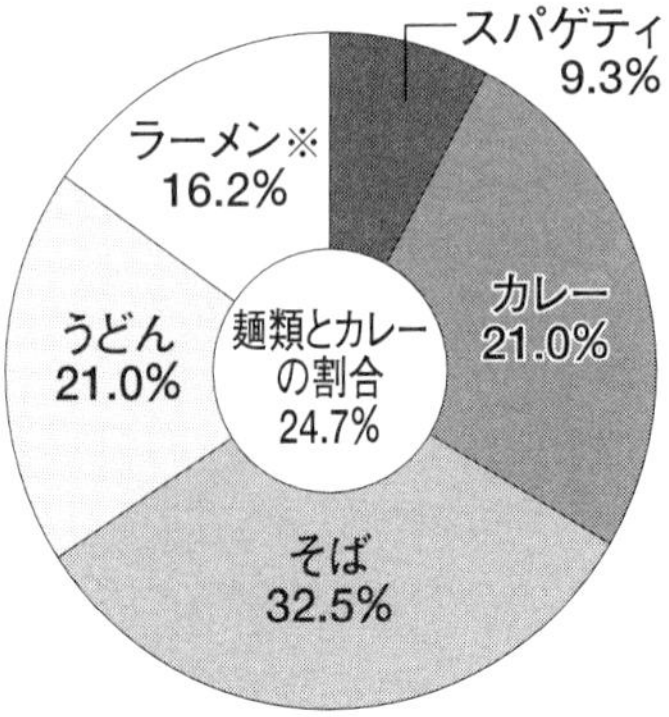

※インスタントを含む

◆一番たくさん食べたのは『黄金の石橋』

『黄金の石橋』では、いつになく凄い量の食事をしているので、時間を追って見てみよう。

日程		メニュー	場所	支払い他
出発前		ステーキランチ・コーヒー	S社近くのレストラン	藤田／二千五百円
二日目		カレーライス	九州自動車道桜島SA	自前
		おかきとお茶	田平家で	
	夜七時	正調薩摩料理（焼酎・とんこつ・さつま揚げ・きびなご・ビナ貝・うちわエビなど）	鹿児島／熊襲亭	田平先生
	九時過ぎ	ブルーマウンテン	喫茶店・今再	自前・智美に奢る
三日目		コーヒー	桜島SA	自前・智美と
		お茶・大量のお菓子・地元名産イチゴ	菱刈町／榎木家	
		ラーメン（豚骨スープで白い中太麺）	大口／ラーメン専門店	自前・石原刑事と
四日目	昼	天麩羅うどん・カレイの塩焼き（朝昼兼）	水俣／うどん屋	自前・智美と
	夕食	豚の角煮・お煮しめ・小鯛の塩焼き・ぼた餅・赤飯・イチゴ・ビール・大口名産焼酎	菱刈町／榎木家	石原刑事と共に御馳走になる
五日目	夕食	ヤマメの塩焼き・鯉の洗い・肥後牛・山菜いっぱいの鍋料理・ビール小瓶	砥用町／民宿 津留川荘	自前・智美と
六日目	朝	宿の朝食		自前
八日目		不明（二日目夜と同じか）	鹿児島／熊襲亭	田平先生

浅見が旅先で購入したお土産

浅見が購入したお土産をいくつかご紹介しよう。取材先や旅先でほとんど土産を買い込んだりしない浅見だが、雪江へのお土産は多い。雪江が満足してくれればいうことはないし、居候としてはこの程度には気を使わなくてはいけないと思っているのだ。

●平家伝説殺人事件
【購入品】串団子甘辛《あまから》五本ずつ
【購入先】東京・平塚亭
【備　考】雪江を籠絡《ろうらく》するには好物の平塚亭の団子に限るのだが、ある日〝籠絡〟の必要性があったわけでもないのに買い込んだ。

●志摩半島殺人事件
【購入品】ペンダント

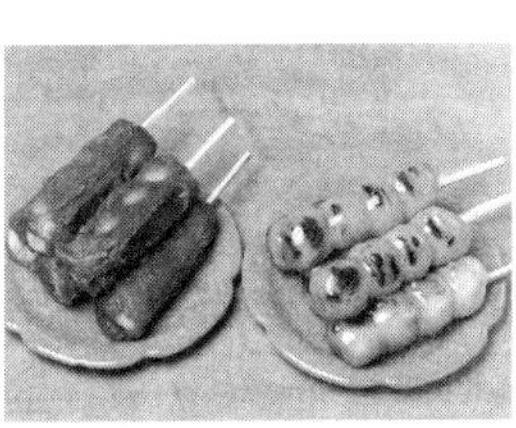

餡もタレもたっぷり

【購入先】三重・志摩観光ホテル
【備　考】須美子と野沢光子に買った。口やかましい須美子にはおべんちゃらだが、光子に対しては何のつもりで買ったのか、浅見自身もよく分からない。旅情のもたらした気まぐれなのかもしれない、と思う。

●城崎殺人事件
【購入品】出石《いずし》焼の花瓶
【購入先】兵庫・出石焼作陶家の直営店
【価　格】三十万円
【備　考】作陶家の娘に、「ぜひ買って下さい」と言われて買う。夫婦茶碗をおまけに付けてもらった。店を出たあと、雪江からは「無茶な買い物をしたこと」と嫌味を言われた。

●喪《うしな》われた道
【購入品】自家製わさび漬

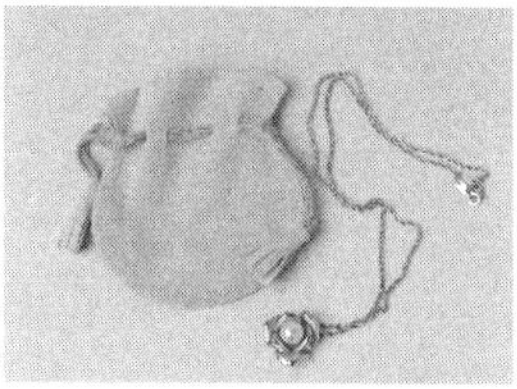
パールは英虞湾産

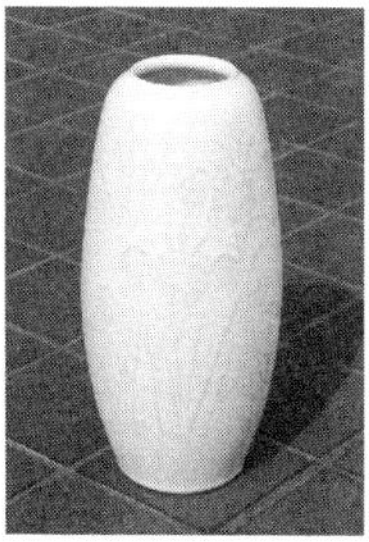
高級感あふれる出石焼

【購入先】静岡・修善寺《しゆぜんじ》の土産物屋
【備　考】家のお土産にわさび漬を買ったあと、店のおばさんに事件の話を聞く。

●鐘
【購入品】銅器
【購入先】富山・高岡《たかおか》
【備　考】雪江に高岡のお土産として買うが「余計なことをするものではありませんよ」と叱られてしまう。さらに、「物見遊山に行ったわけでもないのに、年寄りじみたことをして……」と言われるが、雪江は喜んで受け取っている。

●若狭殺人事件
【購入品】サバの「へしこ」二匹
【購入先】福井・小浜《おばま》市の店
【備　考】雪江に「若狭へ行ったら買ってきてね」と頼まれていた。二匹の

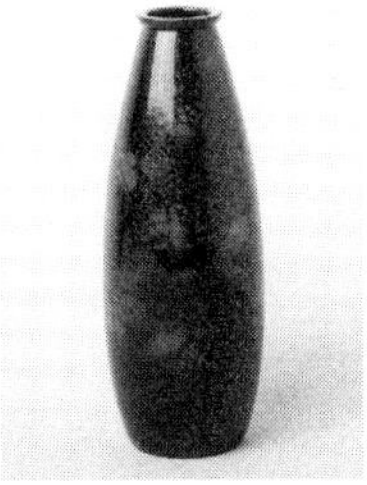
高岡の銅器は重厚な輝き

生もよし、お茶漬けにも合う

うち一匹は、事件で知り合った細野家へのお土産にするつもりで買う。

●風葬の城
【購入品】会津葵《あいづあおい》のお菓子
【購入先】福島・会津
【備　考】家に電話をしたときに雪江から頼まれた。

●坊っちゃん殺人事件
【購入品】一六《いちろく》タルトと伊予絣《いよがすり》の財布
【購入先】愛媛・銀天街《ぎんてんがい》
【備　考】雪江に「松山土産に何がいいですか」と聞いた際に一六タルトを頼まれた。さらに、「須美ちゃんには伊予絣の財布を」と言われる。銀天街で財布を探すが、お値段もばかにならず、品選びにあちこち歩き回り、ずいぶん苦労する。

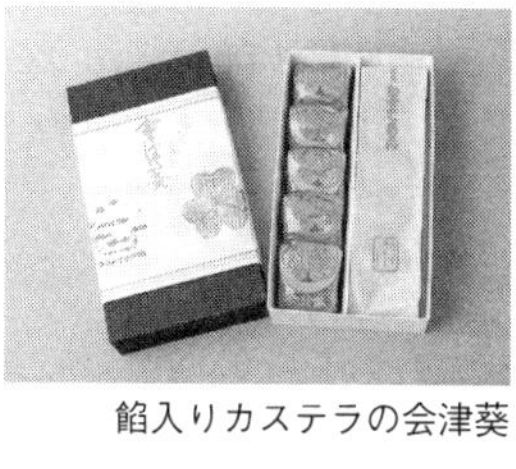
餡入りカステラの会津葵

ほのかな柚子の香りの一六タルト

【購入品】ローソク
【購入先】愛媛・内子町《うちこ》のローソク屋
【備　考】タルトと一緒に雪江に頼まれていたローソクだが、銀天街で探しても見つからず、内子町の店で買った。

●鬼首殺人事件
【購入品】「あきたこまち」一袋・きのこの缶詰、瓶詰《びんづめ》、袋詰を各一個
【購入先】秋田・木里樹里館《きりきり》
【備　考】観光パンフに紹介してあった「森林組合の店」で、山で採《と》れるきのこや山菜を安く売っていたので、雪江に土産として買う。

●華の下にて
【購入品】生八《なまや》つ橋《はし》
【購入先】京都駅の売店
【備　考】雪江の土産用に買った。

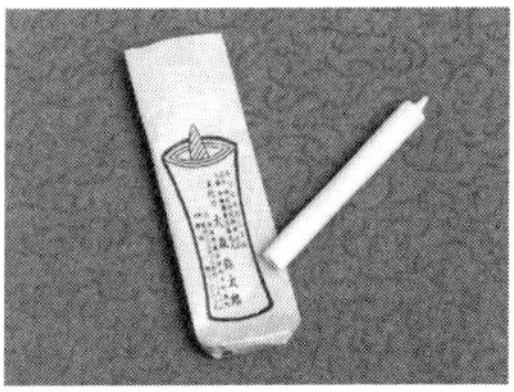
和ローソクの傑作・内子ローソク

京都土産といえば生八つ橋

●姫島殺人事件
【購入品】岩海苔《いわのり》の佃煮《つくだに》の瓶詰二個
【購入先】大分・姫島の土産物屋「ラ・メール」
【備　考】雪江と雑誌の編集者にお土産として買う。後日、姫島を訪れた際にも、家への土産を三つ買い込んでいる。
【購入品】キツネ踊りの人形
【購入先】大分・姫島の土産物屋「ラ・メール」
【備　考】浦本可奈《うらもとかな》に買ってあげた。

●遺骨
【購入品】焼き抜き蒲鉾《かまぼこ》
【購入先】山口・仙崎《せんざき》の土産物屋
【備　考】以前、尾道《おのみち》で干物を買って帰ったら、思いのほか固くて、雪江に嫌味を言われたが、蒲鉾なら大丈夫だろうと思い、買った。

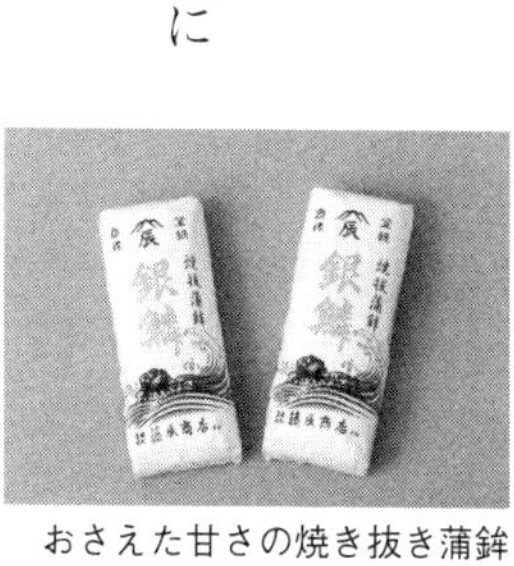
おさえた甘さの焼き抜き蒲鉾

●藍色回廊殺人事件
【購入品】祖谷《いや》名産のそば
【購入先】徳島・祖谷渓温泉の売店
【備　考】そばを買ったついでに、祖谷渓の転落事故の話を訊く。

●氷雪の殺人
【購入品】利尻《りしり》とろろ昆布
【購入先】北海道・利尻
【備　考】雪江は「光彦にしては気がきいているわね、安いお土産だけれど」と、「安い」は余計だったが喜んで受け取る。

北の海の滋養がつまっている

浅見が購入した資料

浅見が旅先で購入したものは、お土産だけではない。ルポライターとして、当然、資料も購入しているのだが、意外に少ないことも事実である。

●金沢殺人事件

【購入品】「加賀能登の女性」という石川の女性百人のポートレート集

【購入先】石川・金沢ニューグランドホテルで行われていたパーティの受付

【価　格】一万円

【備　考】加賀能登の女性を、概念的に知る事ができそうな気がしたため。これだけの人数を取材すると思えば安価と購入。

●菊池伝説殺人事件

【購入品】小冊子「菊池氏史要略」

【購入先】熊本・菊池神社社務所

【価　格】千円
【備　考】菊池一族のことを知りたいのならと薦《すす》められて購入。これをネタ本にして二、三十枚書けるかもしれないと思った。

●歌枕殺人事件
【購入品】評論集「みちのく文学の歴史と変貌」
【購入先】宮城・仙台市内の本屋
【価　格】二千六百円
【備　考】探していた本が高価なため立ち読みしたが、店の女性に棚の上のほうにあったものを、頼んで取ってもらっただけに、手ぶらで退散するのは気の毒なような気がして、たまたま見つけた本を購入。

●喪われた道
【購入品】「鎌倉街道」四分冊
【購入先】東京・渋谷の紀伊国屋《きのくにや》書店
【価　格】一冊千五百円

【備　考】四分冊のうちどれを買おうか迷っていたとき、羽田記子《はねだきこ》に声を掛けられ、行き掛かり上、四分冊全部購入することになった。

第三の扉

～この浅見にしてこの家族あり?

第三の世界へようこそ。

ここでは、浅見光彦の愛する「家族」や、浅見の住む街並みをご紹介しましょう。

いったい浅見は、どのような環境の中に生まれ、どのような人たちに囲まれて育ったのでしょうか。浅見が居候を続ける理由、そして名探偵として今に至る秘密が、ここには隠されているのかもしれません――。

浅見家とは

浅見が生まれてから一度も離れたことのない浅見家は、北区《きた》西ヶ原《にしがはら》の一角にある。当主は兄の陽一郎、浅見自身は居候という微妙な立場である。浅見が生まれ育った浅見家の家柄や、唯一、心からリラックスできるであろう浅見の部屋とはどんなものであろうか。

◆浅見家までは

・銀座・日本橋から東京大学前を通る「本郷《ほんごう》通り」を行き、山手《やまて》線駒込《こまごめ》駅前を通過した辺《あた》りから先が「北区西ヶ原」と呼ばれる街である。いったん坂を下り、また上がった高台の静かな住宅街の一角に浅見家がある。表通りから車の少ない通りに入って間もなくの場所である。

・電車の場合は京浜東北《けいひんとうほく》線の王子《おうじ》駅で降りて、飛鳥山《あすかやま》公園を越えていくか、一つ手前の上中里《かみなかざと》駅で降りるか、どちらでも似たような距離を歩く。浅見は徒歩の場合は上中里で降りることにしている。生まれ育って三十年以上も見慣れた風景だが、上中里から西ヶ原にかけての一帯の街並みが好きなのだ。

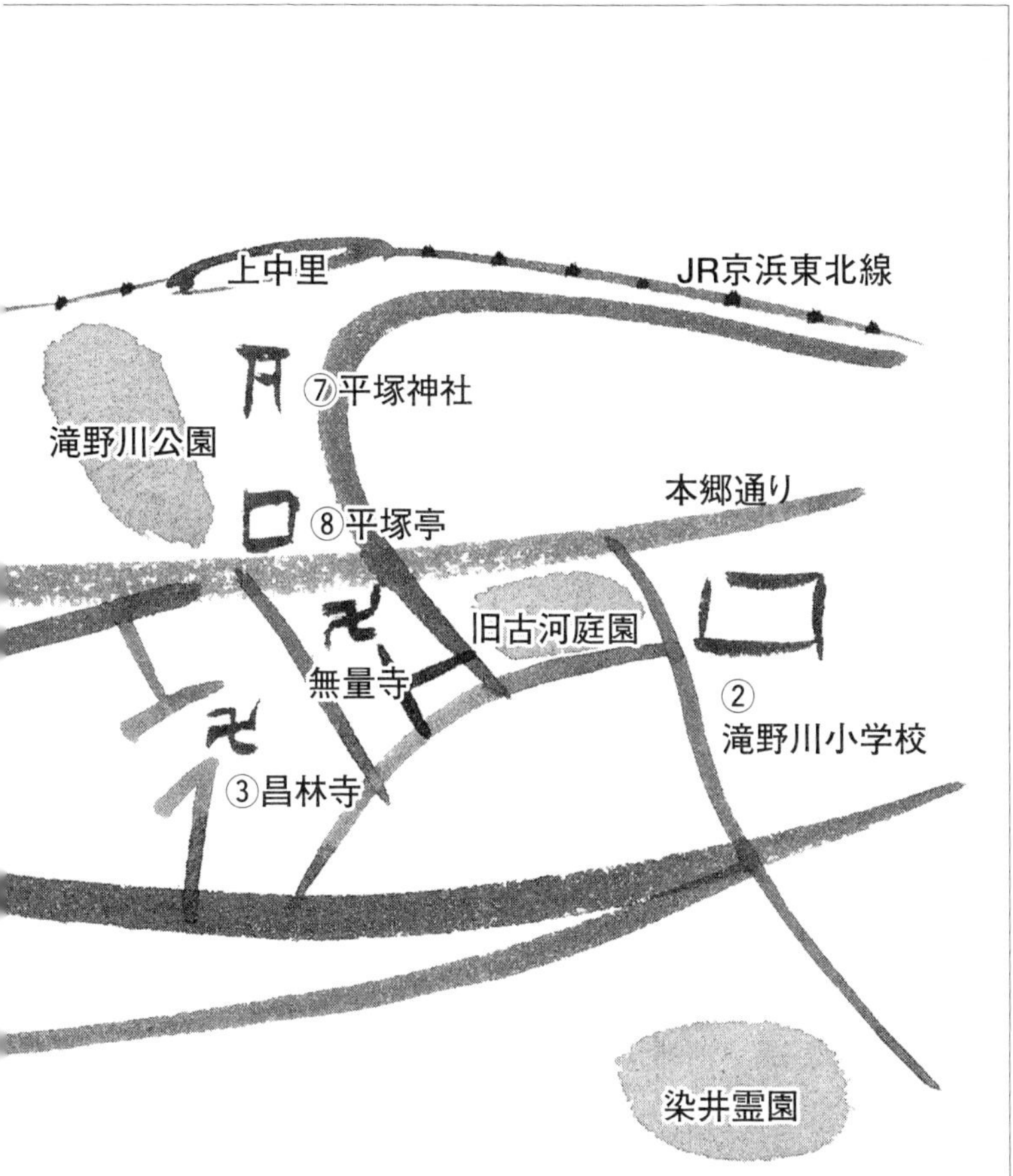

⑤**音無橋**…音無川に架かる美しいアーチ橋。浅見の少年時代の遊び場。
⑥**西ヶ原三丁目**…浅見家の住所。浅見家は表通りから車の往来の少ない通りを入ったところにある。
⑦**平塚神社**…源義家が奥州遠征の帰途、戦勝を祝ってこの地に兜を埋めて、祠を祀ったのが起源。
⑧**平塚亭**…茶店。平塚神社の社殿に向かう参道の入り口にある。

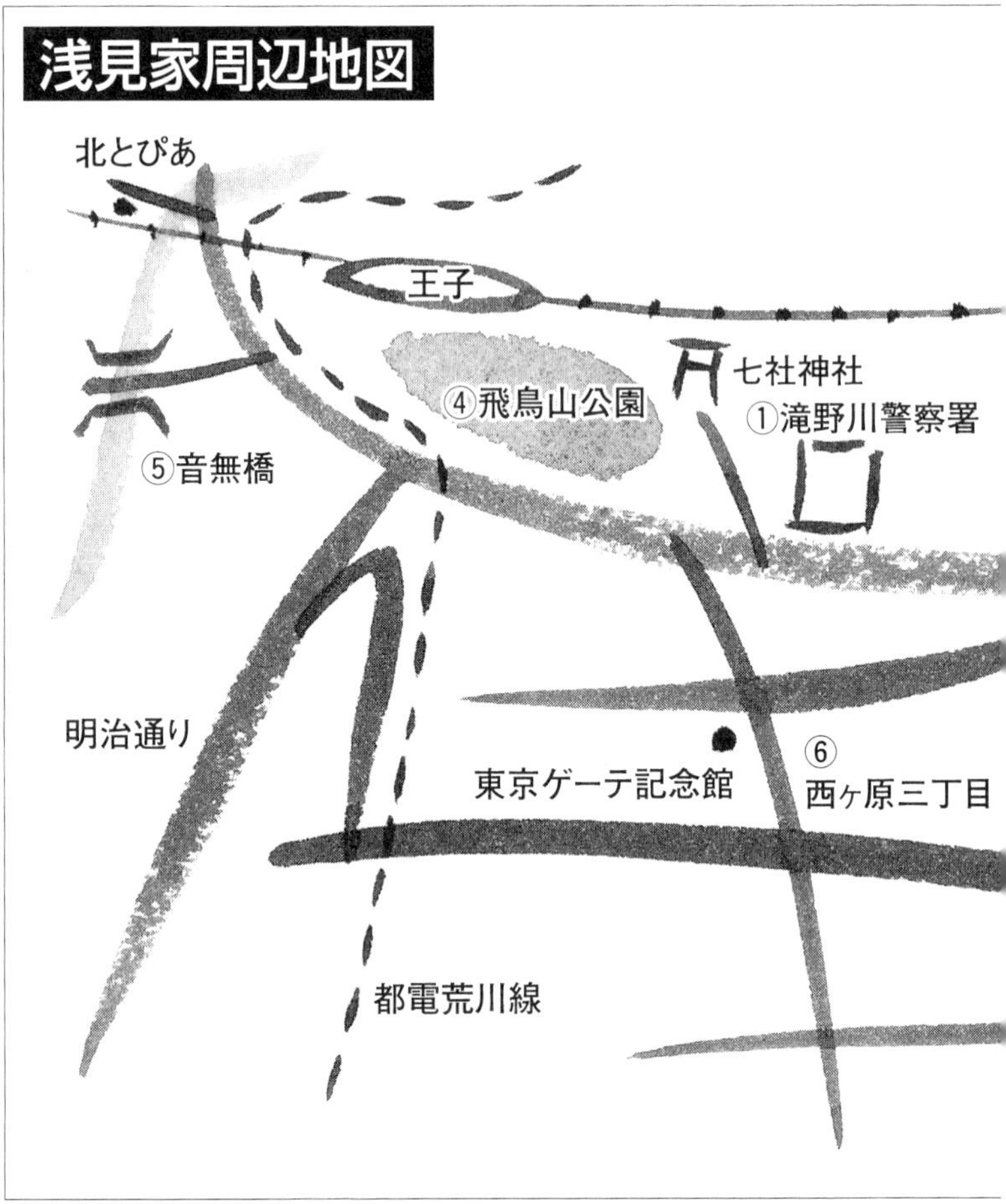

①**滝野川警察署**…浅見がよくお世話（？）になる警察署。
②**滝野川小学校**…浅見が通っていた小学校。
この頃の浅見は兄にも負けない優等生だった。
③**昌林寺**…作中では聖林寺となっており、浅見家が代々、
檀家世話人を務めてきた寺。
④**飛鳥山公園**…江戸時代から桜の名所として知られる歴史ある公園。

・浅見家からとげ抜き地蔵へ行くには、染井《そめい》霊園を突っ切るのが早道である。
・飛鳥山までは歩いて十分ほど。最寄りの所轄は五百メートルの所にある滝野川《たきのがわ》署である。

◆家柄

明治維新以来四代続く高級官僚の家柄で、政府の中枢《ちゅうすう》に関わる人物を輩出してきた。父・秀《しゅう》一《いち》が大蔵省の主計局長を務《つと》めたように、すべて文官の家柄で、浅見家の家系には傑出《けっしゅつ》した軍人はいない。軍人とは縁のない軍人嫌いの家風だが、勇ましいことが好きな雪江《ゆきえ》だけは、軍人に敬意を払っている。もっとも、雪江の叔父に当たる人は陸軍少将で、南方戦線で戦死している。

秀一が生きていた頃は、軽井沢《かるいざわ》の南原《みなみはら》に別荘があった。亡くなった翌年には手放している。菩提寺《ぼだいじ》は聖林寺《しょうりんじ》で、浅見家は代々檀家世話人を務めてきた。

浅見家の主治医は、先代院長の時から駒込の馬場《ばば》医院で、無理の利《き》く間柄《あいだがら》である〔津和野《つわの》殺人事件〕。軽井沢のセンセは、「父が町医者をしていて浅見家の主治医だった」と述懐しているが、当の父親が亡くなってしまったので、真偽のほどは分からない。

◆浅見家のきまり

・ご飯を頂《いただ》きながら高笑いをしてはならない。

- 食事中は新聞もテレビも禁止。
- 朝食はパン。
- 見知らぬ人にむやみに話しかけてはならない。
- 正月元旦は、朱塗《しゆぬ》りの祝い膳をめいめいの前に置き、当主である陽一郎《よういちろう》が「年頭の辞」を述べた後、お屠蘇《とそ》をいただき家内息災《そくさい》を祝う。
- 正月十四日から十五日にかけては、夜を徹してカルタ会をする。初めに読むカラ札の文句は「カラ一枚明石舞子《あかしまいこ》の浜千鳥《はまちどり》啼いて別るる淡路島山《あわじしまやま》」。雪江が読む場合は「君が代」のときもある。

◆外観

大理石の門柱で、大谷石《おおやいし》を積んだ上に植え込みのある塀が囲むかなり大きい邸宅。長い塀に囲まれた瓦葺《かわらぶ》きの宏壮な二階家で、門脇の「浅見陽一郎」の表札の下にインターホンのボタンがある。門扉《もんぴ》を入って敷石を渡った先に玄関がある。庭木には黒松などが植えられている。駐車場には車一台分のスペースがある。

◆浅見家内部

浅見家は、総体的に飾り気のないインテリアで統一されていて、けばけばしい装飾や成金趣

味の置物は一切無い、直線的な佇《たたず》まいである。玄関を入ると広い式台《しきだい》があり、玄関脇に二階への階段がある。

①書斎（文中丸数字は見取り図と一致）…父の代に建て増ししたもので、今は兄の書斎になっている。コンクリートの倉庫のようである。父は火災を想定したことは勿論《もちろん》だが、テロ対策に建てたらしい。密談に便利で家の者に聴《き》かれたくない話の時は浅見兄弟はここに入り込む。浅見家で唯一の聖域で、たとえ雪江といえども、断り無しに入ることはできない。デスク、回転椅子、書棚、踏み台兼用木製丸椅子《まるいす》が置いてある。肘掛け椅子は父親譲《ゆず》りのもの。

リビングの電話とは別に警察庁と繋《つな》がるホットラインといわれる直通電話がある。仕事専用で家族にはいっさい使わせない。緊急の場合は浅見が掛けてもいいことになっている。旅先などから連絡を取ることがある。もう寝たかな——と思うような夜中に電話しても、ベルの音一つですぐ受話器を取ってくれる。弟が夜中に電話してくるのには、それなりの理由があると認めてくれているし、なにより、夜中でもなければ掴まらない人間であることを、兄自身もわきまえている。

◆お客様用に使う部屋

②**応接間**…お客様を通す部屋で、ソファがあり、壁には絵が掛かっている。その絵は料亭『えちぜん』の女将《おかみ》に偽物扱いされる。兄のドイツ土産の木製ベンチが置いてある。この部屋に通された客は数知れず。代表的な例を挙げると、父の親友の三宅譲典《みやけじようすけ》をはじめ、海上自衛隊幹部候補生学校副校長海将補・川口充男《かわぐちみつお》、遠い親戚の大学生・緒方聡《おがたさとし》、赤坂署・堀越《ほりこし》部長刑事、熊本県警・水野《みずの》警部など。

③**客間**…ここに通された浅見の客は、堀《ほり》ノ内《うち》夫妻、稲田佐和《いなださわ》。佐和が泊ったのはこの部屋。畳敷きで奥の座敷とは襖《ふすま》で仕切られていて、何かの折りには襖を取り払い十二畳の部屋として使う。軽井沢のセンセが「十二畳の客間」と書いたのはこのことかと思われる。

④**座敷**…奥まった部屋で床の間あり。生け花が飾ってある。この花を活《い》けるのは雪江未亡人の役目になっている。

◆その他の部屋

⑤**ダイニングルーム**…家族が食事をする部屋で、テーブルと椅子六脚がある。この六脚の椅子が同時に使われることは稀《まれ》である。珈琲《コーヒー》などもここで入れる。サイドボードあり。

浅見家内部

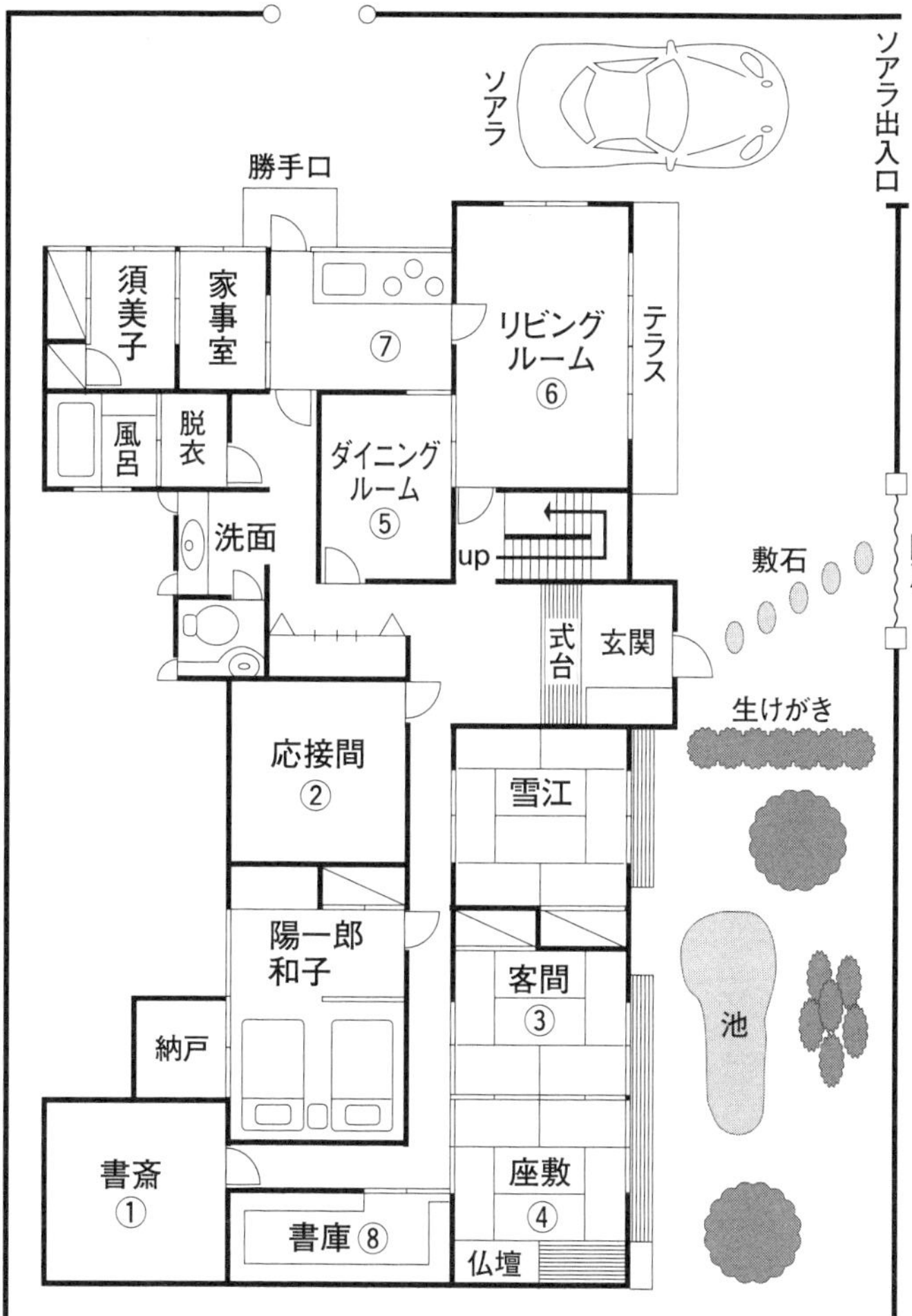

ソアラ
ソアラ出入口
勝手口
須美子
家事室
⑦
リビングルーム
⑥
テラス
風呂
脱衣
ダイニングルーム
⑤
洗面
up
敷石
門扉
式台
玄関
生けがき
応接間
②
雪江
陽一郎
和子
客間
③
池
納戸
書斎
①
座敷
④
書庫 ⑧
仏壇

1階

〔光彦の部屋〕

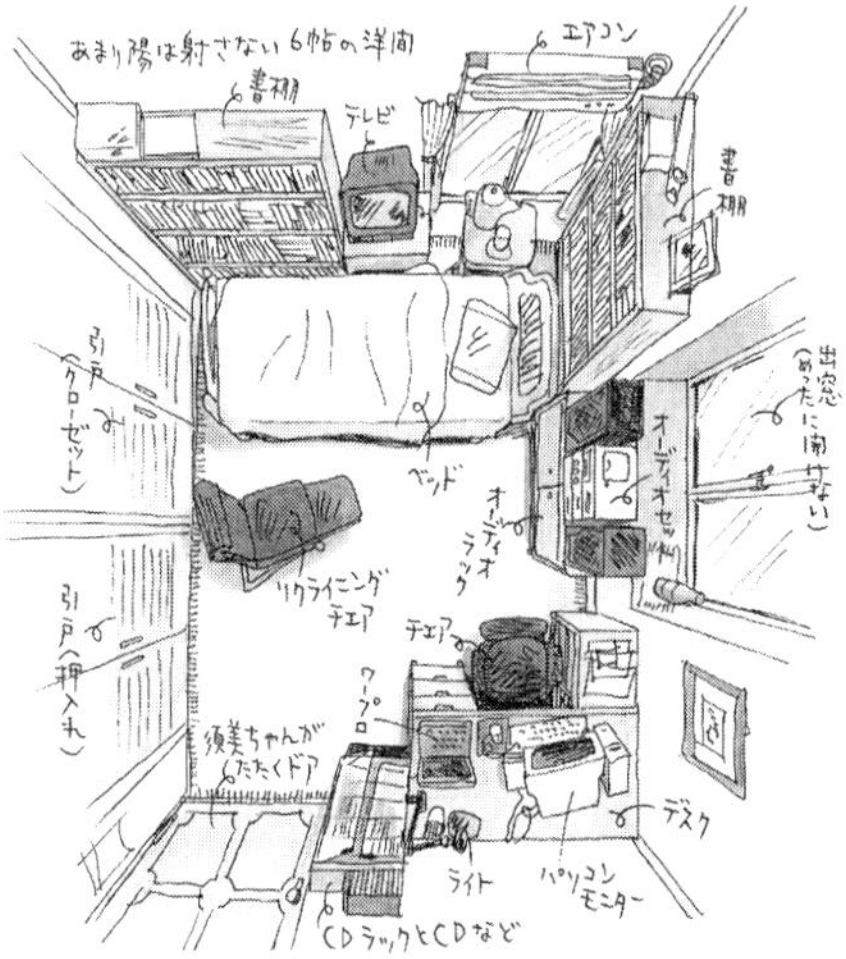
あまり陽は射さない6帖の洋間
書棚
エアコン
テレビ
書棚
出窓(めったに開けない)
オーディオセット
オーディオラック
ベッド
引戸(クローゼット)
リクライニングチェア
引戸(押入れ)
チェア
ワープロ
須美ちゃんがたたくドア
デスク
ライト
パソコンモニター
CDラックとCDなど

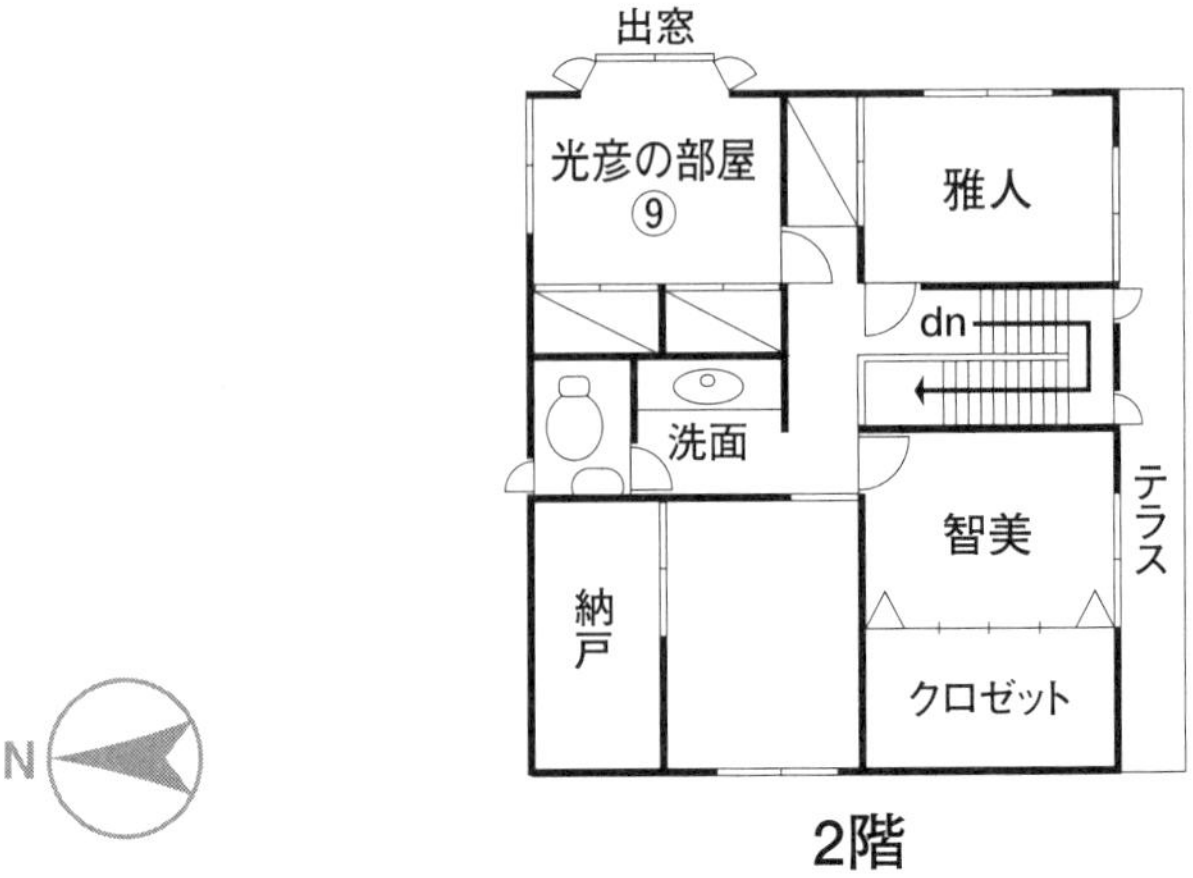
出窓
光彦の部屋
⑨
雅人
dn
洗面
テラス
智美
納戸
クロゼット
N

2階

⑥**リビングルーム**…テレビがある。ファックス兼用電話一台（切り替え）。ソファあり。
⑧**書庫**…父・秀一の代に建て増ししたもので、浅見は子供の頃ここに籠《こ》もってよく遊んだ。
⑨**光彦の部屋**…二階の東北にあり、父が書庫代わりに使っていたそうだ。出窓《でまど》がある。

◆浅見家家憲《かけん》

浅見家は代々官僚の家系であり、国家と共に生きてきた家柄であるが、不正に目を向け、清《せい》廉潔白《れんけつぱく》を旨としてきた。浅見家に伝わる正義を重んじる血は、四代目当主の陽一郎や次男光彦にもしっかり受け継がれていることが、家憲《かけん》からもうかがえる。

【浅見家家憲】

一、不正から目を背けるな

一、正しいと信じることは必ず行え

一、恥を知って事にあたるべし

一、家内円満を美風とする

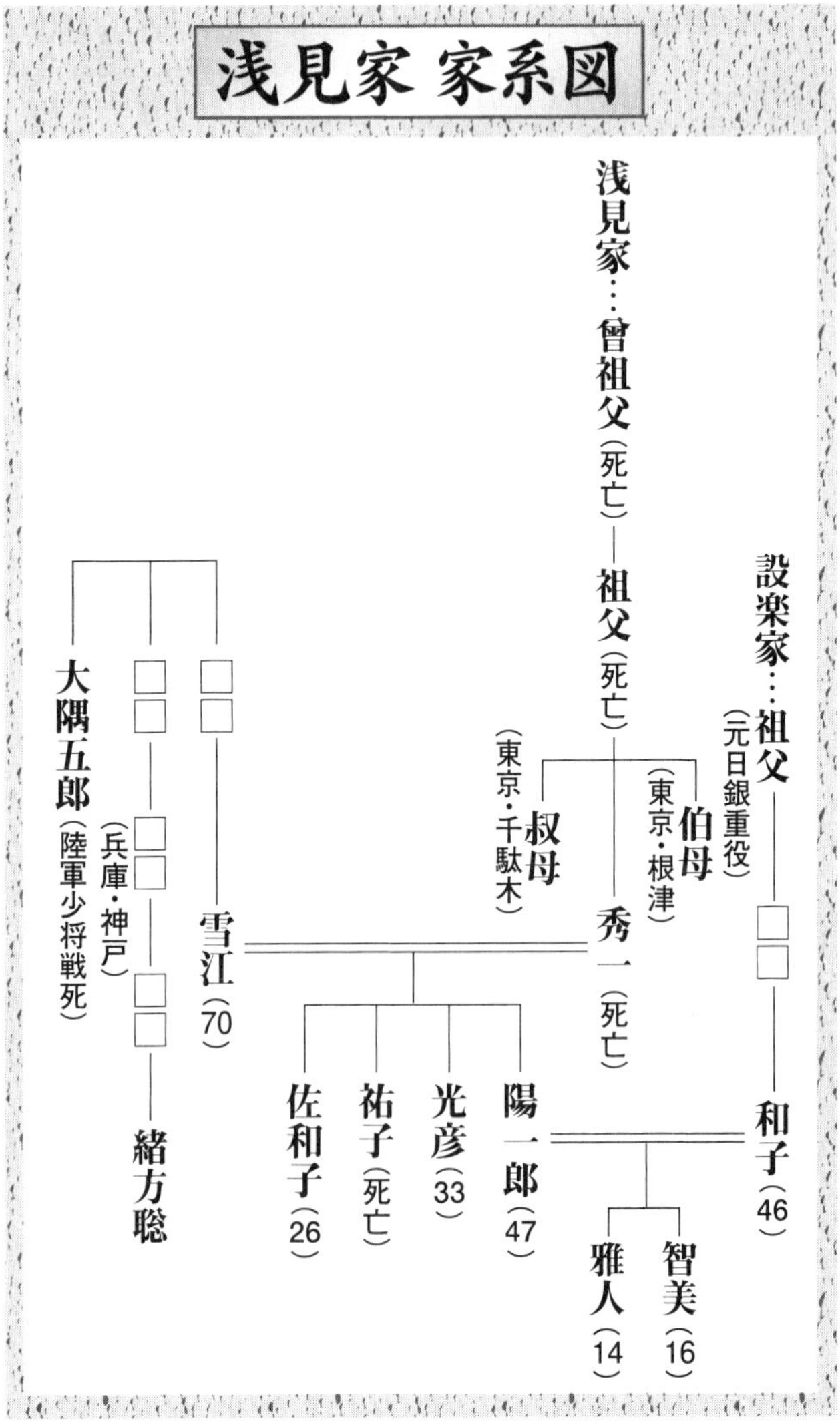
浅見家　家系図
浅見家…曾祖父（死亡）
祖父（死亡）
伯母（東京・根津）
叔母（東京・千駄木）
秀一（死亡）
設楽家…祖父（元日銀重役）
□□
和子（46）
雪江（70）
陽一郎（47）
光彦（33）
祐子（死亡）
佐和子（26）
智美（16）
雅人（14）
□□
□□
□□（兵庫・神戸）
□□
緒方聡
大隅五郎（陸軍少将戦死）

父・秀一《しゅういち》

遠い存在であったため、浅見には父・秀一の記憶がほとんどない。五十二歳で急逝《きゅうせい》した秀一とはどのような人物だっただろう。そして、浅見のことをどう思っていたのだろうか。

◆出身・人となり

先祖は長州閥《ちょうしゅうばつ》の出で、秀一は帝大出身の内務官僚の時、雪江と結婚。戦後大蔵省に入り、浅見の生まれる三年前は、大阪の国税局に勤務していた。その当時、京都の芸妓《げいぎ》さんに惚れられたらしい。折り目正しい厳しい人物、一度も乱れた様子を見せない。謹厳そのもので剛直な人でもあった父は、浅見にとってひたすら畏敬《いけい》の対象として記憶に刻み込まれた、泰山《たいざん》の如《ごと》く偉大な人であった。

様々な人の世話をしたが、そういう自分の手柄話などはいっさいしない男であった。人間国宝の陶芸家、佐橋登陽《さはしとうよう》とは旧知の仲であるし、智秋《ちあき》牧場の当主、智秋友康《ともやす》は秀一の大蔵官僚時

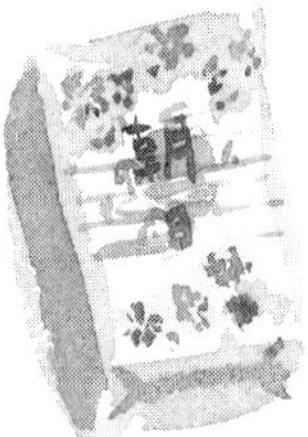

代に世話した人で、浅見がまだ赤ん坊の頃、浅見家にも来たことがある。

生涯を通して清貧の人だったので、家計はいつも火の車だった。戦時中から戦後にかけて、ばあやが里からお土産に米を背負ってきてくれて助かった。

自分の後輩である東大の貧乏学生たちを招いては、その前で「国家を動かすのは大蔵か内務だ」と熱弁を振るい、酒を酌《く》み交《か》わしていた。当時は小学生だった浅見は、憧《あこが》れと疎外感を抱きながら眺めていたものだ。

若い頃吸っていたタバコは『朝日《あさひ》』という銘柄で、吸い口をつぶして、フィルターのようにして吸う。雪江の話では、いかにも紳士のタバコという感じがしたそうだ。

大蔵省主計局長在任中に五十二歳の若さで急性肝炎で急逝した。次期次官候補の最右翼と嘱《しょく》望《ぼう》されていて、その死を惜しまれる。

◆先見の明

戦争で、日本中が緒戦《しょせん》の勝利に酔っているときでも、その後に来るもののことを心配するなど、先を読む力があった。また神武《じんむ》景気などと世の中が浮かれていたころも、必ず不況は来る、と予測して、日本の経済史に関する資料を収集していた。

現状分析が鋭く、天才的な見通しをする人だった。戦後、満州も朝鮮も台湾も、おまけに樺《から》

太《ふと》まで失った日本が発展する余地は、北海道にしか残されていない——と徳永《とくなが》氏に語った。その時点で秀一は北海道開発庁のようなものの構想をいだいていたらしい。ただし、秀一が考えていたのは、現在の、泥にまみれたような北海道開発庁とはまるで違う、高邁《こうまい》な理念であったと、徳永氏は証言する〔札幌《さっぽろ》殺人事件〕。

◆エピソード「能楽擁護」

水上《すいじょう》流宗家にとって、秀一は恩人である。戦後の一時期、華族や財閥の瓦解《がかい》によってパトロンとしての支えが亡くなり、能楽界は危機に陥《おちい》った。当時まだ主計官でしかなかった若き浅見秀一は、明日の糧《かて》さえ不安なほど疲弊《ひへい》した能楽界のために、国が手厚い保護の手を差しのべるべきであると主張した。

一億の国民が、食うや食わずの混乱した世相の中で、浅見主計官の主張は省内でも完全に無視された。上司は「頭がおかしいのじゃないか」とさえ言った。日本古来の文化など軍国主義の影のように思われた時代、能などというものは、それこそ封建思想と皇国史観の幽霊のごとく言われた。

秀一はそういう意見に真《ま》っ向《こう》から反対、「こういう時代だからこそ、能楽や歌舞伎を大事にしなければならない。進駐軍の言うがままに従って、伝統文化を守らなければ、日本の主体性そ

のものが滅亡する」と主張した。「能は本来、日本人の情緒的な特性を表現したものです。つまり、能楽の神髄《しんずい》は日本人特有の諦観《ていかん》であり優しさなのです〔天河《てんかわ》伝説殺人事件〕」と熱弁をふるった。

それでも意見は通らず、秀一は、当時、連合軍司令部の情報宣伝担当官と接触のあった三宅《みやけ》譲典《じょうすけ》を通じて、進駐軍の高級将校たちのための「慰安の夕べ」を催《もよお》し、そこで能楽を見せることを実現させた。そのとき太夫《たゆう》を務めたのが、やはり同年代の若き宗家・水上和憲《かずのり》だった。

◆エピソード「美術品保護」

曾我泰三《そがたいぞう》の邸宅は本郷西片町《にしかたまち》にあり、古書や美術品の世界では「超」がつくほどの有名人である。「曾文館《そぶんかん》」という会社を創立、古美術関係の出版物をつぎつぎ刊行している。古典の蒐集《しゆうしゆう》や分類に関しては、おそらく日本一で、現在、古典文学を研究しようとすると、必ずといっていいくらい、曾我や曾文館の名前に出くわす。

その曾我から浅見は、秀一の話を聞いた。

「あなたのお父上は、わが国の美術史上、隠れた恩人というべき方なのですぞ。いや、お世辞でもなんでもない。戦後、日本の美術品が海外へ流出するのを、食い止めようとする活動があったのだが……」それがある屋敷で行われたという。

「財界の錚々《そうそう》たるメンバーが集まって、私などはまだ、使い走りみたいなもので、末席に連なっておりました。その動きを行政側からバックアップしてくれたのが、あんたのお父上だったのですよ。官僚には珍しく、文化や芸術の分かる方でしたなあ〈隠岐《おき》伝説殺人事件〉」

◆エピソード「ウラン鉱発見に尽力」

大学の友人が通産省工業技術院にいたが、ウランの探鉱に従事していた。まだ海のものとも山のものとも分からないウランの探鉱や研究に予算が下りなかった。当時大蔵省の課長であった秀一のもとへしげしげと押し掛けては「日本のエネルギーの将来をどうするのか」と談判《だんぱん》していた。秀一は随分無理をして、通産省の復活折衝《せっしょう》に便宜《べんぎ》を図《はか》った〈怪談の道〉。

それから間もなく、人形峠《にんぎょうとうげ》でウランの露頭《ろとう》を発見したと、涙ながらの報告があった。岡山県と鳥取県の県境の山中を何ヶ月もジープで走り回って、苦労の末の発見だったという。いわば、日本の原子力発電の曙《あけぼの》に、秀一は力を貸したことになる。

母・雪《ゆき》江《え》

浅見にとってもっとも恐い存在の雪江にも、若かりし頃の華《はな》やかな思い出はたくさんある。また、秀一の死後、浅見家を守ってきた雪江の人生とはどんなものであろうか。

◆肩書き

絵画教室「立風会《りっぷうかい》」顧問の上に、日本古式泳法・水府《すいふ》流太田《おおた》派の研究サークル「薫泳会《くんえいかい》」名誉会長でもある。「立風会」は、立石清風《たていしせいふう》画伯主宰のグループで、数名のプロ画家と数十名のアマチュアが参加している。浅見家の家風の権化《ごんげ》のような存在。

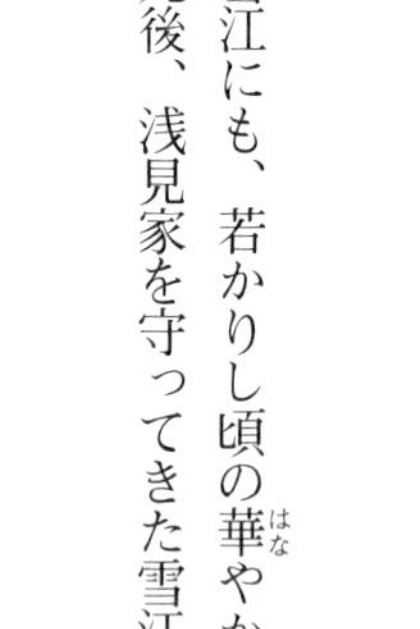

◆生《お》い立ち

実家は正月に百人近い人を集めてカルタ会を催すような家柄であるが、「京都の公家《くげ》の出」と

いうのは単なる噂にすぎない。父親が「雪月花《せつげつか》」をもくろんで雪江と名付けたが、後が続かず、雪江以外は男ばかりの兄弟である。そのせいか若い頃は父親の車を運転したこともあるほど、活動的な女性だった。

子供の頃、巡礼姿に憧れた。巡礼の白い衣装の母子が、一面の菜《な》の花畑をゆく写真を見て、ひどくロマンチックなものを感じた。母親に「お母様、わたしもこういうものを着て、旅をしてみたいわ」と言い、「ばかなことをおっしゃい」と頭ごなしに叱られたことがある〔讃岐路殺人事件〕。少女時代から歌やダンスの才能があって、「芸術的才能」という部分をくすぐられると弱い。

四谷《よつや》の女子学園に通っていた頃、誕生日に後輩からエーデルワイスをもらった。その頃、宝《たから》塚《づか》の男役のようにシャキッとしていて、色白で美人で頭も良かったことから、後輩の憧れの的《まと》だった。その後、お茶《ちゃ》の水《みず》にあった東京女子高等師範学校に通い卒業。女学生の頃、小泉八雲《こいずみやくも》の史跡を訪ねて岡山から倉敷・松江《まつえ》まで旅行したことがある。

◆嫁いでからの思い出

二十歳で浅見家に嫁ぐ。ナナカマドが見頃の季節に夫と札幌に旅行したことがある。夫・秀一がまだ大蔵省の係長の頃だった。長男陽一郎が小さい頃は、家計が苦しくてプラチナリング

を質にいれたこともある。

浜離宮《はまりきゆう》には夫との特別な思い出がある。昔連れられて一度だけ浅草六区《あさくさろつく》に行ったことがあるのだ。「その頃はすごい人出で、通りを歩くのに、お父様を見失わないようにするのが精一杯でしたよ〈隅田川殺人事件〉」と浅見に語って聞かせた。

秀一と食べた神田川《かんだがわ》の鰻《うなぎ》の味が忘れられない。

融通《ゆうずう》が利かなくて口喧《くちやかま》しいが、亡夫の教えには忠実に従っている。「株式は資本主義の根幹を支えるものだ」という夫の持論に従って、株を購入しているが、金儲《もう》けのためではない。土地や会員権などで金儲けをするのが大嫌いな人間である。

◆外見

鼻筋の通ったキリッとした顔立ちで、彼女の世代の割には背が高く、メガネを掛けている。次男坊と一緒に旅をしたとき、孫と間違われて大いにくさったが、何かの会に陽一郎と出席した時は「お姉さんですか」と言われて、ちょっと嬉しい気分だった。十歳は若く見える。

◆性格

昭和三十年以降、貨幣価値が変動していないと思っている。「ご先祖様に申し訳が立ちません」

というのが口癖で、浅見は何かと言えばこのセリフを聞かされる。頭も良く柔軟な考えだが、思想的には体制べッタリのコチコチである点が、ときには浅見を閉口《へいこう》させる。完全主義で潔癖性《けっぺきしょう》。直情径行型だが、公平なモノの見方の出来る「正義の人」でもある。万事につけ一過性で長続きしないのが短所でもあり長所でもあると、浅見は見ている。

地図や旅行表など見ても説明をきいても理解できない人種だが、「それで結構」と鷹揚《おうよう》に了解してみせる。口が裂けても「分からない」とは言わないタイプだ。ソアラの助手席に座る女性としては常連だが、道路標識の知識はまるでないのに文句は言うので、浅見は「最悪のナビゲーター」だと思っている。

物事に動じない性格で、たいがいのことには泰然自若《たいぜんじじゃく》としている。目的以外のことには、とんと無関心な単純な性格である。食事がすむと眠くなるたちで遅くとも十時にはベッドに入る。

◆古い家憲にこだわる

「門を出るときも入るときも泰然とあれ」などという古い家憲をいまだに大事にしている傾向があり、いつも次男坊を閉口させる。酔って家に帰るなど考えられないことで、浅見は、そんなときは酔いを醒ましてから帰ることにしている。そして父も、母の叱責《しっせき》が怖かったのではないか、などと考えるのである〔佐渡伝説殺人事件〕。

あるとき浅見が不用意に体制批判をしたら、「浅見家はお国とともにあることで、暮らしをたててきた家柄です。かりそめにも、お国のなさることに批判めいたことを言うなどは許されません〔津和野殺人事件〕」と叱られてしまった。

◆趣味・好物

趣味は、お茶・お花・絵画・水泳・編《あ》み物・能・狂言の鑑賞と幅広い。特に中年を過ぎてから始めた絵画は、評判がいい。最近は水墨画も始めたようで、部屋一杯に道具を広げていることもある。生け花は六十年のキャリアがある。丹正《たんせい》流華道家元のお孫さんが浅見家に来たときは、槍《やり》が降っても死体が降っても、身じろぎ一つしそうにない雪江が、舞い上がってしまった〔華の下にて〕。

好物は平塚亭のお団子、アコウダイの西京漬《さいきょうづ》けである。二年前まではすべて自前の歯であった。誉《ほま》れ高き警察庁刑事局長である長男陽一郎とともに、それが雪江の最大の誇りであったが、今は三本が差し歯になってしまった。笹飴《ささあめ》を舐めたいが差し歯が心配で躊躇《ちゅうちょ》してしまう。浅見が尾道で固い干物を買って帰ったら、どういう皮肉かと、おこられてしまった。

◆夫の浮気相手と対決？

賢夫人の誉《ほま》れ高い雪江も「人生最大の危機」に見舞われたことがある。かつて秀一が世話をしたとかいう女将が「アー様に頂いた竹人形をお返ししたい」と言って浅見家に乗り込んできた。長男も次男もそういう事態を回避するべく奔走したが間に合わず、とうとう雪江が対決することになったのである。

化粧を塗りたくった相手に、わざと地味な和服に着替えて応戦する図は、さながら魔女対魔女の化かし合いに匹敵する迫力であったそうな。本来なら雪江の性格から言って、烈火の如く怒り狂うか、卒倒するかであるが、息子たちに頼まれて必死で芝居をして冷静を装う。「アー様」を連発されて、腸《はらわた》が煮えくり返る思いであった。客が引き揚げると早速に「お玄関にお塩をたっぷり撒《ま》いておきなさい」と甲高《かんだか》い声で叫んだのである。〔竹人形殺人事件〕

秀一と雪江の子供たち

秀一と雪江には、長男陽一郎を筆頭に、いまだ居候に甘んじる次男坊光彦、奇禍により若くして亡くなった長女祐子、末っ子で現在海外在住の佐和子という四人の子供たちがいる。

◆次男坊・光彦《みつひこ》

長身で育ちのよさそうな二枚目。服装も態度も気取らない。長い足にスポーツシューズをはいたスラリとした青年で陽灼《ひや》けした顔が印象的。一見軟弱に見えるが、一点を睨《にら》み眉を顰《ひそ》めて黙りこくる表情は男っぽさが滲《にじ》み出ている。（詳しくは『浅見光彦の秘密』（祥伝社刊）を参照）

口うるさい母・雪江の薫陶《くんとう》のおかげで、一通りのお茶の心得はあり、立派なお手前《てまえ》を引き立てるだけの作法はこなせる。恐怖の母・雪江の門限に対する関心はなみなみならぬものがあるので、家を出る時と帰った時の時刻は正確を期すことにしている（『竹人形殺人事件』）。

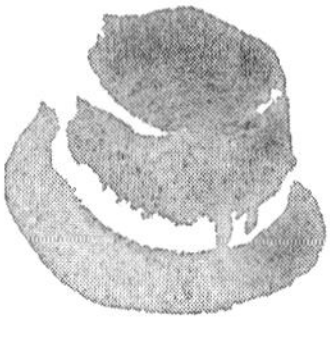

すでに兄の代になっている浅見家では、居候《いそうろう》の身分。浅見家の居候次男坊は変わり者で通っ

ている。あるとき、電話の前でかかってくるはずの電話を三十分も待っていたことがある。「お食事です」と呼びに来たお手伝いの須美子《すみこ》が、電話とにらめっこをしている浅見を見て、「電話から何か飛び出すんですか?」と冷やかした。

そのあと、次男坊の傍を母親が通り、兄の二人の子供が通ったが、誰もが(またやってる——)と、気の毒そうな目を向けたきりで、何も言わずに行ってしまった。居候「坊っちゃま」のする奇矯《ききよう》な振る舞いには、浅見家の人々は慣れっこになっているらしい。

◆光彦に刺さった視線

浅見家で珍しく全員が揃《そろ》った夜のことであった。テレビ番組の宝石に見とれる女性陣の視線が、番組終了と同時に、いっせいに陽一郎に向けられた。その寸前、陽一郎は殺気を感じた君子のように、サッと立ち上がるやいなや、「さて、そろそろ風呂にするか」とドアの向こうに消えたのである〔日蓮伝説殺人事件〕。

雪江、和子《かずこ》、須美子、智美《さとみ》の四人の視線は空《くう》を切って、腹立ち紛《まぎ》れのように、運も要領も悪い弟・光彦に突き刺さったのであった。この次男坊では、宝石とはまるっきり接点がないし、今後も永久に期待できそうにないことを見極めた四人は、もう一度溜息をついたのである。

◆長女・祐子《ゆうこ》

九年前の八月二十九日、島根県仁多《にた》町で災禍《さいか》に遭《あ》い、死亡した〈後鳥羽伝説殺人事件〉。大学の卒論テーマである後鳥羽伝説に関することを調べに友人と島根県に旅をしたときのことであった。その八年後に、友人の正法寺《しょうほうじ》美也子《みやこ》が芸備《げいび》線三次《みよし》駅で絞殺されたことから、浅見は妹の死の真相を調べ始める。

◆末っ子・佐和子《さわこ》

二十六歳。浅見とは七歳違いの浅見家の末っ子で、二番目の兄である光彦を「小さい兄さん」と呼ぶ。女子大を出てから、ニューヨークの大学に入学し直して、現在はニューヨークに住んでいる。もう四年も行ったきりである。日本の商社から通訳の仕事を頼まれたとかで、今はニューヨークでその仕事に就いている。まだ結婚など考えていない。浅見には「えり好みしていると、みんな逃げられちゃうわよ」と忠告してくれる。

一時、帰国の噂があって、浅見はわが居候の身分が危《あや》うくなりうろたえたが、結局はまだ当

分帰らないということになって、内心ほっとした。この「次女帰還事件」で、思い掛けず浅見は母の本心を垣間見《かいまみ》て驚く。日頃は、「独立を！」とことあるごとに追い出そうとするようなことを口にしていた母が、次のような台詞《せりふ》を言い、光彦はあぜんとして、母を見つめてしまった。

「本当のことを言うと、光彦はね、いつまでもいていいの。あなたは学校の成績はあまり良くなかったけれど、頭は決して悪くないし、何より人に優しい子ですからね。陽一郎さんはあんなふうに立派すぎる人だし、光彦がいなくなると、この家は冬の隙間風が吹き抜けるような、つまらない家庭になってしまいますよ、きっと」

長男・陽一郎《よういちろう》一家

現在、浅見家の当主としてエリートコースを突き進んでいる陽一郎とその家族たち。あまり感情を表に出さない陽一郎だが、家族の前では時折くつろぐ姿を見せる。妻・和子、長女・智美、長男・雅人に見せる陽一郎の素顔とはどんなものであろうか。

◆当主・陽一郎

四十七歳。子供の時から目から鼻に抜ける賢さで、風貌も性格も父に生き写し。白皙《はくせき》の顔、目はかすかにブルーがかっている。聡明そうな額《ひたい》、高い鼻、引き締まった口元。むかし、飼っていた犬が死んだときは、何日も悲嘆にくれて泣いていたことがある。

現役大学生で司法試験にパスし、東大法学部を首席で卒業。最初から警察畑を志望し、上級職試験に難なくパス。史上最年少の昇進記録を更新し、異例の早さで出世し、エリートコースを歩んでいる。「官僚は大蔵か内務に限る」という父の言葉をそのままに実行に移し、究極の目標に向かって邁進《まいしん》している。

二十七歳で父が亡くなったときは、すでに警視で京都市内の警察で刑事課長を勤めていた。翌年二十八歳で埼玉県大宮《おおみや》市の警察署長になる。十五年前、三十二歳で警視正になり、京都府警の捜査二課長をした。四十七歳にして警察庁刑事局長というエリート官僚。国会の答弁などに立つこともある。階級は警視監。同期の中で自他共に認める出世頭である。

感情を殺し、意志を隠し、隙を見せない、六法全書のような徹底した無表情。T薬科大学の島村《しまむら》学長は「木仏金仏石仏《きぶつかなぶついしぼとけ》」という言葉で陽一郎を表現する〔蜃気楼〕。

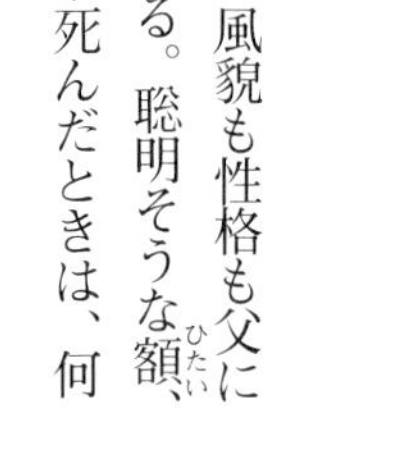

クールな完全主義者でありながら、旧友や弟に細《こま》やかな心遣いをする優しい一面もある。時折、テレビの国会中継で答弁に立ったりするので、端正な顔も名前もお馴染《なじ》みである。エリート中のエリートだが、任官以来ずっと刑事畑を歩いてきたこともあって、田舎《いなか》警察の刑事たちにも信望は厚い。朝は車が迎えに来る。自分の車は持っていないことは『日蓮伝説殺人事件』で和子が証言している。

◆くつろぐ陽一郎

日曜日には書斎で資料などを広げて、原稿用紙に向かって書き物をすることもある。自宅で過ごすときは和服である。風呂上がりには浴衣《ゆかた》姿でくつろぐ。タバコはキャスターマイルド。家族との楽しい会話の時でも、絶対にニヤニヤ笑ったりしない。少し背をそらせるようにして鷹揚《おうよう》な口調で話すポーズは、亡き父親そっくりである。父より大柄だが、顔つきや体つきは父親の面影《おもかげ》を遺《のこ》している。日頃の国会答弁でくだらない応酬や質問に耐える訓練を積んでいるせいだろう、と浅見は兄のポーカーフェイスに感心する。

リビングでくつろいでいるときは、家族向けの顔を見せるが、少しでも仕事絡みの話となると、もう一枚、べつの皮をかぶったような表情になる。二十五年間もエリート官僚をやっていると、公私の顔の使い分けがだんだん「公」寄りになっていくらしい。「官僚たる者は、たとえ

家族や身内の前でも、みだりに体制批判などしてはいけない」と思っているらしく、たとえ雑談で浅見が水を向けても、ポーカーフェイスを装って、本心を見せない人である。

弱点は、父の醜聞《しゅうぶん》ともとれることを聞かされると、思考がコントロールできなくなるところ。陽一郎にとって、父親は神にも似た存在であり、地でいく父子鷹《おやこだか》であり、強度のファザコンである。また、母親に侮辱が与えられることについて、死ぬほどの恐怖感を抱いている。先天的に母には嘘の吐《つ》けない体質で、女性からの長電話をうまく誤魔化《ごまか》すのに一苦労したこともあった。

◆陽一郎の青春

二十七年前、陽一郎二十歳の夏、避暑地軽井沢で過ごし、服部清香《はっとりさやか》という女性と婚約寸前までいったが、なぜか実らなかった。初恋である〈記憶の中の殺人〉。陽一郎はテニスも上手かったが、どちらかというと乗馬が好きで、よく乗馬クラブに出掛けていった。

◆妻・和子《かずこ》

妻・和子は一歳年下の四十六歳。実家は設楽《しだら》家で、祖父は日銀の重役を務めた人。目の大きな美人で妃殿下と同じ学校を出た才媛《さいえん》であるが、

育ちがいいだけに屈託がない。浅見の目から見ても危なげに見える。

陽一郎とは二十五歳のとき、浅見家のカルタ会で知り合う。その年の夏は浅見家・設楽家の家族で軽井沢の離山《はなれやま》に登る。遅まきながらのロマンスが始まるかと思われたが、翌年秀一が死亡したため、二人の結婚は六年後であった。夫の呼び方は「パパ」である。

和子は文字通りの才媛で勤務先の商社では、語学力を買われて海外勤務の話もあった。今では浅見家の家計を取り仕切っていて、家計簿も付けている。本来はどちらかといえばおしとやかな女性なのだが、浅見家に嫁いで以来、姑《しゅうとめ》である雪江の影響を受けたのか、他人事にお節介《せっかい》を焼きたがる性格に変貌をとげつつある。

和子の服装についてはあまり記述がない。ある日の服装は「緑の地に黒い枯れ葉模様を散らした、ごくスタンダードなワンピース姿で、大人の女の落ち着きを演出」というものである。

グッチのバッグを持っていて、長野に旅行するという姑・雪江に貸したことがある。

お総菜《そうざい》のヒントだとか、病気の家庭療法だとか、子供たちの教育に関することなど、生活に必要な新聞記事の切り抜きをしている。いちいち貼るのは億劫《おっくう》なのでビニールの袋状になったスクラップブックを使っている。とりあえず、目に付いたものを切り抜いて入れておく。自分に関わるようなものはほとんどなく、料理と子供と老人問題が断然多い。そんな兄嫁を浅見は、主婦しているんだなあ、とつくづく思い、いかにも生真面目《きまじめ》な義姉らしいと感心する〔薔薇の

殺人〉。

陽一郎宛にかなりの量の歳暮が届くが、それを一つ一つ、几帳面《きちょうめん》に記録するのは和子の役目である。そしてもらう筋合いのないものについては、丁重《ていちょう》な礼状を添えて送り返している。

◆和子は夫をどう思っているか

和子にとっては、いまだに陽一郎という男は謎だらけに見える。結婚する前のことなど一言も話してくれないし、ガールフレンドや恋人がいたかどうかも全然分からないままである。

「いまだに何を考えているのか分からない人」だそうだ。

◆和子も怒るときがある

日頃おとなしくて貞淑《ていしゅく》な和子が、珍しく怒ったことがある。食糧卸《おろし》協同組合の人間が行方不明になったことで、米屋の主人が「大奥様がきついことおっしゃったからじゃないんですか」などといい加減なことを言うので、「あなた、そういうこと、みだりに人様にはおっしゃらないでちょうだい」ときつい口調になった。「まるでうちの義母《はは》が原因で、その方が駆け落ちしたように聞こえるじゃないですか」「とにかくめったなことはおっしゃらないでちょうだい」とまくし立てたので、米屋の主人も恐縮してしまった〈沃野の伝説〉。

◆浅見家の嫁姑問題

一見実に順調で平穏に見える浅見家にあっても、嫁姑のあいだには常に緊張状態があるらしい。浅見の探偵癖を巡って雪江から長男夫婦に注意があった。

「陽一郎さんばかりでなく、和子さんも気をつけて下さい」と言われて、「光彦さんは頭のいい人ですもの、お母様やパパならともかく、私なんかがとやかく言えたものではありません」と遠慮がちにしかし、きっぱりと言った。兄嫁としては、義弟の行動まで責任は持てない、ということらしい。雪江はもっときっぱりと言う。

「そんなことはありませんよ。近頃では、わたくしよりもあなたのほうが、光彦に対する影響力は大きいのです。なんといっても、この家は陽一郎さんが大黒柱なのですから」

しかし、どんなにきっぱり言われようとも、和子は如才《じよさい》なく隠居《いんきよ》未亡人を立てるのである。

「とんでもありません、お母様あっての浅見家ですわ」

和子は頭のいい女性だから、いまのところ、浅見家の嫁姑のあいだで波風が立つ気配はない。が、当主の陽一郎としては、やはり二人のあいだに挟まれて、双方に気を使うようだ。弟の探偵ゴッコが原因で、嫁姑が気まずいことにならないようにするのも、家長の勤めであると、光彦に一層の監視の目を向ける〔金沢殺人事件〕。

◆陽一郎の長女・長男

長女・智美《さとみ》は、市《いち》ヶ谷《や》J学院に通う。その家庭教師に、光彦叔父さんの幼なじみの野沢光子がやってくる。光子に「叔父さんと結婚するって本当？」と聞いた後、嘘だと分かると「なんだ、違うんですか？　つまらないわ。結婚すればいいのに。二人ともいい歳なんだから」といらぬ言葉までつけて母親に叱られてしまう〔「首の女」殺人事件〕。近頃は事件好きの叔父さんの影響を受けて、興味を示す。

長男・雅人《まさと》は中学生で、ヴァイオリンのお稽古《けいこ》に通っている。発表会には母の和子ばかりでなく祖母の雪江も駆けつける。スキヤキよりもファミコンゲームに熱中する現代っ子。六脚しかないダイニングテーブルの椅子を見て、「叔父さんがお嫁さんをもらったら、どこに座るの？」と心配してくれる。そんな雅人の言葉に「ばかねえ、お嫁さんが来たら、叔父さんはほかに住むのよ。そうでしょう？」と姉の智美は、賢いが辛辣《しんらつ》なことを言う。

いつもは浅見がお祖母《ばあ》様の雪江に叱られるのをニヤニヤして見ているが、浅見が留守にしていると、「叔父さんがいないと、なんだか寂しい」などと漏らす。科学性を重んじる子だけれど、思いやりのある優しい心を持ち合わせている。

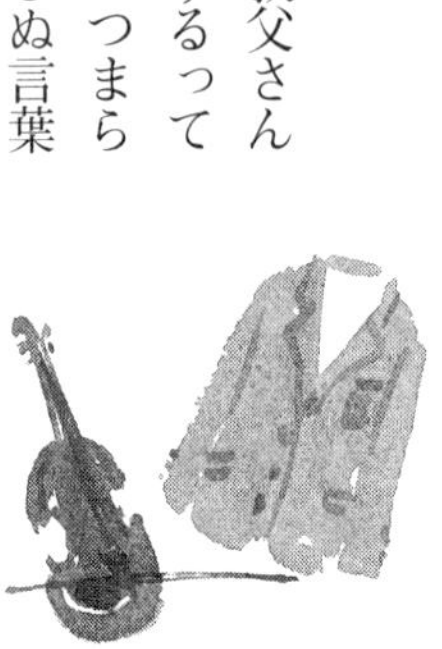

お手伝い・須美子《すみこ》

須美子にとって「坊っちゃま」がいつまでも居候で居続けているのは不満である。だが、一人前になって早く家を出てほしいと思ういっぽう、そんな「坊っちゃま」に密かな恋心を抱いているのも事実なのだ。そんな須美子が、浅見家にお手伝いとしてやって来た経緯はなんだったのだろうか。

◆修道院か奉公か

フルネームは吉田《よしだ》須美子、浅見家では「須美ちゃん」と呼ばれている。十九歳の春に浅見家に来て、八年になる。高校を出たばかりの、頬の赤いおとなしい子だったが、もうそろそろお年頃を過ぎようとしている。浅見とは六つ違いで、先代のばあやが引退する時に紹介されて、行儀見習いを兼ねたお手伝い、という約束で来たのだが、そのまま居着いてしまった。途中何度も縁談があって、浅見家でも積極的に話を進めたこともあるが、当の本人が「その気はありません」と、片っ端から断ってしまう。あまりしつこく勧《すす》めると、「何か不都合があるのでしょ

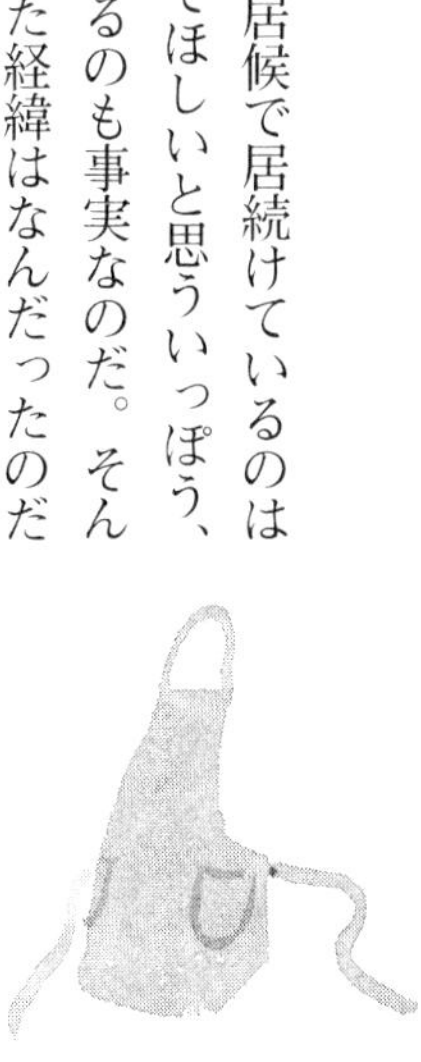

いる。

大奥様や坊っちゃまのお世話をさせていただくつもりでおりますから」とムキになって言って

うか？」と泣き出してしまうありさまなのだ。「絶対にお嫁には参りませんよ。ずっとこちらで、

出身はばあやと同じ新潟県高田《たかだ》の山間の村で、ばあやから浅見家の家事一切を引き継ぐのに一ヶ月のオーバーラップ期間があったが、飲み込みが早く、たちまち浅見家の家風にも慣れた。雪江は、最初、若い娘を入れるのをためらった。光彦という結婚前の次男坊に悪い虫でもついてはいけない——と思ったからだ。しかし、須美子の気《き》っ風《ぷ》の良さに惚れ込んで、その上「嫁に行かない」宣言に安心してその場で雇用契約が結ばれた。

年格好だけなら浅見とちょうどいい年頃だが、まるで色気を感じさせない女性である。だからといって器量が悪いわけではない。女性から見ても「おきれいな方」と言われる程度に美人である。顔立ちはしっかりしているのだが、男っぽいというか、男勝《まさ》りというか、若い男が下手《へた》に言い寄ろうものなら「ガガガ」と歯をむき出して笑い飛ばされそうな雰囲気を備えている。修道院に行こうかと迷った挙《あ》げ句《く》、住み込みの奉公を選んだというから、きっとよほどの事情があるのは確かなのだが、だれも真相を知らない。

◆勘が鋭い

几帳面でしっかり者。動物的勘が鋭く、いくら誤魔化しても警察からの電話を見破る特技があるし、女性からの電話は美人かどうかも見分けられる。次男坊の嘘を見分ける鋭い洞察力の持ち主。大奥様の雪江にはお花を習っている。

いつものように愚痴をこぼしてトボトボ引き揚げていく橋本《はしもと》警部を見て「あの警部さん、いつ見ても元気がないみたいですねぇ」と感想を述べると、若奥様の和子に、「須美子さん、お客様の悪口を言うものではありませんよ」と窘《たしな》められてしまう。もっとも和子も同感だったようで「でも本当ね」と笑っている。

「光彦坊っちゃまを見ている限り、男の方には七人の敵がいるといわれるほど、大変だとは思えませんけど」と言うと「須美ちゃんもひでえことを言うよなあ。だけど、嫁に行ったら、少しは亭主の苦労も察してやったほうがいいよ」と浅見に逆襲された。そのとき須美子はふいに涙ぐんで「いやですよ、そんな……それに、私はお嫁になんか行きませんからね」と言ってプイとキッチンへ行ってしまった。

帰郷する時にレンタカーのコルサ１３００で帰って、事件に巻き込まれる。田舎ではトラックの運転もしたことがあるので大丈夫と須美子は言ったが、浅見家に来てからはペーパードラ

イバーであったので浅見も雪江も心配した〔伊香保《いかほ》殺人事件〕。

平塚亭《ひらつかてい》

上中里駅から旧電車通りへ登っていくダラダラ坂の右側には、源 義家《みなもとのよしいえ》を祀《まつ》る平塚《ひらつか》神社の広大な境内《けいだい》が続く。その境内に団子屋の平塚亭が店を出している。江戸期からの歴史を持つ、昔ながらの和菓子を商《あきな》っている。豆餅・大福・団子・葛桜《くずざくら》・黄身《きみ》しぐれなどを製造販売している。

浅見家からは七、八百メートルのところにあり、浅見家とは古くからの付き合いで、大福みたいなおばさんは、赤ん坊の頃から浅見を知っていて、いつもおまけをしてくれる。浅見は母を籠絡《ろうらく》する手段に、平塚亭の団子を土産にすることもしばしばである。

愛をうち明けるのには不適切な場所であるために、浅見が女性と連れだって入っても、害意や底意のないことを表明する手段に適している。そういう意味で、光子とのデートや、義姉からの相談を受けるにも、平塚亭を利用している。だから、もし読者の女性も、浅見に誘われて平塚亭に連れていかれたら、「恋愛感情はナシ」と表明されたのだと判断した方がよい。

浅見家年表

	光彦		浅見家
		雪江	秀一と結婚
		秀一	内務官僚
			小樽に新婚旅行
47年前		陽一郎	誕生(4/8)
0歳	誕生(2/10)		
		祐子	誕生
6歳	軽井沢で記憶喪失になる	陽一郎	清香と婚約寸前までいく
		佐和子	誕生
11歳	夏子に小鳥をあげる	秀一	大蔵省主計局長
		陽一郎	和子とカルタ会で知り合う
			浅見家と設楽家の家族で離山登山
13歳	中学生	秀一	死亡(52歳)
		陽一郎	警察庁勤務
			警視・京都市刑事課長
			大宮市警察署長
			別荘を手放す
		陽一郎	警視正・京都府警捜査二課長
18歳	浪人生	陽一郎	和子と結婚
19歳	大学入学	智美	誕生
		雅人	誕生
		祐子	死亡(21歳)
25歳	大学院生		ばあやが去り須美子が浅見家へ
		佐和子	ニューヨークへ
32歳	後鳥羽伝説殺人事件に関わる		
	稲田佐和と出会う	陽一郎	警察庁刑事局長
33歳	現在		

第四の扉

～類は友を呼び、浅見は事件に遭遇する？

第四の世界へようこそ。

ここでは、浅見光彦の「交友」についてご紹介しましょう。

友人は少ない――と浅見は言いますが、それでも学生時代、仕事関係、そして事件で知り合った人たちと友好を温める機会はあります。浅見にとって友人とはどんな存在なのでしょうか。

彼らを知ることにより、浅見の違った一面に気付くかもしれません――。

学生時代の友人たち

同級生がどこで何をしているかほとんど知らない浅見だが、最近では浅見の名探偵ぶりを耳にして、友人の方から訪ねてくる場合もある。詳しく調べていくと、浅見が力を貸すばかりではなく、浅見の方が様々な状況下で友人に助けられていることがわかる。

◆堀《ほり》ノ内《うち》

高校時代の友人。よく喋る男で、いつも浅見が聞き役にまわった。二人ともかなり無鉄砲をやったけれど、きわどいところで抑制《よくせい》のきく浅見のおかげで、それなりの成績で卒業できた。

商船大学を出て、豪華客船『しーふらわー号』の一等航海士として勤務している。後輩、樋《ひ》口《ぐち》の妹久美《くみ》を妻に迎える。浅見とは結婚式で五年振りに再会する。浅見が探偵として活躍していることは、週刊誌などで知る。

高校時代のあだ名は「ヒョロノ内」だったが、久しぶりに会って、肩や胸のあたりに厚みが出来て、日焼けした容貌とあいまって、精悍そのものの〝海の男〟に変身を遂げていたので浅

見は驚かされる。〔平家伝説殺人事件〕

◆白井貞夫《しらいさだお》

高校のクラスメイトで、浅見はT大に、白井はJ大に進み、大学は別だった。白井は七年かかって大学を卒業した。その七年目の春に突然白井が訪ねてきて、「金を貸してくれ」と言ったのである。「学費の滞納で、このままだと除籍処分になる。おやじが長い病気で、おふくろはパートに出ている。おれもバイトでなんとか食いつないできたが、どうしても都合がつかなくて」と泣かんばかりに頭を下げられた。当時の浅見はあちこちの勤め先をしくじって、ブラブラしていたので、なんとか母親を説得して、居候の身分にしては大金を貸した。ところが、その金は実は学費などではなく、道楽のような演劇活動に使われたのであった。以来、白井は借金のことはとぼけとおして、とっくに時効を経過した。

J大を出た後も白井は演劇活動を続けて、今では劇団東京シャンハイボーイズを主宰《しゅさい》している。お調子者でいつも陽気な男である。〔斎王の葬列〕

◆唐橋春美《からはしはるみ》

大学時代、浅見に言い寄ったイタコの娘で、目の大きいかなりの美人だが、変人と言われる

浅見から見ても、そうとう変わった娘だった。角館《かくのだて》の武家屋敷資料館を見学しているときに、何年かぶりに再会する。大学時代から成熟した感じの女性だったが、今では妖艶《ようえん》といってもいい女ざかりであった。結婚はしたものの別れてしまったらしい。浅見が独身と分かって、実家の割烹《かっぽう》旅館にむりやり泊めて、怪しげな薬を飲ませる。〔恐山殺人事件〕

◆相川《あいかわ》

大学時代の同期で、硬派の代表格だった。いつも頭はボサボサ、不精髭《ぶしょうひげ》を生やし、汚れたTシャツにジーパン姿で、そのまま新宿の地下道あたりに座っていれば、かなりの収入が期待できそうなタイプだった。コンパで酔いつぶれた浅見を送って来て、猛母雪江にこっぴどく叱られたことがあった。

その相川が十年ぶりに浅見家にやってきたときは、白に近いグレイ地に、細かいストライプの入ったサマースーツというダンディな姿だったので、浅見は見違えてしまう。十年ひと昔というけれど、人間変わるものだな、とつくづく思った。〔琵琶湖周航殺人歌〕

◆霜原宏志《しもはらひろし》

日焼けした精悍な面構えで、上着の袖をたくし上げた恰好《かっこう》は、どう見ても室内での「文化的」

な語らいなど似合わない男。テニスのコーチをしている。九州訛《なま》りがある。

強引でこっちの都合など一切斟酌《しんしゃく》しないところがあって、彼から浅見に来る電話はろくなものがなかった。去年の夏も、たまたま軽井沢の作家の家にいたところを捕まって、テニスの混合ダブルスのメンバーが足りないからと呼び出されたことがある。浅見のテニス下手を知っているくせに、頭数だけ揃えばいいという安直な考えである。

浅見とは正反対に艶聞の絶えない男で、浅見は二番目の結婚式までは出席したが、三番目の夫人とは面識のないまま、別れたという噂を聞いた。〔「紅藍の女」殺人事件〕

◆貴島《きじま》

大学時代の友人。スポーツ新聞の記者をやっている。学生の頃からこまめで親切だった。そういうところは今でも変わらずに、浅見の面倒な頼みにも気軽に応じてくれて、古いデータをファックスで送ってくれる。夜中の電話にも「気にするな、おれたちの商売には夜中なんて関係ねえよ」と言ってくれる気のいい男だが、酒好きだけが欠点である。〔姫島殺人事件〕

◆高木《たかぎ》

学生時代の友人。個人で趣味同然にラボをやっている。近所のＤＰ屋に出すのを憚《はばか》られるよ

うなフィルムを、現像してもらったことがある。「なんだ、浅見らしくない、怪しげな写真でも撮ってきたんじゃないだろうな」と胡散臭《うさんくさ》い目で見られてしまった。〔崇徳伝説殺人事件〕

◆後藤聡《ごとうさとし》

高校・大学を通しての友人。家は文京区《ぶんきょう》根津《ねづ》にあり、浅見家とは車で十分とかからない距離である。以前からコンピュータ・オタクで、精密機器の会社に勤めている。いまだに独身である。すこし目が悪くて眼鏡を掛けている。浅見が電話すると、深夜だというのに起きていて、「珍しいな。名探偵」と、からかうような口調で言った。ホームページを覗いて、浅見の有名人ぶりを知っている。浅見が謎のＣＤの解析を頼むと、今時の名探偵がパソコンが苦手《にがて》とは呆れた、と笑われてしまった。〔氷雪の殺人〕

◆村上正巳《むらかみまさみ》

大学の同期で、浅見とは違って真面目一本槍の勉強家だった。最初は浅見と同じ文学部に在籍していたが、途中から法学部に移って、将来は検事になると張り切っていた。その頃は正義感の強い、男らしい人物という印象だった。

もともとは秀才なのだが、いまだに司法試験浪人という負い目から、自分に自信がなくなっ

ている。浅見の見たところ、真面目なのだが小心なところが、司法試験を失敗する原因のようである。恋人の父親が事件の被害者になったことから、浅見に探偵を依頼してくる。しかし、浅見がまだ独身でいることから、彼女の心が傾くんじゃないかと心配する。〔津軽殺人事件〕

◆榎本《えのもと》

大学時代の友人で、大東《だいとう》新聞社学芸部にいる。同期の中では出来のいいほうで、目標にしていた新聞社に入社して、浅見たちおちこぼれを羨《うらや》ましがらせた男である。浅見が社を訪ねたときは、自社が毎年主催している作文コンクールの、表彰式の準備に取り掛かっている最中だった。〔志摩半島殺人事件〕

◆津野《つの》

大学の同期でA新聞社の文化部にいる。よく遅刻もするし、休むことも多いらしい。浅見が出掛けていくと「名探偵がわざわざ出掛けてくるというと、何か事件だな」と皮肉まじりに、疑惑の眼差《まなざ》しを向けた。浅見は友人仲間でも変わり者で通っている。浅見が探偵もどきをやっては、推理小説に書かれていることは、親しい友人の何人かは知っている。新聞の縮刷版を見たいというと、資料室の片隅に場所をしつらえてくれた〔薔薇の殺人〕。

◆萩原秀康《はぎわらひでやす》

大学で浅見の二年後輩で三十歳の独身記者。大学に入ったときから、新聞記者を目指していた。それで大学時代についたあだ名が、六歌仙の一人・文屋康秀《ふんやのやすひで》をもじって、『ブンヤの秀康』であった。以前は中央紙の岡山支局にいたが、上司とぶつかって尻をまくり、今は西日本海新聞という地方紙の倉吉《くらよし》支局に勤務する。「大新聞の連中なんて、地方紙をばかにしきって、日頃大きなことを言っているくせに、中央の方ばかり向いて仕事をしているもんで、こと細かな取材となると、地元の人間に敵《かな》わない」と、威勢が良くて、やる気十分である。

倉吉の醤油メーカーの娘で十歳も年下の大学生・大島翼《おおしまつばさ》に気があるが、安月給でいまだに結婚に踏み切れない。浅見が人形峠の展示館を訪れたとき、そこの駐車場で偶然再会し、長生館という宿まで案内してもらう。

「浅見先輩は勘がいいなあ。何も知らずに取材にきたのでしょう？　それでちゃんと重大問題に遭遇しちゃうんだからねえ。ひょっとすると、予知能力があるんじゃないですか？　大学のときから、何となくそんな気がしていたのです」と神妙そうに言う。〔怪談の道〕

浅見の交友録

浅見の交友関係は学生時代からの友人を除くと、意外に年上の人物が目立つ。そして浅見は彼らに尊敬の念を抱いている。いったいどんなきっかけで出会い、友好を深めたのであろうか。

◆林《はやし》教授

吉祥寺《きちじょうじ》にあるT女子大の心理学教授で、ユングの研究者としては日本でトップクラスの人物。浅見とは古くからの知り合い。まだ五十には間がある歳で、痩身で頬が痩《や》せこけているのと度の強い眼鏡が、いかにも学究肌を思わせる。学問以外のこととなると、まるで幼稚である。趣味は広く、囲碁、テニス、マンドリンその他、何にでも手を出したがるが、あまりものにならないらしい。

浅見は『白鳥殺人事件』で、正義感が犯罪を引き起こすかどうかを知りたくて、相談がてら大学を訪ねたことがある。それ以来、この教授を尊敬している。

人が暴力行為に出るときには、どんな場合も何らかの形で、相手を悪と見なしているものだというのがお説で、それは「盗人にも三分の理」だという。「世の中が複雑になると、何が正義で何が悪であるかなどと、簡単には定義づけられない。法律だって、国家の都合のいいように、恣意《しい》的に制定されたものであって、すべてが正義であるなどと、とても言えたものじゃない」との意見はつまるところ「税金なんてものは、悪の塊《かたまり》みたいなもの」と言いたいらしい。

また、『小樽殺人事件』で浅見は、人間の意志はどのくらい持続するものかを訊《たず》ねる。教授によると、人間の意志というのは、そもそも行動することを前提にしてはじめて意志と言えるそうだ。そうでなければただの思考であり、せいぜい願望でしかないという。

林家は東京の郊外の青梅《おうめ》市にある。書斎の窓からは奥多摩《おくたま》の山々が一望でき、渓谷の水音が聞こえそうな閑静《かんせい》なところ。ここで半日ばかりのんびりするのが、浅見にとっては心の洗濯になる。林家は夫婦二人だけの暮らしで、歳は浅見よりはるかに上だが、二人とも気が若い。若い頃、周囲の反対を押し切って、駆け落ち同然、手に手を取ってドイツに留学したのだそうだ。

林夫人は細身の物静かな女性で、いつもいるのかいないのか分からないほどひっそりしている。教授自身もかなり寡黙《かもく》で、学問的なことや必要以外のことはほとんど話さない。林夫人の兄が本沢誠一《ほんざわせいいち》で、その娘の天才ヴァイオリニスト、本沢千恵子は姪に当たる〔高千穂伝説殺人事件〕。

◆私立探偵・平石《ひらいし》

元は福井中央日報の社会部記者だった。そのころ竹人形のことを調べたことがある。代議士の汚職を嗅《か》ぎ当てて「大変なネタを掴んだ」と平石が騒ぎ、大がかりな暴露キャンペーンを展開するはずだったが、結果は申し訳程度の記事しか出なかった。その時は、不精髭《ぶしょうひげ》の生えた顔にアルコールの臭いをさせて、充血した目から大粒の涙をこぼしたそうだ。それから間もなく新聞社を辞めて、北光《ほっこう》リサーチという探偵社に入った。

生活が荒れて福井市の飲屋街でヤクザと喧嘩して怪我をしたという噂を聞いて批判的な見方をしていた中央日報の後輩記者は、平石の真実の姿に接し「平石こそジャーナリズムの世界に生きるべくして生まれたような男で、記者魂というものがあるとすれば、平石はまさに記者魂の権化《ごんげ》だったにちがいない」と、自分の甘さを悔いる。

浅見は、平石が猛烈な仕事の鬼で、熱中するあまり衝突ばかりしていたことを見抜く。そして仕事に対する情熱だけでは人は生きていけない、辛《つら》いから、寂しいから酒を飲むのだと平石に対して優しい目を向ける。〔竹人形殺人事件〕

◆草西《くさにし》老人

軽井沢の住人なのに旧軽井沢に別荘を持ち、四半世紀も前に軽井沢に草西珈琲店を出した。もともとは神戸を中心に何軒かの店を出していて、軽井沢は夏場だけの店であったという。関西の店をすべて人に任せるか、売り渡すかして、軽井沢に永住することに決めたのが十年前。現在は通年軽井沢に住み、三軒の店と、ほかに土産物屋を二軒オープンしている。

世間では草西老人を「変人」と評する者が多いらしい。いかにも関西人らしい、独特の商才に長《た》けていて、一杯一万円のコーヒーを飲ませる——といった鬼面人《きめんひと》を驚かすようなアイデアで客を惹《ひ》きつけるかと思うと、せっかくやって来たお客を、気に入らないからという、それだけの理由で追い返すこともあったそうだ。ジョン・レノン、オノ・ヨーコ夫妻がその被害者であったのは有名な話である。それ以後は何か感じるところがあったのか、店に出ることを自らはばかって、もっぱら、軽井沢駅前本店の二階にある住居区域に逼塞《ひっそく》している。

浅見家とは古い付き合いらしく、「浅見はんには、えろうお世話になりました」と父・秀一のことを賞賛し、感謝する話ばかりするが、具体的に浅見の父親が何をしたかは、浅見も陽一郎も知らない。浅見兄弟にとって、父親の代から気を許してつき合える相手であった。

兄の密命を帯びて事件を探った『軽井沢殺人事件』では、この老人の住居や別荘などで世話

になっている。高級官僚の浅見家にあって、毛色の変わっている名探偵・浅見を可愛がってくれる。「わしは何もあんたの直感が間違ごうとるとか、独善的やとか言うつもりは毛頭ありません。それどころか、わしはあんたの類《たぐ》い希《まれ》なインスピレーションいうか、そういう直感力こそ、余人《よじん》の追随でけへん才能や思うとります。むしろ、誰がどうくさそうと、あんたは脇目もふらず、我が道を行きなさったらよろしいがな。むしろ、他人の言うことにいちいち右顧左眄《うこさべん》しとったら、あんたのええところは死んでしまいます。あんたは正しい……そう信じてはったら、それでよろしいがな」この言葉に浅見は喉を詰まらせる。

草西老人は本心では浅見を戒《いまし》めているけれど、言葉では、自戒するあまり、その個性の輝きまで失ってはならない——と言ってくれたのだ。

◆三宅譲典《みやけじようすけ》

秀一の親友で浅見家では「失せにけり」というあだ名で呼ばれている。躾《しつけ》に厳しい雪江もこのニックネームだけは気に入っているようで、自分でも「やれやれ、やっと失せにけりだわ」などと使っている〔天河伝説殺人事件〕。

秀一の存命中、謡《うたい》と仕舞《しまい》の仲間であった人物で、東京帝国大学時代からの親友であった。「きみのおやじさんが首席で、私はビリだったよ」というのが口癖。映画、演劇、落語、謡曲

と道楽ばかり多くて、大学の成績はさっぱりだったが、そのお陰で自ら芸能関係の評論を書き、ことに能楽の世界ではちょっとうるさい「顔」的存在になった。戦後、連合軍司令部の情報宣伝担当官と接触があって、当時主計官だった秀一の力になったこともある。

自分が劣等生だったせいか、浅見家の不出来な次男坊を気に入ってくれて、しきりに縁談を運んでくる。浅見も、三宅には父親に似た親近感を抱いていて、そういうお節介にも、それほどいやな気はしない。三宅は、光彦の豊かな感性と、人間的な優しさを評価してくれる。

無造作に分けた、厚みのある白髪。グレーのスーツに、ちょっと濃いめの紺地《こんじ》に赤い斜線をほどよくあしらったネクタイなどをして、いくつになっても青年のような洒落っ気の抜けない人。

◆N鉄鋼社員・北川龍一郎《きたがわりゅういちろう》

N鉄鋼の社員が殺された事件の真相を探るべく、ひそかに会社から使わされた調査員。仙酔《せんすい》国際観光ホテルの大浴場で出会う。パノラマのような窓越しに、広々と海が見下ろせる大浴場であった。でっぷり太った中年の男で、気持ちよさそうに手足を伸ばして入る様子から、浅見は北川をよほどの風呂好きらしいと判断した。互いに意気投合して、北川の部屋で一緒に食事をすることになった。浅見の素性を知って、N鉄鋼の調査員として警察とは別個に、内密で雇

いたいと申し出る。「あなたほど魅力的な青年と、私はいまだかつて巡り合ったことがありません」というほど浅見を気に入る。だからといって、もし娘がいて、浅見が結婚を申し込めば断るに違いないとも言う〔鞆の浦殺人事件〕。

マスコミ関係の知りあい

仕事柄、マスコミ関係の知人は多い。事件で知り合い、意気投合することもある。彼らは皆、事件が解決に向かうにつれ浅見に傾倒していくのである。

◆F出版編集部・宮沢《みやざわ》

美濃路の取材に同行するはずだったのに、浅見が日取りを間違えたため、おいてけぼりを食ってしまった。事件にかかりきりの浅見に、業《ごう》を煮《に》やし、自宅に何度も原稿催促《さいそく》の電話を入れる。〔美濃路殺人事件〕

◆香川《かがわ》日報記者・粕谷《かすや》

浅見よりかなり若い感じの太めの青年。まだ駆け出しといってもいいような初々《ういうい》しさがある。浅見が殺人事件の第一発見者になったことから、香川日報の取材をうけることになり、知り合った。根っから陽気なたちらしく、話しているあいだ中、ほとんど笑顔を絶やさないのは好感が持てた。地声が大きいところからも、こういうタイプの人間に悪人はいないと思わせる。新聞記者にしてはスレていないところも好感が持てる。〔讃岐路殺人事件〕

◆毎朝新聞甲府《こうふ》支局記者・井上英治《いのうええいじ》

顔つきも体つきもゴツイ感じのベテラン記者。歳は三十七、八で顔が黒く笑うと白い歯が光ってなかなか愛嬌《あいきよう》がある短足の記者。昔は松本清張《まつもとせいちよう》の推理小説をよく読んだが、近頃はろくなのがないそうで、「事実の方がよっぽど奇怪で面白い」と言う。いかにも新聞記者らしい、油断のならないすばしこさがある反面、ホッと気の抜けるような安らぎを感じさせる男。飾り気はないけれど、あけっぴろげで、ウジウジしたところがまるでない。

「さすが一匹狼ですなあ、頭の回転が違う」と浅見に感心して、浅見の推理力に、「あんたはすごい才能の持ち主ですよ。私はね、長年の勘で分かるんだなあ、それが」と、素直に驚く。

根っからの甲州人で、毎朝の井上といえば、地元警察じゃちょっとしたカオで、困った時には井上の名前を使えば、多少効き目があるそうだ。取材関係で役立つことがあれば言ってくれ、といって浅見に握手を求めた。一時は浅見をひょっとして内閣調査室の人間ではないかと疑う。浅見は事件解決にあたって、井上に絶対的信頼を寄せる。〔日蓮伝説殺人事件〕

◆S新聞記者・島田《しまだ》

地元紙記者なのだが写真マニアで、いつもカメラを持ち歩いては、香川県の風景を撮りまくっている。高松北署の大原《おおはら》部長刑事に紹介されて、一緒に事件を追うことになる。まだ二十代半ばを過ぎたくらい。大原から讃岐路での浅見の活躍を吹き込まれたらしく、キラキラと光る、憧れを込めた目で見つめられて、浅見は大いに照れた。マイカーで高松を案内してくれた。機転が利くが、浅見教にとりつかれていて、何を言っても熱烈な信仰の対象になってしまうので、浅見はおおいに困った。〔鐘〕

◆A新聞記者・桜場《さくらば》

以前、ある事件でスクープのネタを提供して以来、浅見に傾倒している。浅見が上野署に出掛けたときに見かけて寄ってきた。「名探偵が登場したとなると、何かあるのですか?」と切り

出した。まだ若い男だが、新聞記者としては有能な男である。浅見も嫌いなタイプではないが、マスコミ人間特有の、『同情的なポーズはしていても、興味本位のとらえ方』で事件をみているところがままある。しかし、浅見の頼みを快《こころよ》く引き受けてくれる、気のいい男でもある。

「詳しく教えてくれませんか」と浅見がいうと「いいですよ。そうだな、報道されている以外にも、いろいろ取材したことがありますからね、警察が投げ出したとしても、浅見名探偵なら、何か思いつくかも知れない」と、事件の概要を話してくれた。〔上野谷中殺人事件〕

◆毎朝新聞記者・黒須《くろす》

東京本社政治部の記者。浅見の勘がいいところから、事件記者と勘違いする。広島空港で出会い、喫茶店でコーヒーを飲んだときは「何も知らないフリをして、結構鋭い〔箱庭〕」と浅見を評価する。

西日本総合開発という会社を調べに、浅見が岡山に行ったとき、毎朝新聞岡山支局に立ち寄り、黒須の知り合いということでデスクの飯塚《いいづか》に自己紹介している〔歌わない笛〕。

板橋《いたばし》で起きたある事件の詳細を知りたくて、黒須に連絡したときは、黒須自身は政治部なのだが、社会部からデータを集めて回してくれた。同時に起きた女流作家の死因に関する警察の

動きなど調べてもらったときには、「人使いの荒いやつだな」と文句を言いながらも、なんとか特急でデータを漁《あさ》って報告してくれた。その後も、毎朝のデータベースで調べ物をしてもらう〔遺骨〕など、浅見はなにかと黒須を頼りにしている。

◆K通信社今市《いまいち》支局長・早川益男《はやかわますお》

支局長といっても他には若い記者が一人居るだけで、妻が事務を執《と》っている状態。十何年か前に今市に転任になった。浅見が日光取材で訪れたとき、たまたま華厳《けごん》の滝《たき》の自殺者があって、そこで出逢う。〔日光殺人事件〕

第五の扉

～浅見が結婚しない理由《わけ》？

第五の世界へようこそ。

ここでは、浅見光彦を取り巻く「女性」たちについてご紹介しましょう。

事件を通じて魅力ある女性と出会い、ときには恋愛に発展しそうな気配もあるのですが、いつも事件の終結と共に、その関係にも終止符を打ってしまいます。浅見にとって女性とは、唯一、解決することのできない永遠の謎なのでしょうか――。

女性に対する浅見の考え・態度

事件を通じ何十人もの女性と知り合った浅見には、それなりの女性観があるはずだ。単なるフェミニストではなく、時には厳しい見方もする。いったい浅見が求める女性の理想像とはどのようなものなのだろうか。

◆消極性

浅見は宿命的マザコンのせいか、軽度の女性アレルギーがあるらしい。美しい女性には憧れるが、もう一息で尻込みする臆病《おくびょう》なところもある。過去に何度も女性と大接近するチャンスはあった。が、どうしても最後の一線を越える事ができない。これはひとえに浅見の消極性に原因があるようだ。

女性から積極的にアタックされると、嬉しい反面、そのひたむきさを持て余してしまう。こういうところが自分の甲斐性《かいしょう》のなさだと自覚していながら、いつも肝心《かんじん》なところで後込《しり》みしてしまう〔透明な遺書〕。浅見だって、時には狂おしい情熱の赴《おもむ》くまま、愛する女性に思いのたけ

をうち明け、迫ってみたい気になることもあるのだ。しかし、そういう気になるだけで、結局そういうことになったためしがない〈日蓮伝説殺人事件〉。

浅見の欠点は、自分がその女性に似つかわしくないと勝手に思いこんで、あっさり撤退《てったい》してしまうところにあるのかもしれないが、本人はそれを美学だと思っているフシがある〈琥珀《アンバー》の道《ロード》殺人事件〉。同時に、浅見は、女性に対して最後の詰めに甘さがあることも十分自覚している。

女性と二人きりという状況は、あまり浅見の得意分野ではない。気の利いた会話術など、まるで縁のない男で、つまらない会話をするくらいなら、黙って自分の思考の中に閉じ籠《こ》もっていたほうがいいと思っている〈琥珀の道殺人事件《アンバー・ロード》〉。

◆性的精神年齢

浅見の精神年齢は、実年齢よりはるかに若い。藤田編集長や軽井沢のセンセに言わせると「きみは幼稚だ」ということになる。ことに性的な意味での精神年齢となると、未成年なみではないか――とさえ自覚している。

◆結婚願望は

女性には、ほとんど動物的としか思えないような直感力がある、と浅見は信じている。そう

いう女性と毎日同じ家で暮らし、管理されることを想像すると、結婚への意欲が削《そ》がれるらしい。これはどうやら、現在の浅見の生活が、母親と義姉と須美子に監視され管理される毎日であることが原因して、結婚に夢を持てないのではないかと思われるのだが……。

浅見には「結婚観」といえるほどの信念はない。生活力に自信が持てないとかいう、まっとうな理由というより、どちらかといえば、ただなんとなく独りでいるような状態なのだ。

そんな浅見は、結婚をフェリーや飛行機に譬《たと》えている。フェリーに乗る時は、海に対する憧れと恐れのせいで、多少の緊張感を伴う。車で大きく暗い口を開けた船に走り込むと、大きな仕事を成し遂げたような気分と、取り返しのつかないことをしたような気分とが押し寄せるという〈遺骨〉。飛行機に乗るときも同じだそうで、（結婚するときもこういう緊張感を強《し》いられるのかもしれない、相手に身を委《ゆだ》ねるというのは、たぶんこういうことなのだろう）と、想像している。

役目を終えた身をどのように処するか、という人類永遠のテーマに臨《のぞ》み、自分もいつまでも若いつもりでいるけれど、ある日、気がついてみたら老朽化していた――などということがあるに違いない〈黄金の石橋〉、と思い至る。そのとき、優しく労《いたわ》ってくれる人が傍《そば》にいて、そっと眠らせてくれたらいいいな――と、ふと思うときもある。

◆女性を美しいと思うときは?

無心の状態にある瞬間、その女性の本当の美しさが現れる——と浅見は思う。もう、若いとはいえない女性でも、ふっと放心した瞬間の横顔には、まだ人生の垢《あか》にまみれていない、少女のあどけなさがほの見える。女性はいくつになっても、どこかにそういうあどけなさが残っているのかもしれないと思い、またそうあってほしいという希望もある。

世の男性は、負けん気の強い女性を嫌い、負けてくれる女性を求めるようだが、浅見は男に伍《ご》して強く生きる女性のほうが美しく見えるらしい。あえて肩肘《かたひじ》張らなくても、自然でしなやかで、それでいて男と対等か、それ以上にやっていける女性はすばらしいではないかと思う〔朝日殺人事件〕。

◆化粧について

基本的に浅見は素顔嗜好《しこう》である。厚化粧には生理的拒否反応を示すし、化粧が濃くない点や、さりげない服装などが女性を好ましいと思う要因になっている。浅見が出会ったヒロインたちも、多くの女性が素顔か、あるいは素顔に近い薄化粧をしている場合が多い。

◆色香と幼さ

あまりに歳の離れた若い女性に対しては照れくさくてついていけないし、そうかといって大人びた色香を備えた女性には、危険な関係に進展しそうで不安を感じてしまうと浅見は言う。しばらくぶりで会った小松美保子《こまつみほこ》が、一段と女っぽく、艶《あで》やかになっていて浅見は眩《まぶ》しい存在に思えてしまう。

相手が既婚者というだけでも、なんとなく圧倒されてしまう。圧倒されるのは既婚者ばかりではない。祇園《ぎおん》の芸妓さんが「そないにお逃げにならんかてよろしやおへんか」というのを後《しり》目《め》に、見送る隙《すき》も与えない早さで暖簾《のれん》をくぐり逃げ出した。浅見は、われながらだらしがない――と反省しながらも、いたたまれない気分を持て余すらしい。浅見には芸妓を侍《はべ》らせて宴《うたげ》を楽しむなどという芸当はできそうもない〔崇徳伝説殺人事件〕。

◆女性への興味は

浅見もいっぱしの男性であれば、女性に興味がないわけがない。鞆《とも》の浦《うら》へ行ったときは、ホテルに若い女性従業員が勤めていることに嬉しくなり、本来の目的を見失いそうになったこともある。妙齢の女性に出会えば、それなりに期待することもあるのだ。

弘前《ひろさき》の町を歩いていたら、制服姿の女子高生が大勢通り、弘前美人揃いの女子高生に、「あどけない感じがじつにいい」「清潔な石鹸《せっけん》の匂いがしそう」「可愛い顔立ちだ」「おひなさまのようだ」と連発しているし、『琥珀の道《アンバー・ロード》殺人事件』では、訪ねる女性の名前が「片瀬《かたせ》」ときいて豊満な胸の女優「かたせ梨乃《りの》」を想起して、期待感に胸を弾《はず》ませている。隠岐では不審死を遂げた老人の孫娘の喪服姿を見て、「可愛さを、黒い喪服がいっそう際立たせている」と見とれてしまう。

◆照れくさいときは

浅見は、自分の方に女性の気持ちが傾きそうな場合、あるいはほめられた場合、その雰囲気をすかさず読みとって、「え、あははは……」と空疎《くうそ》な笑いで誤魔化すか、わざと嫌われるような行動をとってしまう。『天城峠殺人事件』では小林朝美《あさみ》の前で、わざと下品に氷メロンを食べてみせる。

行動ばかりでは足りないと思うらしく、いたるところでわざと自分を矮小化《わいしょうか》し自虐的《じぎゃくてき》なことを言う。例えば、「気が小さいくせにオッチョコチョイ。無鉄砲だから嫁の来手がない」「臆病で泣き虫ときてる」「こんな変人、もらってくれる女性は現れないでしょうよ、どうせ」「うだつのあがらないルポライター」などなど、上げればきりがない。

『日蓮伝説殺人事件』では、伊藤木綿子《いとうゆうこ》の言うがまま「臆病です」「ずるいです」「だめな男です」「つまらない男です」と連発し、冗談に紛《まぎ》れてかわしている。そのくせ抱きしめたい衝動に駆られる、というから浅見の「対女性行動」は複雑怪奇だといえるだろう。

野沢光子をパーティの同伴に誘ったときも、「同伴者を連れていくのが条件だから君を誘った」と、ぶっきらぼうに仕方なさそうな口振りで言って、もう少し女を喜ばせる言い回しは出来ないものかしら――と、光子が不満な気持を抱く結果となった〔終幕《フィナーレ》のない殺人〕。

浅見という男は、ことに女性に対するかぎり、決して調子に乗ったりはできない性格だ。「あなたって、完全に気を許すっていうことがないひとなのね」と、面と向かって言った女性が二人いたそうだ。浅見自身はそれを、照れ、はにかみ、シャイだという〔菊池伝説殺人事件〕。

◆愛する定義

肉体関係を結んだほどの相手なのに、住所も正確に知らずに付き合うなどという状況は、浅見の感覚では驚くべきことである。しかし、と浅見は考える。「愛する」ということはそういうものかもしれない、と。相手の氏素性《うじすじょう》が分からなければできない恋など、むしろ不純と言えなくもない。とはいえ、そういう愛の対象が現れたとして、はたして浅見自身、猪突猛進《ちょとつもうしん》できるかといえば疑問である。

◆女性の涙

シチュエーション①…信濃大町《しなのおおまち》駅で、津田麻衣子《つだまいこ》に泣かれたときは、傍目《はため》にはタチの悪い女たらしが純情な乙女を苛《いじ》めている図にみえるかもしれない、とずいぶん困ったらしい。幸い待合室にはだれもお客はいなかった。浅見もホッとしただろう〔小樽殺人事件〕。

シチュエーション②…祖父を心配して、顔を覆《おお》ったまま嗚咽《おえつ》を漏らす水上秀美《ひでみ》を目の前にして、浅見は困り果てる〔天河伝説殺人事件〕。どう対処していいか分からないのだ。ナイトらしく背中でもさすって慰《なぐさ》めてあげるのがいいのかもしれないけれど、そういうキザなことには心理的な抵抗を感じてしまうタチなのだ。そして、慰めを言うのは下手であると自らも告白している。

シチュエーション③…喧嘩別れのようになってしまった佐治貴恵《さじきえ》と船上で再会したときに、初めは強い口調で話していた貴恵が、ふいに涙をポロリとこぼしたので浅見は動揺する。あまりにも突然のことにうろたえてしまい（若い女性の感情の起伏の激しさにはついてゆけない）と思い、とってつけたように話題をそらせた〔隠岐伝説殺人事件〕。

シチュエーション④…列車で九州へ向かったとき、隣に美しい魅力的な女性が座り、神に感謝した。ついでに藤田編集長にも感謝したとき、突然その女性が泣き出した。浅見は大いに慌《あわ》てて窓際の席と代わってあげる。差し出したハンカチを断られ、思わず「女性の涙は美しいです」

などと不用意な言葉を発してしまい後悔する〔菊池伝説殺人事件〕。

◆ホテルで

高千穂の神州《しんしゅう》ホテルに泊まったとき、諸般の事情から本沢千恵子と同室になってしまった。襖《ふすま》を開けたとたん、二組の夜具が寄り添うように並べられていて、浅見はドキリとして目のやり場に困った。自分は車で寝る、という浅見に「ご一緒させていただいてはいけないんですか？」と無邪気に訊《き》かれて、思わず浅見は生唾《なまつば》をゴクリと飲み込んだ。（どういう育ちをしたのだろうか？――それとも妙な具合に気を回すほうが間違っているのだろうか？――）と浅見は大いに困惑したのである。

沖縄では、放送記者の湯本聡子《ゆもとそうこ》とも同じホテルになる。酔いつぶれた聡子を送るハメになり、部屋まで抱えていったあと、どうすればいいのか想像しただけで、気持ちが穏《おだ》やかでなくなる。もっとも、彼女を部屋まで送っただけで、何事もなく自分の部屋に到達した浅見であったが……。

◆自分の裸に

女性の家で自分が裸になる状況には、浅見は抵抗がある。だから他人の家では風呂に入らな

いという極端な男である。

『神戸殺人事件』では、ホテルでシャワー中に女性から電話があり、自分が石鹸まみれの全裸であることに困惑して、電話の応対もしどろもどろになってしまう。その石鹸を洗い流した頃に、今度はもっと若い女性から電話があり、浅見は「ちょっと待って下さい」といって腰にタオルを巻いた。(若い女性には刺激的すぎる風景だ——)などと思っているが、どうも浅見は考えすぎというか、妙に「裸」という状況に過剰反応するきらいがあるように見受けられる。

◆女性は恐い……

金沢の花火師である母と娘に会ったとき、浅見の前では小生意気とも思えるほど堂々とした語り口で自分の考えを披瀝《ひれき》した春山順子《はるやまじゅんこ》が、母親の前に立つとうって変わって、完全に少女の甘えた口調になった。その鮮やかなまでの豹変《ひょうへん》ぶりに、浅見は(女性は魔物だな——)と思った。

もう一度女性の変貌ぶりを目の当《ま》たりにしたのは、作家志望の諏訪江梨香《すわえりか》と新宿で待ち合わせたとき〔若狭殺人事件〕。江梨香は化粧と服装と髪型で見違えるほどの美人に変身していて、浅見は目を奪われ、(まったく、女性は魔物だな——)と密《ひそ》かに感嘆の吐息をつく。また、『坊っちゃん殺人事件』では、ずいぶん若く見えた女性が三十九歳だったと知って、「女は化け物

していく。

――」と言いかけて、「いや、世にも不可解な妖精であることの証明かもしれない」と言い直している。

人形作家の広崎多伎恵《ひろさきたきえ》が「顔は人形の命ですからね、みだりに真似《まね》されたら、たまったもんじゃありませんもの。それを侵害されたら、やっぱり殺したいほど憎らしいでしょう。私だって、そんなことをされたら、断じて殺します」と言い放ったとき、浅見は思わずギョッとして、その横顔に視線を走らせ（女は怖い――）と思う（『鳥取雛送り殺人事件』）。

一人の女性の中に、ジャンヌダルクの勇敢さがあったり、男どもを手玉に取る傾城《けいせい》の悪女を彷彿《ほうふつ》とさせるものがあったり、愛を貫《つらぬ》く強さや美しさ賢さがあったり、はたまた子を思う大和撫子《やまとなでしこ》のイメージが重なってくると、もう浅見の手には負えないようだ。（所詮《しょせん》、女は魔性の者かなあ――）と、浅見の女性観はますますいじけてしまいそうである（『怪談の道』）。

被害者の妻などが、夫の死という不幸に襲われたときの落ち込みから、完全に立ち直っているのを見ると女性は逞《たくま》しい――と、感心すると同時に少し恐ろしくもある。

どうして女性は論理的なものの考え方ができないんだろう（『「紫の女」殺人事件』）と思い、ばかばかしい発想をするのは男の特権で、女性はもっと即物的だ（『津軽殺人事件』）とも、「女性は根本的には純情なのです（『伊香保殺人事件』）」とも言う。

女性は、いちど思いこむとこっちの言い分など聞く耳を持たなくなってしまう。こういう頑《がん》

迷《めい》な点は警察と似ているとして、「どうも女性は扱いにくい」という。そう言いながらも、浅見は女性には甘いところがあって、多少の不条理には「ま、いいか」と目をつぶってしまう。基本的には女性は善であると思っているのだ。

◆頭がいい女性

気が強くて、頭も切れる女性に出会うと、嬉しくてたまらないという浅見はちょっと変わった性格の持ち主。その上美人ならもっといい。思わず顔の筋肉がほころんでしまう（『三州吉良殺人事件』）。浅見にとって頭がいいということは、女性の魅力のかなりのウェートを占《し》めていて、「女賢《さか》しゅうして……」とか「めんどりトキを告げて……」などという諺《ことわざ》は、ばかな男どもの言い訳めいた愚痴でしかない、と思っている。

◆女性は永遠の謎

女性に対して控えめに接していると、案外だらしがないとか、あと一押しに欠けるとか言われる。だからといってただひたむきに愛せばいいかというと、女性はあまりひたむきなのも少し怖いという。そういうところが浅見としてもなかなかひたむきになれないのだそうで、「どうも女性は難しい。僕には永遠の謎だ」という結論に至るらしい。

浅見宛に女性名の手紙が舞い込んだときは、須美子の不機嫌な顔と、どう見てもジェラシーが込められている尋常《じんじょう》ではない目の色に出くわし、「まったく、女の気持ちはさっぱりわけが分からない」とぼやく〔志摩半島殺人事件〕。

浅見は、津軽女は清純であると信じて疑わないが、その津軽女の延長線上に、太宰の妻、初代《はつよ》のような凄絶で奔放《ほんぽう》な生き方をする女性もいると思うと、もう浅見はお手上げ状態である。ただでさえ不可解な女性がいっそう分からなくなる〔津軽殺人事件〕。

北山崎《きたやまざき》から軽井沢まで同行した熊谷美枝子《くまがいみえこ》から、過去を告白され信じられない気分になる。あんなに知的で、真面目そうに見える美枝子に、大学時代に講師に抱かれた過去がある、など信じたくなかった。そして再び（女性は謎だ――）と思うのである。女性の神秘性を過大評価するのは自分の悪いくせだ――と分かっていながら、やはり浅見は女性にはどこまでも美しいままであり、謎であってもらいたいようだ〔琥珀の道《アンバー・ロード》殺人事件〕。

朝倉理絵《あさくらりえ》と歌枕を訪ね、事件解決に奔走《ほんそう》したとき、「もうやめましょうよ」と理絵に言われて、（女は分からない――）、女は気紛《きまぐ》れだ――）と苦い思いを嚙みしめている。父親の死の真相を解明したい――と張り切っていたくせに、いざ事件の謎に直面したとたん、おぞけをふるって撤回しようとする理絵に理不尽なモノを感じる浅見であった。その後電話でも険悪なムードになり、またまた（女は分からない――）と思い、そして（おまえはもっと分からない――）と自分

を罵《ののし》る。そして、煩悩《ぼんのう》に汚《けが》れるのを恐れているうちは女心を理解しようなどとは、おこがましいのかもしれない、と天井を仰《あお》ぐのであった〈歌枕殺人事件〉。

このように、浅見にとって女性は、とらえどころがなく不可解で、虹《にじ》のような存在であるようだ。かつて浅見少年が追い続けた虹は、永遠に掴めない幸福のシンボルのようなもので、自分がいまだに女性を捕まえそこねているのは、あのとき以来、約束されたことだったのだろうかと弱気になってしまうらしい。

ヒロインの年齢

浅見が出会ったヒロイン達の年齢を調べてみよう。最年少は『志摩半島殺人事件』の岩崎夏海《いわさきなつみ》（十八歳）だと思うが、『華の下にて』にヒロインを置くとすると、最年少は、丹野奈緒《たんのなお》（十五歳）ということになる。最年長も『佐渡伝説殺人事件』のヒロインを誰に決めるかで違ってくる。『佐渡伝説殺人事件』のヒロインを駒津彩子《こまつあやこ》とすると、最年長ヒロインは『佐用姫《さよひめ》伝説殺人事件』の成沢久子《なるさわひさこ》（三十五歳）ということになるが、『薔薇の殺人』にヒロインを置くとすると鳥越美晴《とりごえみはる》（三十九歳）ということになる。またハッキリとした年齢表記のないヒロインもい

ヒロインの年齢

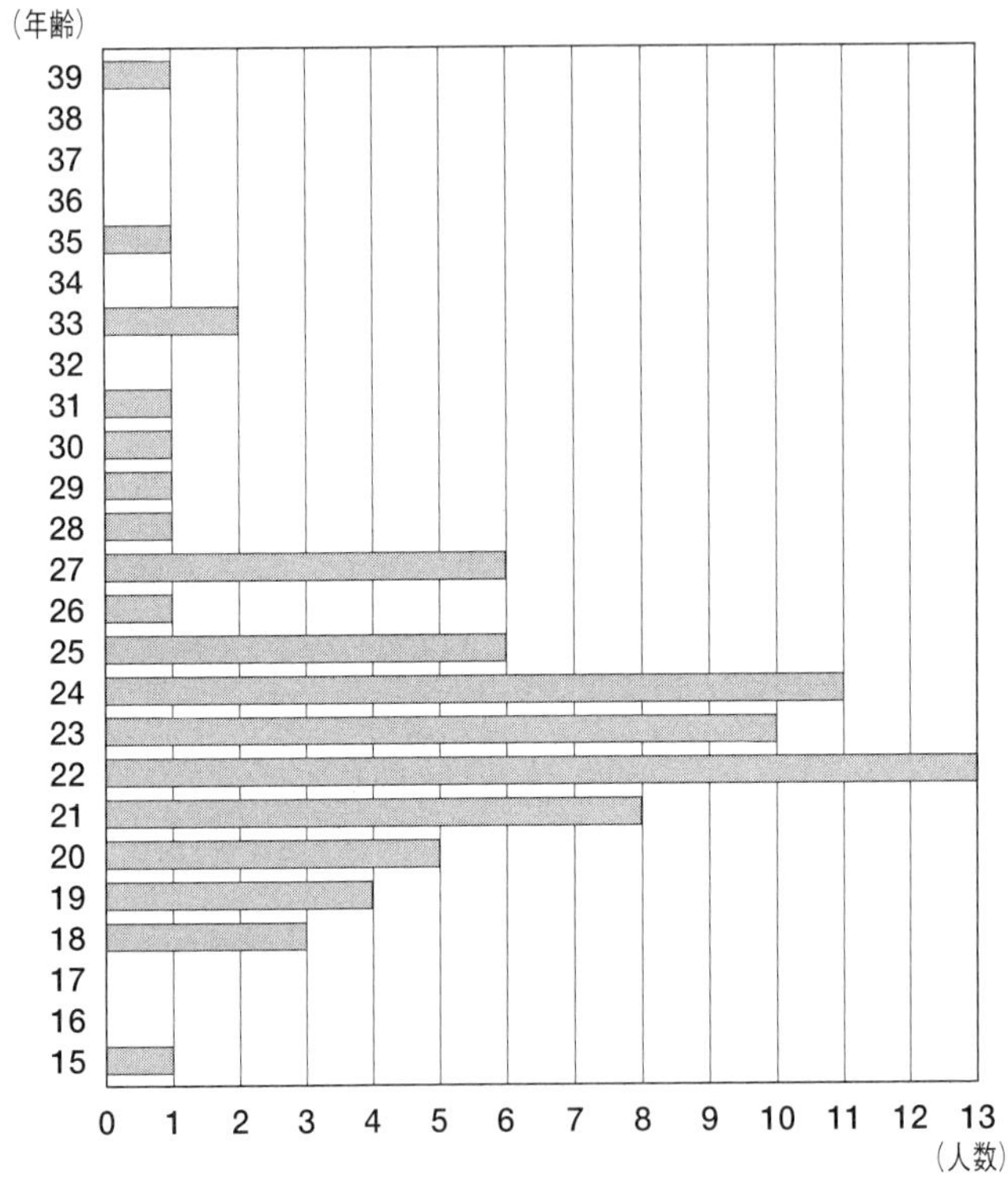

☆登場ヒロイン76人。

☆年齢が確定していない場合は、若い年齢を参考。

☆複数登場のヒロインは初回登場年齢を参考。

ヒロイン平均年齢　23.5歳

最年長ヒロイン　39歳・鳥越美晴（薔薇の殺人）

最年少ヒロイン　15歳・丹野奈緒（華の下にて）

浅見と同年齢33歳ヒロイン　野沢光子　藤本紅子

浅見より年上ヒロイン　成沢久子（35）　鳥越美晴（39）

る。そのようにはっきり記述がなくても、様々な表記や他の登場人物から割り出せるものはそれで特定した。また「二十五、六歳」という表記の場合は、若い年齢を採用した。それらを踏まえて平均年齢を出すと二十四歳前後になる。

浅見の年齢三十三歳を基準に考えてみると、それより年上のヒロインは成沢久子、鳥越美晴だけである。浅見と同い年の女性は、幼なじみの野沢光子と横浜テレビの藤本紅子《ふじもとべにこ》女史の二人だけ。浅見が出会ったヒロインたちで、三十歳を越えた人はほんの数人であることがわかる。

未成年のヒロインのうち年齢のハッキリ記されているのは五人。『華の下にて』の丹野奈緒(十五歳)、『志摩半島殺人事件』の岩崎夏海(十八歳)、『平家伝説殺人事件』の稲田佐和《いなださわ》(十九歳)、『記憶の中の殺人』の財田雪子《たからだゆきこ》(十九歳)、『恐山殺人事件』の藤波紹子《ふじなみしょうこ》(十九歳)、である。他に『金沢殺人事件』の春山順子《はるやまじゅんこ》と『鬼首殺人事件』の松島珠里《まつしまじゅり》も十九歳と思われるが、ほんの行きずりという相手で、浅見との関わりは希薄である。このような若い年齢のヒロイン達が登場するところが、浅見の「ロリコン説」がささやかれる原因となっているのかもしれない。さすがに十五歳の奈緒ちゃんは恋の対象からは除外しているが、ほかの女性には多少なりとも心が動いている。

稲田佐和が自分にとって特別な存在になりそうな予感に襲われたとき、(十四歳も歳の開いた娘だぜ——)と自ら嗤《わら》い捨てようとする。しかし、彼女とはキスまで交《か》わし最後にはプロポー

ズともとれる言葉を投げかけている。財田雪子に関しては、「僕だって十歳以上もの年齢差がなければ、冷静ではいられないかもしれない」「こんなおじさんみたいな年の差でなければ、十分、その気になれる」と『記憶の中の殺人』で告白し、辛《かろ》うじて踏みとどまっている。

伊勢《いせ》の海で十八歳の海女・夏海を取材したときは、見事な八頭身のプロポーションのうえに、黒目がちの眸《ひとみ》に見つめられて浅見の方がドギマギしてしまう。しかし、高校生ではさすがの浅見も恋愛の対象には考えられなかったようだ。藤波紹子の場合は、事件の方に目が向いていて、徹底してボディガードに徹している。彼女が女優としてスタートしようとしているタレントであることも作用しているのかも知れない。ロマンスらしきことは起こらなかった。

こうしてみると未成年のヒロインのうちで、浅見が心を奪われてしまったのは稲田佐和ひとり、ということになる。浅見の「ロリコン説」は否定されてもいいかもしれない。

ヒロイン七十六名のうち、二十代前半、つまり二十四歳までの女性は五十五人いる。浅見が出会ってきた女性達のうち、およそ七割が十歳、あるいはそれ以上もひらきのある歳下の女性達であるということになる。仮に浅見と似合いの年齢を二十七歳から三十三歳までと設定すると、その年齢層の女性達はわずか十二名、二割ほどである。

ヒロインの容姿

浅見が出会った女性達の容姿を調べてみると、総じて、「色白で黒目がちのつぶらな瞳の美人で髪は漆黒《しっこく》で肩までの長さ」という感じの女性が多い。そんなヒロイン達の中で、変わった表現がされている個性豊かな女性たちもいる。

●エキゾチック美人……曾宮一恵《そうみやかずえ》
●弥勒菩薩《みろくぼさつ》に似ている……阿部美果
●日焼けした顔に白い歯……松島珠里
●端正だが無表情……式香桜里《しきかおり》　など。

「つぶらな眸《め》」と表記されるヒロインの多い中で、「顔は日に焼けて視力が一・五」としか紹介されていないのは『はちまん』の小内美由紀《おうちみゆき》（二十五歳）である。視力など褒《ほ》められてもちっとも嬉しくないに違いない。美人揃いのヒロインの中で、「子供っぽいおかっぱ風の髪型で、あまり化粧に構わない幼さを残した顔で、それほど美人じゃない」と言われているのは中村典子《なかむらのりこ》（二十七歳）〔幸福の手紙〕。

年齢が上がるに従って、美人度が低下していくように見えるが、高い年齢と美人度の表記には関係があるのだろうか。そんな中でピカ一に光っているヒロインは、三十五歳という高い年齢にもかかわらず李王朝《りおうちょう》の佳人《かじん》のようだと言われている成沢久子である〔佐用姫伝説殺人事件〕。そんな美しい顔だちの理由を「かつての渡来人の血を引いているにちがいない」と作品では書かれている。

反対に二十二歳という輝かしい若さのワリには、あまり褒められていないのが『斎王の葬列』の久米美佐子《くめみさこ》である。（周辺のおばさん連中と比較するせいか、ちょっと垢抜けた感じだが、それほどの美人ではなさそうだ）と浅見に思われている。こう見てくるとヒロインの美醜と年齢には、何の因果関係もないのかもしれない。

ヒロインとの出会い

浅見がどのようなキッカケでヒロイン達と出会っているかというと、様々あるが、被害者の身内である場合が多いようだ。総じて気の強い女性が多いが、一番浅見が面食らった出会いは、月岡三喜子《つきおかみきこ》であろう。振り向きざまにいきなり平手《ひらて》をくらって、おまけに目を見張るほどの美

人だったというから、浅見も複雑な心境だったに違いない。この三喜子嬢は、ホテルの喫茶ルームで失神して浅見に抱きかかえられてもいるので、女性ファンからみれば、「浅見を殴った上に抱きかかえられるとは何事」というやっかみの気持も抱くだろうし、羨《うらや》ましくもあるヒロインである〔美濃路殺人事件〕。

対照的に、浅見家の玄関を開けて、浅見が顔を出すと「あら、浅見クン」というまぬけな再会をしてしまったのが野沢光子である。幼なじみということもあって、光子と浅見のあいだにはロマンチックなシチュエーションは成立しそうもない。光子が「一度でいいから私もあんな、燃えるような目で、見つめられてみたいものだわ」というと、浅見が「見るくらいならしてあげる」と言って、二人で見つめ合ったことがある。しかし、ほんの数秒ももたずに光子が笑い出し、つられて浅見も笑ってしまったのである〔「首の女」殺人事件〕。

十二月にパーティに誘われた時も、(なんなら浅見クンと結婚してもいいかな——)などと思うが、光子は浅見との付き合いを男女の関係を超越したものと心得ているから、たとえどういう場所で出会ったとしても、深刻な状況に陥《おちい》る可能性はないと思っている。

ヒロインの服装

浅見と出会う女性達はどちらかというとセーターにスカートというシンプルな服装が多い。平均的服装というと、ワンピースもしくは白いブラウスにブルー系のロングスカート。そしてツバ広帽子を被《かぶ》ると、古風なお嬢様という感じになる。

浅見家のカルタ会にお招ばれした時の朝倉理絵の服装は、女性達の嫉妬の眼差《まなざ》しが刺さったというから、そうとう目を見張る美しさだったらしい。この他にもワンピースを着ているヒロインは多い。主なものを拾い出してみると、軽井沢で出会った野本美貴《のもとみき》はモノトーンの花柄ワンピース、陶芸家・成沢久子は灰色がかった青のシルクのワンピース、弘前美人の石井靖子《いしいせいこ》は淡くくすんだピンク地に白を基調の花柄ワンピース、画家のタマゴ、小松美保子はソフトピンクのワンピース。ギンガムチェックのワンピースを来ているのは財田雪子と菊池由紀《きくちゆき》。

横浜テレビのプロデューサー藤本紅子女史は、いかにも働く女性という感じのスーツ姿が多い。紺地に白のストライプが入ったジャケットや、白地に黒のストライプのパンツスーツである。プライベートで浅見と出掛けたときは、赤いブルゾンに細身の黒いスラックスという服装であった。

最近の作品ではブルゾンやジーンズなど、活動的な服装も登場する。

変わったところでは、海女《あま》見習い中の岩崎夏海のウェットスーツ姿。八頭身を海女用のウェットスーツに包み、惜しげもなく健康美をさらけ出している。浅見が顔を赤らめる気持ちも分かるような気がする。

特殊な職業のヒロインたち

先ず名前が挙がるのは、常陸《ひたち》大学でユスリカの研究をしている芹沢玲子《せりざわれいこ》だろうか。子供の頃から昆虫好き、というところが女性にしては珍しい。化粧もしないで黒縁眼鏡を掛けて、いかにも研究肌っぽいが、その実、かなりの美人であることは浅見が推察している。

※『白鳥殺人事件』で玲子は、春に卒業予定で大手製薬会社に就職も決まり、箱根への研修旅行にも参加して「明日から社会人です」と言っている。ところが『若狭殺人事件』で再会した時は、まだ大学の生物学研究室にいて、ユスリカの幼虫の面倒を見ているのだ。これは、一旦就職が決まったものの研究に未練があり、大学の研究室に戻ったか、あるいは玲子は初めから研究室に残るつもりであったのに、軽井沢のセンセが勝手に就職話をでっち上げたかのどちらか

であろうと思われる。

最初歌手志望だったが、後に女優に転身する藤波紹子。やがては能楽の水上流宗家となる水上秀美。宝石鑑定士の伊藤木綿子。他には、マスコミ関係では地方紙記者、出版社編集者、アナウンサー、ＴＶディレクター。芸術・芸能関係では画家、陶芸家、日本舞踊家、ピアニスト、ヴァイオリニスト、バレリーナなどである。こうして挙げてみると特殊な才能を持っている女性ばかりである。こういう多才な女性達とばかり出会っていることが、浅見の恋が実らず、尻込みしてしまう理由の一つではないかとも思えるが、いかがだろうか。

ヒロイン一覧

（作品順）

【作　品】欄で①②とあるのは複数作品に登場した場合でその順番。
【出会い】【出来事】の欄で①②とあるのは各作品の出来事。
【…の目】欄で↓の意味は、心の推移を現す。

稲田《いなだ》 佐和《さわ》

【作品】平家伝説殺人事件　**【住所】**高知県幡多《はた》郡西土佐《にしとさ》村藤ノ川《ふじかわ》
【年齢】十九歳　**【職業】**家事手伝い

【容姿】大きなオデコにのびやかな鼻筋、小さめな唇、鈴をはったような黒い大きな瞳、上気した頬——すべてのバランスが申し分ない。文句なしの美貌であり、野生を感じさせる、しなやかで強靭《きょうじん》な姿態にも非の打ち所がない。

【データ】先祖は朝臣《あそみ》を名のる平家の末裔《まつえい》、稲田朝臣忠信《いなだただのぶ》。平家の落人部落《おちうど》・藤ノ川で、父・信隆《のぶたか》の死後、祖父・稲田広信《ひろのぶ》と二人暮らし。山家《やまが》育ちとは思えないきちんとした挨拶をする。いまどきの都会の女性などよりはるかに立派で、古風な作法で、口うるさい雪江も頬を緩《ゆる》めるほど。挙措《きょそ》は、万事のびやかでおおらか、こだわるところがない。予知能力がある。

【出会い】四月。事件を追って高知を訪れた浅見は、ずっと同じ行程だった佐和から、痴漢と勘違いされるが、誤解が解けて稲田家に泊めてもらう。

【浅見の目】身近で見ると、えもいわれぬ神秘的な美しさが、野の花が香るように伝わってくる。佐和の底流に脈打つ、雅《みやび》やかで毅然《きぜん》とした本質の美しさに触れた思いである。外見上の魅力より、内側の深いところにある、おそらく彼女自身すらその存在に気付いていないであろう〝財産〟に、浅見は魂を吸い取られるような感動を覚えた。

【出来事】浅見家を訪れた佐和は応接間で二人きりのとき、「祖父が浅見さんのことを、とても

いい人だって、言っていました」と言い、浅見から「あなたは、どうなのです」と詰め寄られる。見つめ合った視線をはずし、佐和は吐息のような声で「好きです」と答える。浅見は左右から両肩を挟むようにして佐和を立ち上がらせると、血の気の失せた青白い顔の中で、そこだけ別の生き物のようにかすかに震えている唇に、ゆっくりと自分の唇を重ねるのであった。

佐和が船で帰るときは、赤いテープを握り合う。浅見はこの時、佐和との結婚をすでに約束された宿命であるかのように思う。そして「きみは、故郷を捨てられるのかい」と声に出して言ってみた。佐和に声が届くわけはないのに、佐和は頷《うなず》いてみせた。

小松美保子《こまつみほこ》

【作品】①赤い雲伝説殺人事件 ②隅田川殺人事件 **【住所】**東京

【年齢】二十五歳 **【職業】**「立風会」所属・アマチュア画家

【容姿】美人で頭も気だてもいいし、歳よりはずっと若く見える。美保子自身そうすてたものではないと思うし、「立風会」の中では言い寄ってくる青年もいる。

【データ】画材などは親に頼らずアルバイトでまかなうことにしている。新幹線に乗るときは自由席に限る、というこだわりがある。定められた時間や場所に縛られたくないからだ。

【出会い】①九月十七日頃。「立風会」顧問である雪江に伴われて美保子が浅見家を訪れる。雪江は次男坊である浅見に、美保子の描いた絵の行方を探すよう命じる。

【浅見の目】①つきつめた目をしているときは、一段と魅力的な女性だ。②四月十日、久しぶりに出会い、一段と女っぽく艶やかになったと思う。

【美保子の目】①真面目でつまんない。②どうしてそう情緒がないのかしら。

【出来事】①なかなか積極的な女性で、大網町ロイヤルホテルの一室では、「お休みのキスを……」と浅見に要求する。翌朝「浅見さんて真面目なんですね。つまんなかったわ……」と言われ、すべてが美保子のペースになってしまう。②六義園《りくぎえん》でデートをするが、あまりロマンチックな雰囲気にもならず終わってしまう。

樋《ひ》口《ぐち》実《み》加《か》代《よ》

【作品】津和野殺人事件　**【住所】**東京都世田谷区梅丘《うめがおか》

【年齢】二十一歳　**【職業】**会社員

【容姿】薄化粧で美しく可憐《かれん》。

【データ】戸籍上は三加代《みかよ》。三年前に父・貞一郎《ていいちろう》が亡くなったが、父の残した預貯金の利息で十分暮らせるし、働かなければならないという切迫した状況ではない。母の命令で「社会に恩返しをするために」働く。会社勤めをして一年になるが、いまだかつて恋人と呼べる男性に巡り会えない。家はこぢんまりした二階屋で建物と道路のあいだに庭がありバラが咲いている。病弱な母はいたわり守るべき存在だと思っている。時間があれば、大学のサークル活動で覚えた

陶器づくりをしたいと思っている。
【出会い】 五月九日、津和野のホテルサンルートで、実加代の母・久美《くみ》が具合が悪くなったところへ行き合わせた浅見が、部屋まで手を貸してやったことから知り合う。
【実加代の目】 笑っているときの顔は、甘い、頼りない二枚目といった感じだけど、深刻そうな顔をすると、急に大人びたニヒリストの風貌になる。
【出来事】 入院している実加代の祖父に、浅見はフィアンセと偽って面会する。

駒津《こまつ》 彩子《あやこ》

【作品】 佐渡伝説殺人事件　**【住所】** 東京都町田市《まちだし》つくし野二丁目
【年齢】 十八、九歳　**【職業】** 大学生
【データ】 商事会社で取締役の父・駒津良雄《よしお》と、母・百合子《ゆりこ》のあいだに生まれたひとりっこ。大学一年生。
【出会い】 良雄の法事の翌日、八月四日に、浅見が第一発見者という名目で、駒津家を弔問《ちょうもん》する。
【彩子の目】 初めは「自分が犯人かも知れないのに、ずうずうしい」と浅見に敵意を持っていた彩子だが、仏前に額《ぬか》ずく浅見の挙措《きょそ》に、育ちの良さを見て、考えが変わっていく。

芹沢《せりざわ》　玲子《れいこ》

【作品】白鳥殺人事件
【住所】茨城県水戸《みと》市
【年齢】二十一歳
【職業】常陸大学理学部生物科学生

【容姿】セミロングに自然のウェーブがかかったようなヘアスタイルで、黒縁の眼鏡をかけている。口紅ひとつつけない化粧っけのない顔であるが、素材はいい。

【データ】早くに母を亡くした。菓業タイムス勤務の父・武史《たけし》をパパと呼ぶ。実家は東京都世田谷区だが、水戸に独り暮らしをして大学に通っている。大学の卒論テーマはユスリカで、その研究をしている。母は京都の女で、父が大学生の時見初《みそ》めたいきさつがある。昆虫に限らず、犬や猫、もっと小さなカメとか熱帯魚という小動物も好き。

【出会い】一月十八日、芹沢武史の案内で水戸偕楽園《かいらくえん》の近くにあるステーキ屋に行った浅見は、芹沢の娘である玲子を紹介される。

【浅見の目】第一印象は、やせっぽちで色気のない娘、これで髪が長くなければ、まるで男の子だと思う。しかし、玲子が眼鏡をはずした瞬間、なかなかの美貌であることに気付いた。おそらく本人も父親も気付いていないのではないか。ちょっとした心がけ次第では、キャンパスの花と騒がれる存在になるかも知れないと、玲子の持っている素材の美しさに、考えをあらたにする。

【出来事】父の死に出遭い悲嘆にくれる玲子を見て、浅見はかける言葉を失う。二月二十日に芹

沢家を訪れたときは、謎を解く着想の光が薄れていくのもかまわず、玲子の陽気さを引き立てようと笑顔と饒舌《じようぜつ》をサービスする。夕食は玲子の手製で、ワインとちょっと手間のかかった料理を御馳走してくれ、ショパンのピアノ曲というBGMまでつけてくれた。

三月三十日が玲子の誕生日で、浅見と二人でケーキに二十二本のロウソクを立てる。そのとき浅見が「二十二歳の別れ」を歌う。「二十三本のローソクを立てる時は、ぼくに手伝わせて下さい」などと浅見は罪なことを言う。『若狭殺人事件』では、浅見と懐かしい再会を果たす。

小林《こばやし》 朝美《あさみ》

【作品】天城峠殺人事件　【住所】東京都調布《ちようふ》市

【年齢】二十五、六歳　【職業】学校教諭

【容姿】目の大きな美人。白いつば広の帽子を被《かぶ》っている。

【データ】父は小林章夫《あきお》、母は純代《すみよ》。朝美の兄弟は他にふたり。

【出会い】八月二十日の午前十時、日盛りの修禅寺《しゆぜんじ》境内で、首から双眼鏡を下げ、上ばかりを向いて移動していた朝美に、浅見がぶつかりそうになる。このとき恐縮する彼女に、浅見は「むしろぶつかってもらいたかったくらいです」と答える。

【浅見の目】横浜のプールサイドで子供達に囲まれている幸福そうな朝美の姿を、いい光景だなあと思う。父親の事件をたんたんと話す朝美に驚き、こうなるまで、どれほどの涙を彼女が流

し尽くしたかを思うと、浅見はたまらなかった。彼女が嫁に来るとアサミアサミという名前になるな——とばかなことを考えてしまう。

【出来事】修禅寺境内の石段を下ったところにある「満月堂《まんげつどう》」という喫茶店に入って、二人で氷メロンを食べた。浅見はわざと下品な食べ方をして、そこで手鞠歌《てまりうた》を歌ってみせる。朝美は手鞠歌以上に、浅見の顔を興味深そうに眺め、その視線に出くわした浅見は思わずドギマギして赤くなった。

津田麻衣子《つだまいこ》

【作品】小樽殺人事件　**【住所】**東京都
【年齢】二十二歳　**【職業】**T建設会社総務部人事課社員

【容姿】痩《や》せっぽちだが、形のいい鼻。

【データ】両親はなく、十三歳年上の姉は麻衣子が小学生の時、小樽に嫁いだ。亡くなった父の友人がT社の重役で、就職の世話をしてくれた。天涯孤独《てんがいこどく》の身の上が健気《けなげ》にうつるらしく、会社では誰もが優しい。他人の思惑にとらわれず、自分に忠実に、どっちかというと気儘《きまま》に生きている。

【出会い】浅見が冬の小樽を取材中、「北一《きたいち》ガラス三号館」の喫茶室で、麻衣子と従姉妹のミス小樽との二人に出会い、取材を申し込む。不躾《ぶしつけ》な浅見の態度に「こんな時にこんな場所で、非常

識じゃありませんか」と麻衣子は大きな目で浅見を睨んだ。出会いは険悪なものであった。

【麻衣子の目】一見頼りなさそうでも、分別を持った大人だと思い、好意を抱く。人には「着ているものも野暮ったいし、ちょっとダサい人」と言いながらも、浅見からの電話に胸がときめく。

【出来事】地上五十四階、二百メートルの眺望という新宿の高層ビルでデートする。新宿を朝七時に発つ特急「あずさ」に乗り安曇野《あずみの》まで、浅見と麻衣子は行動を共にする。

本沢千恵子《ほんざわちえこ》

【作品】①高千穂伝説殺人事件 ②歌わない笛 【住所】東京都調布市
【年齢】二十三歳 【職業】ヴァイオリニスト

【容姿】化粧などまるで必要なさそうな、白蠟《はくろう》に薄紅《うすべに》を差したような貌《かお》。いつもびっくりしたように、大きく見開かれた双眸《そうぼう》。形のいい鼻。病的なほど紅い唇。頰から顎へかけての線は、腕のいい彫刻家が、思いきって削《そ》ぎ落としたようであり、それでいてふくよかな丸みを帯びている。

【データ】家は調布市の高台にある豪勢な邸宅。父・誠一《せいいち》は東京に本社のあるM商社の取締役経理部長。叔母・有子《ゆうこ》は林《はやし》教授の妻。高校二年で母を亡くし、五年前、兄も上高地《かみこうち》の遭難事故で喪《うしな》う。お手伝いの田上《たがみ》トシとの三人暮らし。

【出会い】①八月の第一日曜日、浅見は知り合いの林教授に頼まれて、本沢千恵子とリサイタル会場で、見合いをする。その後、本沢家の応接間で正式に紹介される。
②ウィーンの音楽祭で銀賞を受賞して凱旋《がいせん》帰国した千恵子が、思いがけなく岡山で事件に出会い、浅見に電話してきた。久しぶりの再会を、本沢家で果たす。

【浅見の目】①楽器に顎を載せ、弓を構えた姿の美しさに魅了される。二十三歳には見えないほど、幼さの残る美少女だと思う。高千穂のホテルでは無遠慮な視線を千恵子に注ぎ、なんという華奢《きやしや》な指をしているのだろう――と、その造形美に感嘆する。蠟細工のような透明感をもった皮膚が、顔から腕、指先、足の爪先《つまさき》まで続いているのを想像して、われになく赤くなる。
②千恵子となら少しも気詰まりな状況にならない。会話の表情がとても豊かで、可愛い。話す内容がとめどなくて、描写が細やかで、思わず情景に引き込まれる。バランス感覚のいい賢い女性。

【千恵子の目】①浅見の風貌や言動が、普通の男の人より、若くて頼りなく思えて、(ほんとにこの人、私を守ってくれるのかしら?――)と不安になる。しかし事件の終わりには、肩に置かれた両手の逞《たくま》しく柔らかな感触に、このまま浅見の腕に抱きすくめられたいと希《ねが》った。浅見の凛《りん》とした口調の言うままになることに、恍惚感《こうこつかん》を覚える。
②あの「坊っちゃま」とはどんなにこじれても自殺するほどの恋にはなりそうにない、と思う。

浅見となら、暖かくて楽しくて陽気な恋ができそう。

【出来事】①浅見は林教授に頼まれて、千恵子のボディガードを務める。ホテルでは部屋の空きがなく、千恵子と一つの部屋に泊まる事になるが、結局何事もなく朝を迎えた。
②お茶の水のカザルスホールで千恵子のコンサートがあり、浅見は黄色のバラの花束を贈る。黄色が好きだというのを覚えていてくれて千恵子は喜ぶ。

野沢《のざわ》 光子《みつこ》

【作品】①「首の女」殺人事件　②終幕《フィナーレ》のない殺人　【住所】東京都北区《きた》
【年齢】三十二歳　【職業】家庭教師・翻訳
【容姿】竹早《たけはや》高校を代表する美少女だった。つぶらな目。
【データ】野沢家は山手線の駒込《こまごめ》駅からほど近い、高台の住宅街にある。皇族出身の多い名門女学院卒。五歳上の姉の伸子《のぶこ》は早く嫁に行き、商社に勤務する兄・純夫は結婚後間もなくアメリカ支店へ転勤になり五年が経つ。その間に父が亡くなって、今は母と光子の二人暮らし。午前中は翻訳物をこなし、午後から夜にかけて掛け持ちで何口か家庭教師をしている。家のことはおろか、身の周《まわ》りのことは何一つ出来ない。浅見とは小中学校の同級生。浅見は今でも光子を「ミコちゃん」と呼ぶ。
【出会い】①六月二十日頃、浅見陽一郎の長女・智美の家庭教師として、浅見家を訪れたのが、

かつての幼なじみである光子だった。

【浅見の目】①高校時代まぶしくて近寄りがたかった。相変わらず彼女は美しい。僕なんかには眩《まぶ》しすぎる存在だ。いくつになっても子供っぽさが抜けないなあ。

【光子の目】①視線を空間にさまよわせ、キラッと光る眸《め》には、引き込まれそう。旺盛な精神生活を送っている男の目だ。浅見は秀才だ。信用して良い人物。兄が警察庁のエライさんというのと一線を画して、アンチ体制派のような位置をキープしている。今度こそ結婚してもいいかな。

②なかなかのハンサム。姉の関わった事件では、浅見の類《たぐ》い希《まれ》な推理力には敬服し、人間としての優しさに目を洗われる。

【出来事】①六月、浅見は自分の部屋に光子を案内する。一つしかないリクライニングの椅子に光子を掛けさせ、自分は距離を置いた出窓の縁に腰を下ろした。

八月末、安達太良山《あだたらやま》を見たいという光子の希望で、ソアラに乗せて、浅見は東北自動車道を北へ向かった。初めてソアラの助手席に座った女性は光子である。「浅見くん、結婚しない女ってどう思う？」という光子の質問に、「べつに。そういう生き方があってもいいと思っている。義務感なんかで結婚することはないさ」と浅見は答える。

②十二月、平塚亭でデート。箱根の別荘で催される豪華パーティの同伴者として浅見は光子を

誘う。浅見は一張羅《いっちょうら》のスーツ、光子は一昨年の暮れに無理して買ったドレスで決めた。

漆原《うるしばら》 肇子《はつこ》

【作品】漂泊の楽人　【住所】静岡県沼津《ぬまづ》市我入道《がにゅうどう》
【年齢】二十二歳　【職業】なし

【容姿】髪は肩まで届く長さで、すその方でわずかにカールしている。あまり化粧気を感じさせない顔で、目元涼やかだが、寂しげな印象の美人。淡い水色の粗《あら》い縦《たて》織りの生地のスーツで、理知的なイメージを受ける。

【データ】父はとうに死に別れ、母と、十一歳上で失業中の兄と三人暮らし。十五年前調布市から我入道に引っ越した。父の残した遺産がいくらかあるので、生活には困らない。女子大は出たものの、就職口もなく、花嫁修業中と称して家でブラブラしている。横浜に伯父がいる。

【出会い】九月二十八日頃。肇子が兄に頼まれたことを伝えるために、浅見を訪ねて来た。

【浅見の目】美人だ。楚々《そそ》とした感じの立ち姿が美しい。

【肇子の目】兄の友人としてではなく、恋人として浅見の存在を意識し始める。

【出来事】新潟でドラマのような出会いをし、そのまま浅見のソアラで家まで送ってもらい、二人でカップラーメンを食べる。そのまま浅見は肇子の家に泊まるが、浅見は風呂にも入らず何事もなく朝を迎える。肇子は浅見の朝食に、アジの干物を焼き味噌汁を作る。

平野《ひらの》　哲子《てつこ》

【作品】地下鉄の鏡（鏡の女）　　【住所】東京都
【年齢】二十二、三歳　　【職業】会社員

【容姿】鏡を見て自分の美しさに見とれて死んでしまいそうな美人。薄い茶系統のフレアスカート、同系色で濃い目のブルゾン、ワインカラーのマフラーをしている。

【データ】品川《しながわ》の中堅電子機器メーカーに勤務するＯＬ。外国煙草を吸う。

【出会い】一月。死体の第一発見者の浅見が代々木《よよぎ》署にいると、友人の死因に疑問を抱いた哲子が、「自殺じゃない」と談判にやって来て出会う。浅見は話を聞くために喫茶店に誘う。

【浅見の目】折り目正しいしゃべり方に好感が持てる。

【哲子の目】上品な、坊っちゃん坊っちゃんした顔立ちで、精悍さはなく何となく頼りない感じ。真面目人間なのか、ひょうきん者なのか、さっぱり分からない。

【出来事】銀座で一緒に食事をしたり、何度か喫茶店で会ったりする。最後はジュースで乾杯する。「警察だって、勲章ぐらいくれてもいいのに」と、事件に尽力した浅見を気遣う哲子に、「勲章ならもうもらいました」「僕の目の前に大きな勲章がある。それはあなたの美しい笑顔ですよ」と、浅見にしては一世一代のキザな台詞《せりふ》を吐いた。

月岡三喜子《つきおかみきこ》

【作品】美濃路殺人事件　【住所】東京都世田谷区

【年齢】二十二、三歳　【職業】四月から会社員

【容姿】異常なほど大きな目、額が広く、蠟細工を思わせるきめの細かい青白い肌。時折、女豹《めひょう》のような目付きをする。事件後、髪をショートにする。

【データ】視力は右0・2、左0・1で乱視が混じっている。眼鏡は老け顔になるし、コンタクトは合わないので、読書以外は裸眼で通す。父は宝石商の月岡和夫《かずお》で、現在行方不明。縁談が破談になる。母と二人暮らしで、お手伝いがいる。家は京王《けいおう》線つつじヶ丘駅から徒歩十分の高台にある。

【出会い】二月二十六日。新宿駅西口構内の公衆電話前で、振り向きざまに浅見の左頰をいきなり平手でひっぱたいたのが三喜子だった。彼女は明治村で再会したときに、煩《うるさ》い週刊誌の記者と間違えたことを告げて、浅見に謝る。

【浅見の目】少女がおとなの女に脱皮して、内面から溢れるつややかな美しさに装われたばかりの年頃だと判断する。どうも勘違いや早とちりの傾向がある。

【出来事】岐阜グランドホテルの喫茶ルームで、失神する三喜子に浅見はギョッとして駆け寄り、床に崩れるすんでのところを抱きかかえる。

松波《まつなみ》 春香《はるか》

【作品】長崎殺人事件　【住所】長崎県長崎市玉園町《たまぞのまち》
【年齢】二十歳　【職業】K女学院英文学科学生

【データ】長崎カステラの老舗《しにせ》・創業三百五十年の松風軒《しょうふうけん》の長女。父は公一郎《こういちろう》五十歳、母は美奈子《みなこ》。両親を未だにパパ、ママと呼んでいる。大学を出たら東京か大阪に出て、通訳か商社に入り、自分の力を試してみたいと思っている。三つ下の妹・千秋《ちあき》も通うK学院はミッション系の学校なので、食事の前にはお祈りをする。

【出会い】かねて作家・内田をとおして浅見に父の事件を依頼していた。三月二十四日、別の事件で長崎を訪れた浅見が、松波家に立ち寄り、春香と初めて顔を合わせる。

【浅見の目】美人だ。身命を賭《と》してでも全力を尽くそう、と思う。

【春香の目】第一印象は「小説に書かれているのとそっくりで、とても素敵で優しい」一見ヌーボーとして、優しいだけが取り柄《え》のように見えていて、凄い洞察力には畏《おそ》れを感じる。何て不思議な人なんだろう。

【出来事】浅見は、松波家で松風軒の長崎カステラと紅茶をいただく。帰りに空港に春香と公一郎が見送りに来てくれた。春香は浅見の手をとって「作家の内田康夫さんによろしくお伝え下さい。浅見さんの次に愛して上げますってね」と別れの言葉を言う。

片岡《かたおか》　明子《あきこ》

【作品】竹人形殺人事件　【住所】福井県福井市
【年齢】二十二歳　【職業】福井中央日報文化部記者

【容姿】化粧気のない顔だが、なかなかの美人。大きな眼が時折キラリと光るのが理知的で清々《すがすが》しい。髪は肩まで。キャリアウーマンと呼ぶにはずいぶん若い。

【データ】相手が間違っていたり、悪人だったりしたら、トコトン突っ込むべきで、それで傷ついたとしても、傷つく方が悪いという信条を持っている。父の中古のカローラしか運転したことがない。ふたこと目には女は女らしくしろ、という父親の言葉には反発を感じている。

【出会い】十月四日、浅見が竹人形に関する詳しいことを聞きたいと新聞社を訪れたとき、その対応に当たったのが明子だった。

【浅見の目】話し方や仕草が男っぽくて、しっかり者という印象。ぶっきらぼうで飾り気がないところが、かえって新鮮に映《うつ》り好感を抱く。強い人。

【明子の目】最初は軟弱な男と思っていたが、行動を共にするに従って、浅見の背中が大きく見えてくる。警察が協力的なのをみて、秘密諜報《ちょうほう》部員ではないかと思う。

【出来事】ソアラを浅見の代わりに運転する。浅見に触発され、竹人形の真実の歴史をつきとめようとする。

野本《のもと》　美貴《みき》

【作品】軽井沢殺人事件　【住所】東京都新宿区戸塚《とつか》二丁目あけぼのハイツ
【年齢】二十四歳　【職業】大柴《おおしば》精機社員

【容姿】背は中ぐらい。髪の毛は肩まで。モノトーンの大きな花柄のワンピースに白い靴。

【データ】実家は静岡県引佐《いなさ》郡三ヶ日《みっび》町。恋人の錦織幸男《にしこりゆきお》が交通事故死し、自分も死のうとして軽井沢に行く。

【出会い】夏の暗闇の中、軽井沢別荘地で唐突に出会う。

【出来事】躊躇《ちゅうちょ》する美貴に「殺されるぞ」と浅見が叱りつける。手に手を取って夜の別荘地を逃避行。精根尽き果てて「もうどうなってもいいわ、あなただけ逃げて」と美貴は投げやりになる。このような切迫した状況を共有した二人であるが、何事も起こらず、軽井沢の夏も終わった。

成沢《なるさわ》　久子《ひさこ》

【作品】佐用姫伝説殺人事件　【住所】佐賀県西松浦《にしまつうら》郡有田《ありた》町
【年齢】三十五歳　【職業】陶芸家（内弟子）

【容姿】李王朝の佳人もかくやと思わせるような、鼻筋の通った、ほっそりした顔立ち。目は大きく黒々として、日本人特有のつぶらな瞳。黒髪は肩の上で軽く内側にカールしている。白磁《はくじ》のように滑《なめ》らかな肌。紅《べに》をさした頬がかすかに紅い。形のいい唇は緊張すると開き加減になる。

【服装】●茶席で……若草色の付下げに袋帯。●浅見とお茶……灰色がかった青のシルクのワン

ピースにパールのイヤリングとネックレス。●有田を車で案内……茶色のTシャツに芥子色《からし》のビッグジャケット、焦《こ》げ茶と黄色の細かいチェックのスカート。●浅見と正装……コートの下には、襟元にフリルの付いたブルーのツーピース。白玉と黒玉を交互につなげた大粒のパールのネックレス。

【データ】身寄りがなく佐橋に娘同然に育てられる。茶を点《た》てる手さばきは素人の浅見がみても惚れ惚れするほど鮮やかなもの。

【出会い】十月四日、雪江の名代《みょうだい》で、陶芸家・佐橋登陽の個展に行き、茶を点てている久子を見る。次の日、事件が起きて久子と話をすることになる。

【浅見の目】きれいな人。おそらくかつての渡来人の血を引いているにちがいない。向かい合って座ると眩しいくらいの美しさ。たおやかな外見に似ず、たくみなハンドルさばきを見せる人。

【久子の抗議】「なぜ余計なお節介《せっかい》を焼いて、他人の生活に進入するの?」「そうやって人を追い詰めて、それが浅見さんの正義ってヤツなのね」「ずいぶん冷たい言い方をするのね。浅見さんのように立派な家柄に育った人には、私みたいなどこの馬の骨とも知れない捨て子の女が、どれほど辛い思いで生きてきたかなどということは、到底、理解できっこありませんよね」

【出来事】浅見を助手席に乗せて、有田の町を車で案内してくれる。美貌の女流陶芸家とドライブできるとは、なんという幸運だろう——と浅見は思った。

庄原《しょうばら》の小料理屋『玄海《げんかい》』で、浅見は小座敷に久子を伴い、タイの活き作り定食を注文する。浅見は久子から「浅見さんて、優しいひとなのね。それでいて、怖い。あなたならきっときちんと正義を行ってしまうにちがいないわ」と言われる。事件後十二月に入った頃、久子から手紙をもらう。

藤波《ふじなみ》　紹子《しょうこ》

【作品】 恐山殺人事件　**【住所】** 東京都狛江《こまえ》市
【年齢】 十九歳　**【職業】** 歌手・女優

【容姿】 美人。自分では十人並みと思っている。
【データ】 家はこぢんまりした洋館風の二階屋で、父・憲夫《のりお》、母・章子《あきこ》と弟の四人家族。幼時に夢遊病になったことがある。歌のレッスンを受けている。先生に「歌はうまいが、色気がない」と言われる。本格的なポピュラー歌手として、大人の歌をめざし、今どき珍しくジャズが歌える。六本木《ろっぽんぎ》のスナックで前歌をやっていたが、東日《とうにち》テレビの新番組のドラマ主演に抜擢される。
【出会い】 五月十九日、浅見は事件の依頼人から手紙をもらい、関係者の紹子を訪ねた。
【紹子の目】 なかなかハンサム。テレビドラマで見る刑事みたいな格好をしている。私立探偵と聞いて、目つきの鋭い、少しやくざがかったゴツイ男をイメージしたが、それとはかけ離れた印象を受ける。

【出来事】浅見が警察に告げ口した一件に関して、紹子は抗議の電話を入れ「ひどいじゃないですか」と怒鳴る。浅見がロケハンの後《あと》を追ってホテルに到着し、霧にけぶる十和田湖《とわだこ》から田沢湖《たざわこ》までドライブする。角館に行き喫茶店でスパゲティを注文する。

事件後、紹子は「近来まれにみる清純派スター」として人気になったため、浅見には遠い存在になったかどうかは不明だが、その後、進展はないらしい。

智秋《ちあき》 朝子《あさこ》

【作品】日光殺人事件　【住所】東京都
【年齢】二十四歳　【職業】なし

【容姿】乗馬服姿は絵のように美しい。黒の長靴から伸びる、長くてしかもほどよく丸みをおびた脚。白馬の手綱《たづな》をとって牧場を疾駆《しっく》する乗馬姿は、いかにも颯爽《さっそう》として、生まれながらの「お嬢様」という感じで、本場イギリスの貴族令嬢を彷彿《ほうふつ》させる。

【データ】智秋牧場の孫娘。祖父・友康《ともやす》は、智秋株式会社の三代目社長だったが現在は会長、今は奥日光にあるグループ傘下《さんか》の菱沼《ひしぬま》温泉ホテル別館で病気療養中。友康の三男で、朝子の伯父に当たる公三《こうぞう》は常務取締役。朝子の父・友忠《ともただ》が社長を務める。朝子は群馬県利根《とね》村の智秋牧場で冬を越すつもりでいる。叔父の次郎《じろう》ゆずりで歴史好き。

【出会い】十一月上旬、行方不明だった叔父の遺体が発見されて日光署に出向いた朝子に、たま

たま取材で署にいた浅見が声を掛けた。浅見は天海僧正《てんかいそうじょう》の謎を追って、智秋牧場にも取材する予定であった。

【浅見の目】一見気の強い女性に見えて、その実、朝子の本質は繊細で優しい女らしさに満ちている。服装や言動の男っぽさは、それを覆い隠すためのカムフラージュにちがいない。誇り高いサラブレッドだけに、いつも頭を上げて、堂々としていなければならないのは辛いだろう。

【朝子の目】浅見はペガサスのようで、あんなふうに自由に飛べたらいいなと、しがらみのある自分の境遇に比べて、浅見を羨ましく思う。

【出来事】智秋牧場を訪ねた浅見に堂々たる淑女ぶりで応対する。浅見は、乗馬服が与える威圧感のせいか、少し反《そ》り気味に膝を組んだ朝子のポーズに、なんだかＳＭの世界に入り込んだような倒錯《とうさく》した気分になる。落馬して怪我《けが》をした浅見を、朝子がソアラに乗せて日光の金谷《かなや》ホテルまで送ってくれた。そこのティーサロンでお茶を飲みながら、珍しく浅見が食事に誘う。朝子は食事の時には肉を小さく切って食べさせてあげる、と言う。

水上《みずかみ》　秀美《ひでみ》

【作品】天河伝説殺人事件　【住所】東京都世田谷区

【年齢】二十四歳　【職業】能楽師

【容姿】身長百六十四センチの美人。女性の割にはがっちりした肩幅。アルト系の声。

【データ】水上流《すいじようりゆう》宗家の孫娘。父・和春《かずはる》は六年前心臓発作で急死。母・菜津美《なつみ》四十八歳、異母兄・和鷹《かずたか》二十六歳がいる。S女子学院卒業後、祖父の命で芸大音楽部邦楽科で能楽を学ぶ。宗家和憲《かずのり》は秀美を溺愛し、水上流二十代目は秀美になるのでは、と噂される。能楽の資質に恵まれ、謡《うた》うことも舞うことも兄を凌駕《りようが》するほどの腕前。追善能《ついぜんのう》で「二人静《ふたりしずか》」を舞う。

【出会い】十一月八日、吉野《よしの》を取材中、浅見が宿泊先の「桜花壇《さくらかだん》」で夕食をとろうとしたとき、ある老人が行方不明という情報が入る。そこへ、祖父を捜して吉野入りした秀美が顔を出す。

【浅見の目】女性としては大柄かな。顔立ちもプロポーションもキリッと引き締まっている。普段の彼女は相当に美しいに違いない。黒い丸首セーターに地味なグレーのブレザースーツは、ファッションに疎《うと》いぼくから見ても、かなり時代遅れな感じだ。情緒不安定な娘だ。なんて頭のいい女性なんだろう

【秀美の目】ちょっと頼りない感じ。

【出来事】祖父の奇禍《きか》を知らされて行った吉野署で、秀美は浅見の顔を見上げて、大粒の涙を落とし、声も立てずに泣いた。浅見は秀美の両肩を左右の手で支えるように抱いて、慰める格好になった。霊安室ではついに声をあげて泣き出す秀美を見て、浅見は妹の姿をダブらせる。そしてただひたすら、純粋に悲しみ、泣けるというのは若い女性の特権のようなものかもしれないと思う。宿に帰ってからも「悲観的に考えるのはよくないなあ」と兄が妹を諭《さと》すような言い

方になる。これから水上流宗家として立つかもしれない秀美は、浅見にとっては恋の相手というよりは、妹のような存在なのかもしれない。

川《かわ》島《しま》　智《ち》春《はる》

【作品】天河伝説殺人事件　【住所】愛知県豊田市《とよた》
【年齢】二十一歳　【職業】大学生

【容姿】列車で居合わせた人に、女優かと間違われた程の美人。首や脚が長い。

【服装】●天河神社まで……白い襟足を覗かせたモスグリーンのVネックセーター、タータンチェックのキュロット。●豊田まで浅見とドライブ……白いシャツの上に白いカーディガン。

【データ】家は、名鉄《めいてつ》三河《みかわ》線の若林《わかばやし》駅からほど近い所にある、築十数年のこぢんまりした二階屋。父・川島孝司《たかし》は家電メーカーHの豊田営業所所長代理だったが、新宿で服毒死する。母・なみ子、中学生で十五歳の弟・隆夫《たかお》と暮らす。明純《めいじゅん》女子高から大学へ行き間もなく卒業予定。

【出会い】水上秀美と一緒に吉野署の応接室にいた浅見は、父の死の謎を追って、奈良県吉野を訪れた智春に出会う。刑事から名探偵として浅見を紹介された智春は、浅見を秀美の恋人と勘違いする。

【智春の目】どんな秘密でも暴いてしまいそうな、それでいて優しい光を湛《たた》えた目だ。魅力的な人。この人と結ばれたい。ボンボンみたいな感じの変わった人。三十歳ぐらいかな。若い割に

すっごく紳士で、ちょっとものたりないくらい。

【出来事】天河で薪能《たきぎのう》に行き、終演後も智春と浅見は居残る。いまにも浅見の「愛している」という囁《ささや》きを聞きはしまいか――と、智春は全身全霊を傾けて、霊的な信号をキャッチしようと努める。「行きましょう」ふいに浅見の生身の声がして、荒々しく智春の腕を掴んだ。智春は自分の思いが通じたと思ったが、浅見はただただむやみに帰路を急いだ。実はこの時、浅見は智春の「愛しています」という心の言葉を聞いたのだ。あやうく智春の心に呼応してしまいそうになった自分が怖くて、逃げてしまった。浅見はそんな意気地なしの自分を恥じている。

丸山《まるやま》 鞆美《ともみ》

【作品】鞆の浦殺人事件　【住所】広島県福山《ふくやま》市鞆《とも》町

【年齢】二十二歳　【職業】福山センターホテル社員

【データ】両親はいない。仙酔国際観光ホテルに勤める祖父の清作《せいさく》七十五歳と二人暮らし。特定の恋人もいない。高校を出て証券会社に二年勤めたが、恋に破れて退社、転職した。以後男性不信になり、今ではそんな自分を変えたいと思っている。今の職について二年になる。

【出会い】三月二十八日、鞆美に事情聴取するため、浅見が野上刑事と一緒に福山センターホテルを訪ねた。話を聞くために、三人連れだって料理屋「浜屋《はまや》」に行き小座敷を使わせてもらう。

【鞆美の目】最初、浅見を刑事と間違える。浅見のはにかむような語り口に、本物の良心が感じ

られて（このひと、いいひとだわ――）と思う。

【出来事】鞆美が一人住む丸山家を浅見が訪ねる。鞆美は眩しそうな目で浅見を見る。別れがたくて「上がってお茶でも飲んでいってください」という鞆美に、じっと見つめて「おひとりになられて、心細いと思いますが、しっかり生きてください」と浅見は最後の言葉を言う。

岩崎《いわさき》　夏海《なつみ》

【作品】志摩半島殺人事件　【住所】三重県志摩郡阿児町《あご》
【年齢】十八歳　【職業】見習い海女
【容姿】八頭身のプロポーションで美しい少女。日焼けした顔はつややかに輝き、健康美に満ちている。黒目がちの瞳。黒く濡れて重たげな髪が印象的。
【服装】●取材のとき…黒のウェットスーツ。●浅見が再訪したとき…ピンクのTシャツの上にざっくり編んだ白っぽいカーディガン、ボトムはジーンズ。
【データ】安乗《あのり》の岬に近い町外れのような集落に家がある。磯部《いそべ》町の工場で働く父・岩崎三男《みつお》と、中学生の弟との三人暮らし。阿児町では十年ぶりの若い海女さん。母・朋子《ともこ》もアワビ獲りの海女だったが海で溺《おぼ》れて亡くなった。父は反対したが、海も親子二代も命は取るまいと思って海女になる決心をした。男っぽい直線的な字を書く。
【出会い】二月二十五日、浅見が海女を取材に志摩半島を訪れ、夏海をモデルに写真を撮る。

【浅見の目】恥ずかしがる姿が初々しい。

【出来事】恥じらいを含んだ目で見つめられて、浅見の方がドギマギしてしまう。浅見の取材で「美少女海女」として雑誌に紹介されてから、取材陣が殺到して迷惑を被《こうむ》り、浅見宛に苦情の手紙が送られてきた。

石井《いしい》 靖子《せいこ》

【作品】津軽殺人事件　【住所】東京都杉並《すぎなみ》区天沼《あまぬま》四丁目
【年齢】二十七歳　【職業】司法試験浪人生
【容姿】弘前美人。津軽女性の典型。
【データ】予備校で知り合った村上正巳《むらかみまさみ》は六つ年上の恋人。母は若くして死亡。実家は弘前市土手町《どてまち》にあり、父・秀司《ひでじ》が石井書店という古本屋を営《いとな》んでいる。靖子は一人で東京に下宿し、司法試験に挑戦中。真面目で鼻っ柱が強い。
【出会い】六月八日、浅見は友人村上に頼まれ、弘前にある靖子の実家を訪ねる。
【浅見の目】美しい女性だ。実家が片づいているのを見て、(嫁さんとしても、合格点が付けられそうだ)と思う。放心した瞬間の横顔には、まだ人生の垢《あか》にまみれていない、少女のあどけなさが見える。
【靖子の目】「意地悪なんだ」「物の見方が穿《うが》ちすぎている」「狂気を感じさせる目をする」

【出来事】五所川原《ごしょがわら》駅のバスターミナルで、二人でオヤキを食べる。白アン二〇円を二個、黒アン四〇円を二個、計百四十円を浅見が奢《おご》る。靖子に実家で夕飯をご馳走になる。筋子《すじこ》とホタテのガーリックソテー。暖かいご飯とみそ汁が付く。「こんなに待遇のいい刑務所なら無期懲役でもいいですよ」と言ってから、浅見はドキリとした。桜桃忌《おうとうき》に太宰の墓で大きなツバ広帽子の靖子を見かけるが、浅見は人混みに身を隠して逃げ出してしまう。

近江《おうみ》 佳美《よしみ》

【作品】江田島殺人事件　【住所】東京都府中市《ふちゅう》
【年齢】二十四、五歳　【職業】会社員

【容姿】色白で目が大きい。

【データ】家は府中の競馬場に近い住宅街にある。父・聖治《せいじ》を十年前に、母を去年亡くし、十三歳の弟・竜太《りゅうた》と二人暮らし。父が死んでから土地を切り売りして今では小さな庭しかない。男性に対して警戒心が強い。饒舌《じょうぜつ》な男は信用できないと、思いこんでいる。

【出会い】六月上旬、宇品《うじな》港から江田島行きの船に乗り合わせるが、その時は、浅見が見かけただけで言葉は交わさず。同日の午後、自衛隊学校近くのお寺の境内で挨拶を交わす。バス停で三度目の邂逅《かいこう》となる。

【佳美の目】白い歯が印象的な青年。

【出来事】江田島のバス停で出会ったとき、浅見が小用《こよう》までタクシーを一緒にどうかと、誘う。六月半ば、浅見は近江家を訪問し、ケーキと紅茶をご馳走になる。

佐治《さじ》　貴恵《きえ》

【作品】隠岐伝説殺人事件　【住所】東京都目黒区柿の木坂《かきのきざか》
【年齢】二十二、三歳　【職業】T女子大大学院生

【容姿】美人。男ばかりの宴会に加わったときは、ゴミために落ちた白バラほどにあでやか。

【服装】●ストレッチジーンズ。●白いポロシャツにベージュのキュロット。●白のブラウスに白いつば広帽子。●マリンブルーのTシャツに白デニムのスカート、つば広帽子。

【データ】茶道をやっている。ミッション系の学校を出た。大学では文学部修士課程に進み、修士論文のテーマに『落窪物語《おちくぼ》』を選ぶ。白倉《しらくら》教授に誘われて隠岐に行く。

【出会い】浅見が記録係として同行していた発掘調査団の宴会の席に、白倉教授に伴われて貴恵が加わり、浅見の隣に座る。貴恵は浅見を大学の先生と間違える。

【出来事】浅見は隠岐で車から降りるときに、助手席側のドアを開けてあげる、というフェミニストぶり。後日、隠岐で喧嘩別れのようになり、浅見は貴恵の理不尽を恨《うら》む。帰りに大型クルーザー・コバルトアロー号で一緒になり、「誤解されたままで別れたくないのです」と言って話しかける。「隠岐の四日間が一番心に残る体験」と語る内に貴恵が突然ポロリと涙を流す。あま

りにも突然で浅見はうろたえてしまった。

天沢《あまさわ》まゆ子《こ》

【作品】城崎《きのさき》殺人事件　【住所】兵庫県出石郡出石町
【年齢】二十一、二歳　【職業】家業手伝い

【容姿】リスのような目、出石《いずし》焼の白磁のような肌。

【データ】父・天沢信孝《のぶたか》は出石随一の作陶家で、出石焼の直営店を出している。そこで祖母と店番をしていて、黒いビロードのような毛をした猫を飼っている。地元の歴史に詳しい。赤いシビックに乗っている。

【出会い】浅見が雪江と一緒に、出石焼の店に入ったとき、店にいた作陶家の娘がまゆ子だった。「買っていただけませんか？」といきなり言われて浅見はドキリとする。

【浅見の目】ドキリとするほど美しい。怪しく笑う姿は妖精のようだ。

【出来事】十月四日、浅見は三十万円もする出石焼の花瓶を買う。大きな牡丹《ぼたん》の図柄が浮かせ彫りになった白磁の花瓶で、まゆ子はおまけとして一客七千円の茶碗を二客、夫婦茶碗にして付けてくれた。たまたま行った出石神社でまゆ子に再会する。黒いタイトに白いプルオーバー、黒猫を抱いていた。あまりの偶然に「あなたに会えて幸運です」と浅見が言うと、まゆ子は「神様のお引き合わせかしら」と言う。

藤本《ふじもと》　紅子《べにこ》

【作品】横浜殺人事件　【住所】神奈川県横浜市
【年齢】三十三歳　【職業】横浜テレビプロデューサー

【服装】●TV局で……紺地に白とベージュのストライプの入ったジャケット。●望郷亭《ぼうきょうてい》で……白地に黒いストライプのパンツスーツ。●浅見と墓地巡り……赤いブルゾンに細身の黒スラックス。

【データ】F女学院短大生の頃、アルバイトで横浜テレビに来ていて、そのまま就職。三階にある制作部でがんばって十三年、横浜ではちょっと知られた顔になった。担当番組は「TVグラフィック24」。元気と馬力が売り物だが最近は情緒不安定。

【出会い】『横浜のおんな　一三〇年の歴史』というタイトルで紅子に密着取材を申し入れる。

【浅見の目】真摯《しんし》に生きる女性はかっこいいし勇気づけられる。同僚の死に沈鬱《ちんうつ》な表情を浮かべる紅子を見て、なんとかしてあげたいという衝動に駆られる。

【紅子の目】若いくせに超然としたところがあって、結婚が似合わない感じ。

【出来事】横浜を去る夜、ホテルニューパレスのレストランで二人で食事をする。山下《やました》公園を真下に見下ろす窓際の席で、ワインを傾ける姿は恋人同士のようであった。TV局を辞めようと思っている紅子に、「そんな弱気、紅子さんらしくないな。紅は色の中でいちばん強い色ですよ。とても個性的で、強くあることが、そのまま美しいのです。まるであなた自身だなあ」と言う。

それでは、浅見さんは何色？　と訊かれて、「僕はさしずめカメレオンかな。今は紅色に染まってますよ、きっと」と答える。紅子は（同い歳っていいものだなあ――）と思いながら、浅見の端正な横顔を見て、ふっと涙ぐむのであった。

春山《はるやま》　順子《じゅんこ》

【作品】金沢殺人事件　【住所】石川県羽咋《はくい》郡押水《おしみず》町
【年齢】十九歳　【職業】大学生
【容姿】漆黒《しっこく》のストレートヘアが爽《さわ》やかで美しい。歯切れのいい明るい声。

【服装】毛足の長いセーター、履き古したジーンズ。グレイとブルーのチェックのハーフコート。

【データ】家は手速比咩《てはやひめ》神社神主で能登《のと》花火株式会社も経営している。三年前、父が亡くなってからは母・瑞枝《みずえ》が後を継いでいる。順子も大学を出たら、女花火師になるつもり。北原千賀《きたはらちか》は同じ高校の二年先輩。

【出会い】一月十五日、女性花火師に会いに行った先で、そこの娘、順子と出会う。

【浅見の目】立派な推理で名探偵の素質がある。少し生意気。

【順子の目】浅見さんて、いい人ですよね。臆病なんですね。

【出来事】火薬庫を案内し、浅見に花火の説明をする。数学や物理の苦手な浅見にもよく分かる

説明であった。順子の口調は、まるで花火のことを知り尽くしたように自信に満ちあふれていた。

辻村《つじむら》 暁子《きょうこ》

【作品】讃岐路殺人事件　【住所】香川県高松市元山町《もとやま》
【年齢】二十七、八歳　【職業】高松市役所観光課職員

【容姿】髪が長く、俯《うつむ》くと額のあたりにパラパラと前髪がこぼれる。十人並み以上の美人。

【データ】友人の久保彩奈《くぼあやな》が失踪し、浅見の捜査に協力する。園遊会のリストのコピーを内緒で浅見に渡したり、大原《おおはら》刑事、粕谷《かすや》記者とで黒乃屋《くろのや》に結集した秘密の捜査会議に参加したりする。

【出会い】十月一日、浅見が高松市役所観光課を訪れたときコーヒーを出してくれたのが、暁子だった。同日二度目に訪れたとき浅見は「京王《けいおう》プラザホテルにいます。今夜、電話してくれませんか」と小声で頼んだ。

【浅見の目】ほろ酔いで皮肉っぽい目つきをすると、充分すぎる女の色香を感じる。

【暁子の目】まじめな人なんですね。不思議な頭脳の持ち主。

【出来事】山小屋という喫茶店で落ち合い、その後、庵治町《あじちょう》の黒乃屋という店に案内され、魚介料理を堪能する。浅見は美人と旨い食事にありついて幸福な気分になった。目の縁《ふち》をほんのり染めて、艶《いろ》っぽい声で「琴平温泉にお泊まりになるなら、ご案内します」といわれ、ドギマギ

してしまう。

伊藤木綿子《いとうゆうこ》

【作品】日蓮伝説殺人事件　【住所】山梨県甲府《こうふ》市

【年齢】二十五、六歳　【職業】宝石鑑定士

【容姿】ボーイッシュな短い髪を無造作にオールバックにして、リスがビックリしたような、つぶらな目をした美人。頭がいいに違いないと思わせる真っ直ぐに通った鼻筋。紅の色の薄い唇。物を言うとき、チラッと白い歯がこぼれる。

【データ】アメリカに一年留学して鑑定士の資格を取った。帰国後すぐに株式会社ユーキに入社し、商品調達課に籍を置く。中古の青いＢＭＷに乗っているが、免許取り立ての初心者。元恋人で宝石鑑定士の塩野《しおの》とはニューヨークで知り合った。母はなく文房具店を営む父・信博《のぶひろ》と二人暮らし。

【出会い】九月二十八日、甲府の美術館駐車場で、浅見の停めたソアラのバンパーに、木綿子の運転するＢＭＷが接触したことから、名刺を交換する。

【浅見の目】不安そうにすがりつくような表情が、なんともいい。浅見自身の中で、木綿子への想いが少しずつ変質してゆくのが分かる。木綿子の存在は、もはや単なる同情や好奇心の対象ではなくなってきつつあった。

【木綿子の目】女性の気持ちに疎《うと》い。臆病というより狡《ずる》い人。悪い人じゃないけど、怖い人かなあ。一見呑気《のんき》で優しそうでいて、突然鋭くて情け容赦《ようしや》ない所がある。

【出来事】車を走らせながら、浅見はふっと隣席の木綿子を抱きしめたい衝動を覚えた。甲府へ向かう途中、車中で木綿子から「私のこと嫌いですか？」と言われた上に、「逃げていないっていうのなら、私を抱いて」と畳みかけられて、浅見はハンドルを持って正面を見据《す》えたまま絶句する。その後、木綿子が悲劇に出会い、浅見の腕に掴まり涙を流したときは、木綿子の肩をしっかりと抱きしめたのである。

熊谷《くまがい》美枝子《みえこ》

【作品】琥珀の道《アンバー・ロード》殺人事件　【住所】岩手県久慈市

【年齢】二十三歳　【職業】郷土史研究家

【容姿】長い髪で俯《うつむ》き加減に顔を隠すが、瓜実顔《うりざねがお》の美人。目は黒く大きく、鼻も唇も形がいい。

【服装】ツバ広帽子にブルゾンにジーンズ。ナップザックを背負い、腹にはポシェットを巻く。

【データ】W大出身。大学三年の夏期講習で、講師のひとりだった小説家小池《こいけ》に抱かれるが、小池は二年前、白血病のため三十一歳で亡くなる。教職課程を取って、一応教師の他にもいろいろ勤めたりしたが、十日と続かず、今は郷土史の研究をしている。テーマは「地方豪族と古代国家の関係」で、郷土・久慈の歴史に詳しい。小池の紹介で軽井沢のセンセとも知り合い。姉・

真樹子《まきこ》は魚棚《うおんだな》という料理屋に嫁ぎ片瀬《かたせ》姓になる。下に弟がいる。

【出会い】十一月上旬、浅見が事件捜査のため話を聞きに行った先で、片瀬真樹子が強引に妹を推薦。翌日ホテルの喫茶室でむりやり引き合わせられたが、美枝子は、姉とは違って美人なので心が動く。

【浅見の目】長い髪で顔を隠してしまうのはもったいないほどの美人だ。学問のことだと良く喋《しゃべ》るひとだ。学究肌で几帳面な性格が勝ちすぎて、お洒落《しゃれ》に気を使わないタイプらしい。

【美枝子の目】人畜無害って感じ。何でも見通してしまうひとだけど、女性を見る目はない。

【出来事】荷物同然でいいから軽井沢まで乗せて下さい、と美枝子に頼まれる。浅見は思いがけない幸運を信じられない。しかし、道中お互い無口のまま気まずい雰囲気になってしまう。美枝子に過去を告白され、あんなに真面目そうに見える美枝子に、そういう過去のあることが、どうしても信じられなくて、女性は謎だ——という結論を出す。

菊池《きくち》　由紀《ゆき》

【作品】菊池伝説殺人事件　【住所】東京都豊島《としま》区目白《めじろ》

【年齢】二十三、四歳　【職業】会社員

【容姿】口紅の色は控えめで、アイシャドウもノーズシャドウもなし。つけまつげなどむろんしていないし、指には慎《つつ》ましやかに透明マニキュアが塗られている。髪は耳が半分隠れるぐらい

の長さで、日本女性らしい漆黒。小さなルビーのイヤリングが黒髪の下から覗く。顔かたちが整っている上に、魅力的でもある。

【データ】父・武明《たけあき》が殺され、恋人・辻《つじ》は行方不明。きちんと書道の勉強をしたらしく美しい流麗な女文字を書く。

【出会い】五月十二日、博多に向かう新幹線の中で、偶然浅見の隣の席に座った美人が由紀だった。列車が動いたとたんに、泣き出されて浅見はうろたえる。

【浅見の目】文句なしの美人だ。僕好みの知性美に溢れている。

【出来事】張り込みの警察の目を誤魔化すため、肩を抱いて由紀と恋人の振りをする。

小野田亜希《おのだあき》

【作品】神戸殺人事件　【住所】兵庫県芦屋市《あしや》六麓荘町《ろくろくそう》
【年齢】二十三歳　【職業】なし
【容姿】黒目がちの大きい目。すらっと伸びた長い足。セキレイのような、若々しい身のこなし。
【服装】●白いブラウスにブルーのセーター。●ワインレッドのカシミヤセーター。ハイネックで左肩に三つの飾りボタン。ボトムは黒っぽいスカート。
【データ】昇栄《しょうえい》海運のお嬢様で祖父・小野田修三《しゅうぞう》は会長、父・房雄《ふさお》が社長。母・貴恵《きえ》は四十四歳

だが若く見える。小野田家は大邸宅で、二メートルほどの大石を積み上げた石垣の上に、さらに生け垣があり、門から玄関までが遠く、庭には松などの樹木を茂らせているから、道路から見えるのは屋根ぐらいなもの。勝手口はバンが二台並んでも悠々通れるほどの広さ。執事やお手伝いが同居。運転手の太田《おおた》トミ子は元婦警でボディガードも兼任する。小野田家では家族がマイカーを運転することは許されないので、ペーパードライバーのまま。叔母・聡子《さとこ》の夫・広崎《ひろさき》は重役。亜希の意に反して婚約者・三輪《みわ》との結婚話が進行中。夜十時が門限。

【出会い】ホテルオークラで浅見と貴恵が会っていたのを、娘の亜希が目撃し、浅見を母の不倫相手と間違える。亜希は、浅見の泊まる神戸オリエンタルホテルまでやってきて、喫茶ルームに呼び出し抗議する。誤解と分かってからは好意的で、小野田家を救ってくれるよう懇願する。

【浅見の目】相当の世間知らず。純粋培養《ばいよう》の箱入り娘らしい。

【亜希の目】あなたは男前やし、なんぼでも若い女の子にモテるでしょう。お芝居が上手。

【出来事】浅見を家によんで、ボーイフレンドとして母に紹介。浅見が神戸を去る時、亜希は想いのたけをうち明けることなく別れを告げる。ある人から、浅見と結婚することが小野田家の安泰につながると忠告され、その打算が真っ白な亜希の恋心を汚してしまったからだった。

森《もり》　史絵《ふみえ》

【作品】琵琶湖周航殺人歌　【住所】東京都
【年齢】二十二歳　【職業】会社員

【容姿】ホンの少し美貌で、ホンの少しエキセントリックだけど、ごく平凡な女性。

【データ】カラオケが嫌いで、会社の宴会などで、マイクを離さずに手拍子を強要するような男どもには吐き気がする。真紅《しんく》の薔薇が好き。入社して三ヶ月、いっぱしのビジネスウーマンとして男性に伍《ご》してやってゆく覚悟でいる。英語を流暢《りゅうちょう》に話す才媛。

【出会い】琵琶湖湖上巡りの観光船『ミシガン号』船上で酔っぱらいに絡まれた史絵を、たまたま居合わせた浅見が救った。史絵は緊張の日々から逃げ出したくて一人旅に出たのだった。

【浅見の目】こんな美人をエスコートできて幸運と思う一方、十歳以上も年の離れた女性の心理の動きにはついていけない気がする。妹のような存在。

【史絵の目】浅見さんて、お強いんですね。やっぱり、見かけに寄らず男らしい人なんですね。

【出来事】石山寺《いしやまでら》で史絵に「こうやって一緒に歩いていると、恋人同士か、ことによると新婚旅行に見られちゃうかもしれませんね」と言われ、浅見はドギマギしてしまう。新幹線で帰る史絵を米原《まいばら》駅まで送り、「妙なご縁でしたね」などと老人が言いそうな台詞《せりふ》を吐く。史絵は「不思議な巡り会いですよね」とロマンチックな表現をした。

畑中有紀子《はたなかゆきこ》

【作品】御堂筋殺人事件　【住所】大阪市
【年齢】二十二歳　【職業】ファッションモデル

【容姿】顔もスタイルもきれいで、動きも優雅。

【服装】ジーパンに白いブルゾン、赤いスカーフを首に巻く。

【データ】大阪の北の郊外、豊中市《とよなかし》で生まれ育ったが、四年前の春、大阪の短大に入り、在学中にスカウトされ、ファッションモデルになる。以来、御堂筋にある茶色の煉瓦《れんが》風タイルを張った小綺麗なマンションにシーズー犬のアリスと住んでいる。朝は十時過ぎに起床。頭も良く、今や大阪の業界ではトップクラスのモデル。どんなに売れても東京には行かず大阪で頑張るつもりでいる。月々四万円の駐車料金を払っている。

【出会い】浅見は梅本観華子《うめもとみかこ》の通夜に出席し、観華子の友人・有紀子と出会う。最初有紀子は浅見を刑事と勘違いするが、フリーのライターと紹介されて、ハンサムな浅見の存在を意識する。

【有紀子の目】この人、大したことないんやないかしら→コンピュータみたいに冷静になれる人→何も知らんような顔してはって、何でも知ってはる→けったいな人。

【出来事】『国際花と緑の博覧会』で再会したときは、控え室にいた有紀子がコスチュームのまま駆けより、いきなり浅見の首に抱きついて「会いたかったわぁ」と叫んだ。

朝倉《あさくら》　理絵《りえ》

【作品】歌枕殺人事件　【住所】東京都
【年齢】二十四、五歳　【職業】会社員

【容姿】痩せ形で色白。目が大きく、髪は肩まであり、首筋のあたりから先が優しくカールして、白い項《うなじ》が襟元からこぼれるように覗く。

【服装】シルバーフォックスのコート。品のいい藤《ふじ》色のワンピースは、細目の襟《えり》と袖口《そでぐち》とベルトに、ほとんど黒に近い紫の共布が使われている。

【データ】東京都カルタ大会の女王。宮城県多賀城市の出身で、三年前に父親が末《すえ》の松山《まつやま》で殺された。兄が東京に勤めていたので、母親も一緒に東京に移り住んだ。浅見家の遠縁にあたる奈《な》美《み》は大学の友人。

【出会い】毎年正月十四日夜から十五日にかけて浅見家で行われるカルタ会に、友人奈美の伝《つて》で理絵が招待される。浅見は玄関で迎えたとき、理絵の美しさにドギマギする。

【浅見の目】美貌の持ち主なのに、恋人が一人もいないことを威張っている、変わった女性だ。

【理絵の目】いい歳をして、いつまでも事件の謎解きに胸をときめかせていていいのかしら——と素朴な疑問を抱くと同時に、得体の知れない不気味さも感じる。

【出来事】一月末の土曜日、ソアラに理絵を乗せて多賀城市に向かう。母の兄——つまり理絵の伯父は、浅見を恋人と勘違いし、「ふつつかな娘ですが、よろしく頼みます」と頭を下げる。

理絵からは「恋人がいない同士だとうまくいくのでしょうか」と言われ、浅見は動揺する。もし理絵が本気で迫ってきたらどうしよう――などと情けないことを考えてしまう。

三之宮由佳《さんのみやゆか》

【作品】伊香保殺人事件　【住所】群馬県北群馬郡伊香保町
【年齢】二十四歳　【職業】竹久夢二記念館職員

【容姿】白い細い脚。踊りのすがたのよさは天性の物で、自然で優しく存在感に満ちている。

【データ】父はなく、母が伊香保温泉の土産品を商《あきな》っている。小さい頃の記憶が曖昧《あいまい》で赤い色に怯《おび》える。東京の二年制の美術学校を卒業後、いくつもあったデザイン関係の勤め口を蹴って郷里に帰り夢二記念館に勤める。動機は夢二作品を一日中見ていられるから。十八年前の六歳の年の六月に日舞「桃蔭流」に弟子入りし、経験十八年の名取り。日舞に天性の才能があり、家元からは特別目をかけられている。ＪＲと町の協賛ポスターのモデルになった。

【出会い】取材で「森のギャラリー」を訪れた浅見は、勤務中の由佳に、オルゴールの説明を懇請する。由佳は浅見のリクエストに応じてタンホイザー序曲をかけてくれる。

【浅見の目】若くて美しい人。

【由佳の目】あぶない人→科学者か作家かシナリオライターのよう→なんて勘のいい人だろう。

【出来事】由佳に会いに行った喫茶ルームで、気を失って倒れ込む由佳の体の下に、浅見は自分

の体を滑《すべ》り込ませ間一髪で抱きとめた。気がついて浅見の顔を確認したとたん、由佳は浅見の腕にしがみついた。唯一、頼れる人に出会った――という想いが浅見にも感じられた。

阿《あ》部《べ》 美《み》果《か》

【作品】 平城山《ならやま》を越えた女　**【住所】** 東京都
【年齢】 二十四歳　**【職業】** K出版社編集者

【容姿】 おでこが広く、長く通った鼻筋。目元涼やかで、弥勒菩薩《みろくぼさつ》に似ている。身体は細い。

【データ】 大学を出て、大手出版社の割と売れている文芸雑誌月刊Gの編集部に所属。四年目の春に配置転換で、日本美術全集の特別編纂《へんさん》室に移される。異動に応じる代わりに、取材旅行と称して上司から三日間の京都・奈良行きを許される。お寺巡りが好きで、去年は法隆寺《ほうりゆうじ》の夏季大学講座に五年連続参加で賞状をもらった。大食漢で大酒のみ。

【服装】 ●お寺巡り……キュロットスカート。●ホテルで食事……フェミニンなドレス。

【出会い】 三月半ば、浅見は門跡尼寺《もんぜきにじ》の取材のあと、大覚寺《だいかくじ》の写経《しやきよう》に参加。そこで写経に連続参加して五年目になる女性・美果に出会う。同時に行方不明の娘を訪ねて寺に来た男のために、二人で娘探しに協力するハメになる。

【浅見の目】 痩せっぽちの大酒のみで、大食いなのが頼もしい。見かけは現代女性なのに、実体はわりと古風。弥勒菩薩に似た不思議な魅力がある。

【美果の目】私立探偵なんかのハズがない、ただの探偵ごっこの好きなおじさん。

【出来事】日吉館を取材したいという浅見に、日吉館の常連である美果が、案内を買って出る。細岡《ほそおか》博士の家を訪ねた後、浅見と美果は奈良市郊外の秋篠《あきしの》の里《さと》にある香夢庵《こうむあん》を訪れる。

三郷《みさと》 夕鶴《ゆづる》

【作品】「紅藍《くれない》の女《ひと》」殺人事件　【住所】東京都世田谷区深沢《ふかさわ》
【年齢】二十三歳　【職業】ピアニスト

【容姿】色白の美人。

【データ】幼稚園から高校まで、四谷にあるミッションスクールに通い、すべて車の送り迎えがついた。テレビも雑誌も見ることはなく、勉強以外の時間はピアノのレッスンに充《あ》てられた。信じられないほどの純粋培養で世間のことには疎《うと》い。六ヶ月前の今年の春、パリのピアノコンクールで二位に入賞し新聞記事に載る。マネージメント担当の矢代《やしろ》からは、一流ピアニストとしての自覚を促《うなが》される。祖父・沢太郎《さわたろう》の代までは山形に住んでいたが、今の家は、政治家の私邸が多い邸宅街にある。父・伴太郎《ともたろう》、母・輝子《てるこ》の次女。姉・透子《とうこ》は力岡勝《りきおかまさる》と結婚している。ナメクジが嫌い。前向きに生きようとする。

【出会い】去年の夏、軽井沢の内田家にいた浅見は、テニスのメンバーが足りなくて友人の霜原《しもはら》に呼び出され、そのテニスコートで夕鶴に出会う。一年後、夕鶴から「会いたい」と言われて

新宿の喫茶店「滝沢《たきざわ》」で待ち合わせる。

【浅見の目】美しい娘という印象。去年より色白になって、大人びた感じ。

【夕鶴の目】何でも見通しちゃうし、思考がすごいスピードで働く人。

【出来事】夕鶴は、浅見家に電話して須美ちゃんの敵意を感じさせる気配に（もしかすると彼女は「坊っちゃま」を愛しているのかもしれない）と直感し、嫉妬する。いつも彼女が浅見の傍《そば》にいて、あたかもマネージャーのように、浅見という男を「仕切っている」ことに強い羨望《せんぼう》を抱く。山形の紅花記念館で、思いがけず夕鶴に出会った浅見は、「僕の車で送ります」と言って、夕鶴の呼んだタクシーに千円払ってキャンセルする。自分で払おうとする夕鶴に「僕の幸運を買い戻さないでくださいよ」と、夕鶴と出会った幸運を強調する。

池宮《いけのみや》　果奈《かな》

【作品】耳《みみ》なし芳一《ほういち》からの手紙　**【住所】**東京都大田《おおた》区田園調布《でんえんちょうふ》

【年齢】二十四歳　**【職業】**漫画家

【容姿】美人。

【データ】下関市長府《ちょうふ》で生まれ、市内の私立女子学園を短大まで行って、漫画家になる決心をする。父・孝雄《たかお》は「丸池組《まるいけ》」という土建業の社長をしている。四年前、二十歳の時に母が急性心不全で亡くなったときは、虚脱する父の代わりに「組」を仕切って軌道に乗せたほどの姉御肌《あねごはだ》。

好かれる。

今では近藤《こんどう》という若い者が社長秘書兼運転手兼用心棒として父の世話をしてくれるので、安心して上京する。景色や人の顔は一度見たら忘れない。スリル好きで、気《き》っ風《ぷ》がいい。ヤクザに好かれる。

【出会い】新幹線「ひかり52号」車中で事件が起きて、住所が決まらない果奈に、浅見は後先を考えずに警察との連絡場所に浅見家を提供する。

【浅見の目】ただの漫画家志望のお嬢さんではないしたたかさがある。編集者は女たらしでもいい、などとずいぶん達観しているけど大丈夫だろうか。

【果奈の目】「浅見さんみたいな人だったら、いくら付きまとわれてもいい」

【出来事】果奈から頼まれ、出版社に提出する書類の保証人になる。喫茶ルームで署名捺印《なついん》したとき「これが婚姻届だったらいいのに」と果奈に言われる。その後、藤田《ふじた》に紹介して仕事の世話をし、世田谷の不動産屋を何軒か回って、賃貸マンションを探してあげる。果奈はそんな浅見を「ヘッポコ探偵」役で漫画に登場させる。果奈と父親が浅見家を訪問。

鹿島《かしま》　里美《さとみ》

【作品】三州吉良殺人事件　**【住所】**愛知県幡豆《はず》郡吉良町

【年齢】二十七、八歳　**【職業】**三州総合開発取締役

【容姿】大きな眼の美人。

【服装】紺色のカシミヤの半コート。襟に赤いマフラーを無造作に巻いた若やいだ服装。

【データ】祖父が会長、父・泰一《やすいち》が社長をしている三州総合開発の取締役。インテリアコーディネーターでもあり、伊良湖《いらご》ガーデンホテルのデザインも手がけている。十六畳の和室を洋間に改造した自室には、パソコンを乗せた事務机や製図台、資料戸棚が置かれて、インテリア関係の用具・材料類がひしめいている。大学生の頃、幼なじみで七歳上の篠原洋一にプロポーズされた。

【出会い】浅見が雪江と行った旅先の、三ヶ根《さんがね》山の殉国七士《じゅんこくしちし》の墓で里美と出会う。雪江と一緒にお参りしている所に里美の祖父が言いがかりを付けて、里美が取りなしたのがキッカケだった。

【浅見の目】美しいけど、気が強く頭も切れそうだ。年格好は自分にちょうどいい。

【出来事】浅見親子の泊まったホテルに果物かごの差し入れをする。雪江はしっかりしていて頭のいい里美を気に入ったらしい。

大林《おおばやし》　繭美《まゆみ》

【作品】上野谷中殺人事件　【住所】東京都
【年齢】二十八歳　【職業】タウン誌編集長
【データ】父・峰雄《みねお》は三代続く文房具店の主人で五十六歳。父は一人っ子でおっとりタイプだが、町の情報には精通している。繭美の情報に対する嗅覚は父親譲り。五年前、文京区千駄木《せんだぎ》

の路地裏に谷根千《やねせん》マガジンを創設、タウン誌『谷根千界談』を季刊で発行している。常勤スタッフ四人と外部スタッフが十人あまりいる。母・美由紀《みゆき》は去年の秋脳溢血《のういっけつ》で倒れ、五十歳になったばかりの若さで亡くなった。以来、父親は早く繭美を結婚させたがっている。

【出会い】一月八日夕方、谷中墓地での自殺事件を調べるため、浅見は谷中の三崎坂《さんさき》にある喫茶店『蘭歩亭《らんぽてい》』に入り、そこの常連の繭美と出会う。

【繭美の目】飾り気のない性格らしい、と好感を持つ。一般常識に欠けるダメなルポライターとして軽蔑の目を向ける。見かけだけはハンサムだ。

【出来事】谷中の「よみせ通り」を案内して浅見の捜査に協力する。

広崎多伎恵《ひろさきたきえ》

【作品】鳥取雛送り殺人事件　【住所】東京都目黒区上目黒《かみめぐろ》

【年齢】二十七、八歳　【職業】人形作家

【容姿】つぶらな瞳。若く美しい。

【データ】父は埼玉県岩槻《いわつき》市の人形メーカー『秀丸《ひでまる》』の専務取締役・芦野鷹次郎《あしのたかじろう》五十六歳。父とは五歳の時に別れた。高校に入ったとき、人形作りの学校に通い半年で卒業。本職の人形師について勉強する。大学に進んでからも学業より人形作りに熱中し、在学中から業界で認められ、作品が店頭に並ぶ。仔牛の皮・カーフを使い、素材の柔らかさが、表情を微妙に演出する。雑

誌のグラビアで父を見たとき、偽名を使いファンレターを書く。

【出会い】秀丸の人形展示場で浅見は、芦野デザインの雛人形に見入り、涙を流す女性を見かける。「芦野さんのお嬢さんですか」と声を掛け、自分が芦野の遺体の第一発見者であると名告《なの》り、「もしよければ、そこの喫茶店でお話を聞かせて下さい」と誘う。

【浅見の目】気は強そうだが魅力的だ。

【出来事】刑事たちを出し抜いて、門跡尼寺を浅見と一緒に探し歩きながら、多伎恵は「私達って、まるで恋の逃避行をしているみたいじゃありません？」と真面目くさって言う。「どうも広崎さんの言うことは、漫画チックだな」と笑い飛ばしながらも、浅見は内心ドキリとする。途中で多伎恵が単独行動していなくなり、浅見は泣き出しそうな声で刑事たちに訴え、行方を探す。ホテルにいると分かったときは、「どんなに心配したか」と、かみつかんばかりに怒った。

寺沢《てらさわ》　詩織《しおり》

【作品】浅見光彦殺人事件　【住所】東京都中野区鷺宮《さぎのみや》
【年齢】二十三歳　【職業】英文翻訳のアルバイト
【容姿】若くて美人。自分の容貌やプロポーションには自信がなく、それを売り物にすることを恥として、素顔と粗末な服をかたくなに押し通す。
【データ】化粧とお洒落に金をかけない主義。前に酒酔い運転で捕まり、持ち点が少ないのに、

八十キロ制限の所を百五十キロで走り、速度違反を犯し、免許取り消しになった。だから、赤いロードスターを持っているが運転はできない。新宿のユニ・アカデミーで英文翻訳のアルバイトを始める。母・美咲《みさき》は癌《がん》で亡くなり、広島に出張中に父・寺沢大輔《だいすけ》が殺されてひとりぼっちになる。浦和《うらわ》に父の兄である伯父夫婦が住んでいる。

【出来事】芦《あし》ノ湖《こ》スカイラインを浅見とドライブする。「私って気が強くて、母がいつもそのこと、嘆いていたんです。お嫁のもらい手がないって……」と、富士山を仰いだとき「天地は悠久ですね」と、浅見からはぐらかされたようなかたちになって、（私の嫁のクチと天地の悠久と、どう結びつくの？――）と訊いてみたくなった。

元久《もとひさ》　聡子《さとこ》

【作品】博多殺人事件　【住所】福岡県福岡市東区《ひがしく》舞松原《まいまつばら》
【年齢】二十六歳　【職業】天野屋《あまのや》デパート社員
【容姿】天野屋を代表する美人。色白でバラの花びらを置いたような唇。
【データ】父・孝司《たかし》は大名《だいみょう》にある洋館風のレストランのマスター。母は美江子《みえこ》。五年前に入社し、秘書室勤務。秘書室では最年少。二十五歳になったばかりの時、外商二部の鳥井昌樹《とりいまさき》と不倫。秘書を続けたいから一生結婚しないつもりだ。あまり本は読まないので、明智小五郎《あけちこごろう》など知らない。

【出会い】六月二十四日、天野屋デパート社員食堂で、新聞記者小柳《こやなぎ》からお互いを紹介される。開けっぴろげな聡子に浅見は圧倒されながらも、博多の町を案内してもらうことになる。

【浅見の目】昼間とは違って美しく魅力的だ。酔うとほんのり白い頬が染まって、艶《なま》めかしい。

【聡子の目】「変なことに興味を惹《ひ》かれるタチなんですね」

【出来事】浅見から「お会いできませんか」と電話をもらったときは、特別な話かと思って緊張する。しかし、当てが外れて「つまんないなあ……。ぜんぜんロマンチックじゃないもの」と不満を漏らす。

羽田《はねだ》 記子《きこ》

【作品】喪われた道　【住所】東京都世田谷区用賀《ようが》

【年齢】二十歳　【職業】早稲田大学学生

【容姿】宝塚の男役のようなボーイッシュなヘアスタイル。目の大きい女性。

【データ】祖父・羽田栄三《えいぞう》は虚無僧《こむそう》研究会に入っていた。父・一昭《かずあき》は東大出の融通の利かないガチガチサラリーマン。父の妹は名古屋に住む。母は丸顔の気のよさそうな女性。家は、小さな木戸の門で、玄関まで三メートルばかり、庭とも呼べないようなささやかな植え込みに石畳がある。

【出会い】七月二十五日、浅見はたまたま出くわした事件を調べようと、被害者宅を訪問。被害

者の孫娘・記子と出会う。父親には追い返されたが、記子からは「ドライブしませんか」と大胆な申し出をされ、意表をつかれる。

【浅見の目】探偵ごっこをこんなに羨ましそうに言う人は初めて。記子の感覚や思考のベクトルが、自分のそれと一致して、ウマが合うと感じる。伊豆《いず》の工場でばったり出会ったときは、二十歳になったばかりの女子大生とはとうてい思えない、当意即妙《とういそくみょう》な応対ぶりに感心する。

【記子の目】「人畜無害って顔に書いてあります」。趣味で探偵するのっていいなあ、かっこいいしあこがれちゃう。「浅見さんてもう少しヨコシマだといいんですけどね」

【出来事】浅見と伊豆へ行く日に、旅館暮らしじゃ食事も偏《かたよ》るでしょう、といって記子がサンドイッチを作ってくれる。車中で「浅見さんてすてきなパパになりますよ」と言われて浅見は真っ赤になる。終戦記念日に、浅見と記子は旭滝《あさひだき》の前で、尺八の名曲『滝落之曲《たきおちのきよく》』を謹聴《きんちよう》する。

松川《まつかわ》　慧美《えみ》

【作品】鐘　【住所】富山県高岡市
【年齢】二十五、六歳　【職業】フリーライター

【容姿】髪は首筋あたりまであり、お辞儀をすると頬を隠す。顔が青ざめて見えるほど色白。感慨深げに遠くを見る目は美しい。薄化粧で気取りがなく好感がもてる。脚が長い。

【服装】●黒い薄手のセーター、その下に白いブラウス、フレアをたっぷりとったモスグリーン

のスカート。●赤と黒の細かいチェックのスポーティなシャツ、モスグリーンのスカート。
【データ】兄の松川義雄《よしお》は広島で転落死。義姉・誠子《せいこ》は小学生になる息子と糸魚川《いといがわ》市に住む。母の実家は市内で衣料品店を営む。フリーのライターをしている。若々しい声。せかせかした口調。態度は泰然《たいぜん》として、かなり気が強い。よく怒り、よく感激するタイプ。
【出会い】浅見が糸魚川市の被害者宅を訪ねたとき、たまたま来ていた慧美をその妻と勘違いする。慧美は浅見から、兄の死は殺人の可能性があると聞かされる。
【浅見の目】若くて美人で気が強そう。頭が良さそうな所に興味を惹かれる。この先、さぞ手を焼くことだろうな――。
【慧美の目】面白半分で他人の悲劇をつつくのはやめて下さい！→東京の男は言うことが違う。
【出来事】高松市内を案内する。その車中で「私は相手にならない女なのですか？　鳴りの悪い鐘ですか」と詰め寄られ、「そんなことはない、慧美さんは見事な梵鐘《ぼんしょう》ですよ」とあわてる。慧美は、浅見が推理するときは別人のように見えることに、恐怖を感じる。京都のホテルで浅見と再会し、国宝の梵鐘を見に行く。

曾宮《そうみや》　一恵《かずえ》

【作品】「紫の女《ひと》」殺人事件　【住所】宮城県仙台市
【年齢】二十三歳　【職業】テレビ局アナウンサー

【容姿】漆黒の髪、黒くつぶらな瞳、病的なほど色白でスペイン女性を思わせるエキゾチックな美人。どうかすると十五、六に見えることもある。腕は細い。『ローマの休日』のヘップバーンのようで、浅見好みのタイプ。

【服装】●春……黒いハイネックセーター。●夏……淡い紫のブラウスに黒いフレアスカート。●秋……紫陽花《あじさい》の花を散らしたような細かい模様の七分袖ワンピース。●浅見と対面……淡いグリーンのざっくりしたセーターにジーパン。

【データ】父は熱海《あたみ》の和菓子屋「芳華堂《ほうかどう》」主人・曾宮建夫《たけお》、母は華江《はなえ》。叔母・瀬川月江《せがわつきえ》が網代で「月照庵《げっしょうあん》」を経営。今年春、仙台のテレビ局に入社した新人アナウンサーのタマゴ。帰省中に両親が毒殺され、自分も危うく命を落とすところだった。内田の作品を読んでいて浅見の存在を知っている。

【出会い】浅見は内田から頼まれ、親戚の瀬川家に身を寄せている一恵のところに訪ねて行く。

【浅見の目】ジーンズでも十分魅力的。これで髪でも切れば、映画のワンシーンだ。

【一恵の目】卓越した推理力ばかりでなく、人間の心の深層にある悲しみを思いやる、類《たぐ》い希《まれ》な優しさの持ち主。

【出来事】宇治《うじ》へ行く途中、喧嘩になってしまう。「犯人探しに宇治に行くなら、一緒になんかいかない、浅見さんも紹介したくない」と一恵が言うので「それじゃあ、どこかで下ろすから、高速バスで、さっさと帰りなさい」と浅見も喧嘩腰に。とうとう「いじわる……」と言って一恵は泣き出してしまう。「参ったなあ、女はこれだからいやになる。どうして論理的な物の考え方ができないいんですかねえ」と、浅見は女性の扱い下手を棚に上げる。すったもんだの末に一恵は「鬼！　鬼よあなたは」と叫び、百キロ以上も出ている車から降りようとジタバタする。珍しく修羅場《しゅらば》。

鳥越《とりごえ》　美晴《みはる》

【作品】薔薇の殺人　【住所】東京都
【年齢】三十九歳　【職業】女優

【容姿】目が大きく、額は広く、いかにも聡明そうな美人。形のいい唇を引き締めて喋《しゃべ》る癖があり、清潔な雰囲気。

【データ】三十九歳という年齢を感じさせない、美しさと気品を兼ね備えたスター中のスター。宝塚『ベルサイユのばら』で主役デビュー。当時のスター・三神洋《みかみひろし》との間に女児をもうけ、密《ひそ》かに出産し、親戚へ養女に出す。

【出会い】スターの近況を聞く――という名目で、Nテレビ局の控え室でインタビューする。

【浅見の目】面と向かって話を聞きながら、何度となく胸がときめく。修道女のように清純。

諏訪江梨香《すわえりか》

【作品】若狭殺人事件　【住所】東京郊外
【年齢】二十四歳　【職業】日明《にちめい》物産社員

【容姿】自己評価では、「十人並みで、化粧下手でファッションセンスがない」といっているが、化粧で見違えるほど魅力的になる。髪の毛は形良く揺れて、顔の輪郭《りんかく》をあざやかに印象深くしているし、唇は程良い濃さのピンクに彩られ、鼻筋もくっきりしている。

【服装】●モスグリーンのコート。淡いサーモンピンクのスーツ。●淡いブルーのスーツ。襟と袖口に太い濃紺の縁取りがある。

【データ】実家は茨城県岩間《いわま》町。中学・高校を首席で通す。大学三年まで日暮里《にっぽり》の叔母の家に下宿していた。大学の残り一年は安アパートで暮らし、大学を出て商事会社に入ってからは郊外のワンルームマンションに移った。独り暮らしをして三年、叔母とは仲違い中。勤め先は新宿副都心の高層ビルにある大手。筆記試験をトップで合格し、面接では「将来は幹部」と言われた。色気がないのでオフィスラブはあり得ないと思われたらしい。同人誌『対角線《たいかくせん》』の会員で、推理小説を書きたいと思っている。ボーイフレンドはできても恋人はできないという、妙に意固地な性格。

【出会い】作家・樹村《きむら》に連れられて、浅見が中野坂上《なかのさかうえ》の寿司屋に顔を出したとき、『対角線』のメンバーである江梨香に出会う。「表向きはルポライターだが、その実体は名探偵」と紹介される。

【浅見の目】江梨香の真っ直ぐな視線が眩しい→前とは見違えるほど魅力的で、その明るさに目を奪われる。(女は魔物だな――)と密《ひそ》かにため息をつく。自分より年下なのに完成された大人の女性を感じてしまう。

【江梨香の目】「浅見さんて、ほんとにシャイなひとなんですね」「ボランティアをするのに、趣味だとか、パチンコ並みだとか、露悪的《ろあくてき》なことを言って、自分をわざわざ貶《おとし》めているんですもの。かわいい……」

【出来事】新宿の喫茶店「滝沢」で何度か待ち合わせるが、いつも事件の話ばかり。妙齢である江梨香の口から「殴り殺す」だの「放り込む」だのという単語が出るようでは色気も何もない。最後には元皇族との結婚話が破綻《はたん》になった同僚の女性を、浅見の相手に勧《すす》める始末であった。

安達《あだち》 理紗《りさ》

【作品】風葬《ふうそう》の城　【住所】福島県会津若松市
【年齢】二十三歳　【職業】会津女子高等学校教諭

【容姿】雪国特有の黒目の強い瞳で、美人。

【データ】安達家は会津藩士の出で、父・武春《たけはる》は漆器職人。母・偉志子《いしこ》は会津女子高出身で、なにかにつけ「近頃のカイジョは」というのが口癖。母の母も含め、母娘三代カイジョ（会津女子高等学校）出身。理紗は四年ぶりに母校に戻り教鞭《きょうべん》を執《と》り、国語を教えて一年が過ぎようとしている。

【出会い】三月半ば、浅見が会津漆器づくりを見学中に事件が発生し、そこで出会った漆器職人の武春の家に招かれる。武春の娘・理紗は、浅見をひと目見て（ハンサム――）と胸の内で呟く。

【理紗の目】警察に疑われたにしては、ずいぶんのんびりしていられるものだ――と呆れる。育ちの良さそうなおっとりした感じの割には、いろいろと気がつく、頭の回転の早い男らしい。

【出来事】浅見に頼まれて日光街道を案内する。理紗の浮き浮きした気分とは反対に、浅見の目的は死体探しであったため、理紗は悪夢の続きを見ているような気分になった。

岡田《おかだ》 夏美《なつみ》

【作品】朝日殺人事件　【住所】東京都
【年齢】二十一歳　【職業】美容師

【データ】実家は彦根《ひこね》で、越路吹雪《こしじふぶき》ファンの父と、母、弟がいる。高校を出て、美容学校に入り寮生活をする。インターン時代は、Y美容室新宿店に勤め、初台寮《はつだい》に住んだ。昨年六月、青山《あおやま》

のY美容室本店に配属され、一年近くなる。相場の一割から二割安い家賃の女性専用マンション・ハイツ白百合に引っ越す。アーリーアメリカン風のこざっぱりした白い建物の1DK。隣には『旅と歴史』の編集者・宮崎《みやざき》さとみが住んでいて親しくなる。さとみの薦《すす》めで浅見の天河ルポを読む。美容師としてだけでなく、美容デザイナーとしてのセンスもあり、先生から目をかけられる。

【出会い】宮崎さとみが取材先で奇禍に遭ったことから、浅見は刑事と一緒にさとみの隣に住む夏美の部屋を訪れる。

【夏美の目】尊敬のまなざしを向ける。

【出来事】夏美は店の客に名探偵を紹介して、と頼まれて浅見家に電話する。お手伝いに「坊っちゃま」とよばれるような家庭に育ったひとなんだ——と、夏美は急に浅見を遠い存在に感じてしまった。

清野《せいの》 翠《みどり》

【作品】透明な遺書　**【住所】**埼玉県鳩《はと》ヶ谷《や》市

【年齢】二十四歳　**【職業】**会社員

【容姿】憂いを含んだ白い貌《かお》、形のいい鼻梁《びりよう》、おさえた色調の唇、黒髪は柔らかくウェーブして肩に届き、前髪はわずかに額にかかる。美人で眩しいほど女っぽい。

【服装】●濃紺に細かい水玉の入ったブラウス、淡いブルーの薄手のジャケット。●麦藁《むぎわら》色のザックリしたセーター、ブルージーンズ。

【データ】父・林太郎《りんたろう》が死亡、自殺と断定された。母・房子《ふさこ》は太った女性で、心臓に持病がある。一人娘。家は市の中心から外れた台地の静かな住宅地にあり、敷地はそれほど広くなく板塀《いたべい》を巡らせた庭に桜や柿の木がある。丈《たけ》の低い門扉《もんぴ》の内側に駐車場用のコンクリート敷きスペース。

【出会い】浅見は藤田から翠の父親の事件調査を依頼され、富国《ふこく》生命ビルのてっぺんにある中華料理屋で翠と後見人の西村《にしむら》と落ち合う。初対面で浅見は美女の翠に一目惚れする。

【浅見の目】姿かたちの美しさもさることながら、キラキラ輝くような知性や、ひたむきで健気《けなげ》な一途さに、たまらなく魅了される。

【翠の目】「心理学者みたいな、哲学的なことを言ったりもするんですね」「冷たい、恐ろしいひと」と言い、考えてみると、浅見は謎の多い男だと思う。優しくて、明るくて、その限りでは、とても分かり易《やす》そうな人物に見えるけれど、いざ、手を伸ばして触れてみようとすると、いつも遠くにいる。虹のように鮮やかでいて、蜃気楼のように掴みどころのないひとだ。

【出来事】一月八日、富国生命ビルで藤田、西村、翠と新年会を終えて帰るとき、翠を鳩ヶ谷の自宅まで送る。その車中で翠に「浅見さんて、独身主義ですか？」と聞かれ、浅見は心臓がドキリとする。そういう訳じゃないけど、こんな変人もらってくれる女性がいない、と答えると、

「そんなことないわ。変人でも何でも私はいいですよ、もらってあげても」と宣言した。浅見は猛烈に嬉しい反面、翠のひたむきさを、多少、持て余し気味であった。いつも肝心《かんじん》なときに後込みしてしまう浅見の甲斐性《かいしょう》のなさであった。

水沼真理子《みずぬままりこ》

【作品】 坊っちゃん殺人事件　**【住所】** 愛媛県松山市西石井町《にしいしいまち》
【年齢】 二十歳　**【職業】** 短大生

【容姿】 純白のブラウスに負けないほど色白で、化粧っけのない彫りの深い顔、つぶらな目の美しい女性。透《す》き通るようにはかなく白い項《うなじ》。唇にわずかにさした紅が可憐《かれん》。

【データ】 句会「青山社《せいざんしゃ》」を主宰《しゅさい》する祖父・哲男《てつお》が「内子座」という劇場で変死を遂げる。家は市街地の南端にある新興住宅地。比較的古い二階屋。父は造船技師だったが、三年前転落事故死した。躾《しつけ》がいきとどいていて三つ指をついて挨拶が出来る。三つ年上で内子町役場に勤める畑野《はたの》という青年が真理子の恋人。

【出会い】 浅見は刑事と一緒に水沼家に行き、孫の真理子に、すでに安置された遺体をもう一度調べさせてくれと頼む。

【浅見の目】 可憐なナデシコのようなひと。痩せ形でセーターがよく似合う。細い首や腰の辺りのくびれが協調されて思わず支えてあげたくなるほど。

【出来事】浅見は胸がときめくが、十三も年齢差のあるおじさんを、彼女はどう見ているか考えたとたん、気分が萎《な》えた。内心に波立ち騒ぐものを隠して「真理子さん、恋人は？」と淡々という浅見の質問に、「います」とあっさり答えられて、拍子抜けしてしまう。

崎上由香里《さきがみゆかり》

【作品】「須磨明石《すまあかし》」殺人事件
【住所】兵庫県明石市人丸《ひとまる》
【年齢】二十歳
【職業】神戸女子大史学科学生

【データ】家の窓を開けると明石海峡が見える。向かいに「柿本神社《かきのもと》」がある。坂を下りると山陽《さんよう》電車の人丸駅があり、ここから神戸市須磨にある女子大に通う二年生。卒論のテーマは源氏物語の「須磨」と「明石」に決めている。父親が教師。大学へ入り教職課程をとる。絶対結婚なんかしない、と主張する。並ではない柔軟性の持ち主で、ものに逆《さか》らわないくせに、そう簡単にはめげないシンの強さがある。

【出会い】行方不明の女性の捜査を依頼され、十一月七日、浅見は神戸女子大に出向く。教務課で、行方不明女性の後輩である由香里を呼び出してもらう。

【浅見の目】恋人なんてとんでもない。いくつ歳が違うと思うのか。お好み焼きを食べ、青海苔《のり》のついた白い歯を見せて笑う、由香里のたくましさと陽気さは関西女性の良いところだと思う。

【由香里の目】坊っちゃんみたいで頼りない→鳶《とび》色の目に心を読まれそう→意外にしっかりし

たことを言う→警察より有能だなんて思い上がり→光源氏《ひかるげんじ》のように女心を弄《もてあそ》ぶ天才かも。

【出来事】教務室で浅見に「思い出してみて下さい」と見つめられて、鳶色の眼に引き込まれるように、由香里も真っ直ぐ見返す。そのとき由香里は、もしかしたら催眠術にかかったのじゃないかしら——と思えるほど、抗《あらが》いがたい意志の力を感じた。

久米美佐子《くめみさこ》

【作品】斎王の葬列　【住所】滋賀県甲賀《こうが》郡水口《みなくち》町

【年齢】二十二歳　【職業】土山《つちやま》町文化財調査委員会学芸員

【容姿】ちょっとあか抜けた感じだが、それほど美人ではない。

【データ】家族は父・良治《りょうじ》、母親の博子《ひろこ》、今年高校生になる弟・正孝《まさたか》。水口東高校のころ、紫式部に興味を抱き、京都の大学へ。京都で四年近く下宿した後、役場から父を通しての就職話があり故郷へ。自宅待機の通知の一週間後に隣町の土山町の学芸員の話がある。物事に拘泥《こうでい》し続けることは苦手で、ちょっとややこしくなると「ま、いいか……」と思ってしまう。

【出会い】四月十七日、浅見は明和《めいわ》町の斎宮歴史博物館を訪れ、美佐子を見かける。十九日、垂《たる》水頓宮《みとんぐう》で再び美佐子に出会う。声を掛けるが、「さあ、憶えていませんけど」と無視されてしまう。

【浅見の目】「あなたの素性が分からない」

【美佐子の目】博物館での浅見のしつこい視線を不愉快に感じていたが、話をするうち（優しいひとなんだ――）、と見直す。よさそうなひとで、十一歳も年上には見えない若々しいひと、と思うが、一点を凝視《ぎようし》する浅見に不気味なものも感じてしまう。

松島《まつしま》　珠里《じゆり》

【作品】鬼首《おにこうべ》殺人事件
【年齢】十八歳
【住所】秋田県雄勝《おがち》町小野《おの》
【職業】ガソリンスタンド勤務

【容姿】髪はセミロング。日焼けした顔に白い歯がこぼれた瞬間の表情は、ドキリとするほど魅力的。化粧気はない。この十年間のどの「小町娘」より美しい。

【データ】カトリック系の女子高卒でバスケットをやっていた。開けっぴろげで、素直で、人なつっこい性格。自分のルックスには自信がある。弁護士で四十七歳の父・昭二《しようじ》は所在不明。四月末に神奈川県川崎《かわさき》市麻生《あさお》区から秋田に引っ越して、今は病弱な母と二人暮らし。勤め先であるガソリンスタンドの近くの、白い壁に緑の屋根というしゃれたアパートに住んでいる。雄勝町で行われる小町まつりのイベントで「小町娘」に選ばれる。

【出会い】六月十四日、浅見は珠里に会う目的で、ガソリンスタンドに立ち寄る。

【浅見の目】給油姿にジャンヌ・ダルクとナイチンゲールを足して割ったような頼もしさを感じる。母子二人の生活という暗さはない。

【出来事】「人生、悪いことばかりじゃないですよ。諦めずに頑張って」という浅見の言葉に、珠里の瞳は希望の光を宿す。

岡村《おかむら》 里香《りか》

【作品】箱庭　【住所】山口県岩国市《いわくにし》
【年齢】二十三、四歳　【職業】白鳥バレエ教室インストラクター
【データ】母・三枝子《みえこ》と二人暮らし。父親が亡くなってから、母の手ひとつで育ったので、里香にとって母はこの世で唯一大事にしなければならない存在。京都のバレエスクールに通う。その頃、下宿が近い京都大学の学生に、すれ違うだけの淡い恋をする。二年前岩国に帰ってインストラクターになる。先生と呼ばれるのにやっと慣れた。コッペリアではプリマを務める。
【出会い】柳井に行く列車内で、浅見の前に座った女性が里香だった。弁当を食べるために座った里香は、いまさら引っ込めるわけにもいかず、大口開けて食べるのも恥ずかしい状況であった。
【浅見の目】プロポーションがいい。抜群の踊り手。
【里香の目】ちょっとしたハンサム。笑顔からこぼれた白い歯が印象的。行きずりの初対面の男に心臓がドキリと疼《うず》いてわれながら驚く。
【出来事】岩国署で浅見にあったとき、浅見の瞳に魔力でもあるように、里香の目は涙で潤《うる》んだ。

浅見も里香が岡村三枝子の娘と知って、「不思議ですねえ、不思議な巡り合わせですねえ……」と何かに畏《おそ》れを感じているような敬虔《けいけん》で厳粛な表情になる。里香は、浅見と自分とを繋《つな》ぐ因縁《いんねん》の糸を想い、感動に身を委ねたかった。涙が乾いた光のない里香の目が、時折浅見に向けられた。そのときの救いを求める悲しげな表情は、浅見の胸を強く揺さぶった。

大島《おおしま》　翼《つばさ》

【作品】怪談の道　【住所】島根県松江市
【年齢】二十歳　【職業】大学生

【容姿】色白で人形のような大きな黒目が印象的な美しい顔立ち。短めの髪が額《ひたい》の真ん中で割れて、白い歯を見せて笑うと、活発で利発そうに見える。

【服装】●紺地に椿の花を散らした絣《かすり》の着物に山吹《やまぶき》と朱《しゅ》色を組み合わせた明るい帯。●ブルーのスカート、純白のセーター、ダークレッドのブラウス。

【データ】倉吉《くらよし》の醤油メーカーの娘。二年前に母が、十日前に父が亡くなった。自分で父の死の真相究明を試みる。松江の大学に入って三年、今年になって小泉八雲《こいずみやくも》のゼミに出ている。車はカローラ。西日本海新聞の記者・萩原《はぎわら》は、翼に想いを寄せている。

【出会い】後輩に当たる萩原を訪ねた浅見は、小泉八雲に因縁の深い温泉宿、長生館《ちょうせいかん》に案内してもらう。そこで、萩原から翼、優美《ゆみ》姉妹を紹介される。四人での食事中に、浅見が独身とわか

ると翼は、「お姉さんとどうですか？　年格好もぴったりだと思いますけど」と姉の優美《ゆみ》を薦める。

【浅見の目】負けん気でかわいい娘だ。

【翼の目】ハンサムだし見た感じ悪い人には見えないが、三十過ぎて独立できないなんて一人前の男として信用できない→信頼に満ちた視線を向ける→今までのボーイフレンドとは違う感情を抱く。別れた後、たそがれみたいな切ない感じがする。

【出来事】浅見が翼・優美姉妹をソアラに乗せて八雲の足跡を取材することになり、助手席に翼が乗って案内する。途中、父親の死の真相を浅見に相談する。浅見は天涯孤独になった翼のために、自分の出来る精一杯のことをしてやろうと思う。翼と優美からクリスマスカードをもらう。

脇本《わきもと》　優美《ゆみ》

【作品】怪談の道　【住所】東京都北区西ヶ原一丁目

【年齢】三十歳　【職業】会社員

【データ】東京生まれ。優美が二歳の時、父・伸夫《のぶお》は、母・佳代《かよ》と協議離婚。中学三年で父の故郷栃木に引っ越し、離れの二階に住む。伯父に当たる伸夫の兄夫婦も冷たく、優美は肩身の狭い思いで育つ。高校を出ると東京の短大で寮生活に入った。久しぶりに会った父から、母が二

年前に死んだことを知らされる。鳥取県倉吉まで母の遺産を取りに行くことになる。異父妹・大島翼に「お姉さん」といわれ戸惑う。バツイチ。

【出会い】浅見は後輩の萩原に長生館に案内され、紹介される。優美のアパートが西ヶ原一丁目で、浅見の家と目と鼻の先とわかり、二人のあいだで「地元」の話に花が咲いた。

【浅見の目】気が強い女性だ。しっかりしている。

【優美の目】お洒落に気を使わなさそう。スキッとした首筋や、顎の線の清潔な印象からは三十過ぎとは思えない。好感は持てるし頭もいいけど、社会常識からはずれている。女性の愛し方だって知らないんじゃないかしら。うんと年上か年下の女性じゃないとやっていけない人。翼の気持ちを聞いて（負けた――）と思う。自分にはもう二十歳の翼のように切ない気持ちは抱きようがないし、抱いたとしても、あんなふうに素直に口から出すことは永遠にないだろう。

【出来事】浅見から「東京に戻ったらまたお会いしましょう」と言われるが、西ヶ原に戻っても、もう会えない遠い人のような気がして、心にふっと憂愁の影が差す。しかし、浅見は真紅のバラの花束を持って優美のアパートを訪ねた。

中村《なかむら》 典子《のりこ》

【作品】幸福の手紙　【住所】東京都目黒区洗足《せんぞく》
【年齢】二十七歳　【職業】実業書院編集者

【容姿】それほどの美人ではない。おかっぱ頭のような髪型であまり化粧に構わない、幼さを残した顔。

【データ】両親は広島におり、妹は結婚した。趣味は推理小説を読むことと一人旅。自分の容貌を過大評価もしないが卑下《ひげ》もしない。高校は私立女子校で文芸部だった。実業書院に五年前入社。「ゴールデンガイド情報版」編集部勤務。愛称はノリピー。競争馬ビワハヤヒデのファン。性格は ドライで気が強い。『旅と歴史』の藤田とは顔見知りで、親しみを持っている。元来が気丈な女だが、不幸の手紙が舞い込んで気分が落ち込んでしまう。週刊『ＴＩＭＥ・１』の長谷《はせ》からプロポーズされる。

【出会い】熱海のホテルニュータカオで報道関係者向けの「ハーブ庭園」のお披露目会があり、浅見は藤田と一緒に出掛け、同じく仕事で出席していた典子を見かける。その後、実業書院で再会し、砂川《すながわ》編集長と三人で近くにお茶を飲みに行く。

【典子の目】好感が持てる爽やかな印象。

【出来事】長谷の追悼《ついとう》会が神田川《かんだがわ》沿いの焼鳥屋であり、浅見と典子も出席する。そこのおばさんに長谷の話を聞かされ、典子は両の拳を握りしめ、顔を伏せて哭《な》いた。長谷の死を悼《いた》むでも

なく、失った愛を惜しむでもなく、典子自身何のために流す涙なのか分からないまま、とめどなく泣けてきた。浅見と典子はひと足先に帰ることにして、焼鳥屋を出る。「少しドライブをしたい気分なのです。つきあって下さい」と浅見が誘う。女性をひとりで帰すわけにはいかない――と思うのと、浅見自身このまま帰りたくない気分だった。

阿部《あべ》　悦子《えつこ》

【作品】 沃野の伝説　**【住所】** 埼玉県志木市《しき》
【年齢】 二十七歳　**【職業】** 会社員

【容姿】 肩まで垂らした髪、はっとするほど白い貌《かお》、挑むような黒目がちの大きな目、椿《つばき》の花びらを思わせる、上側の山がくっきりとした印象的な唇。

【服装】 小さな花模様を散らした淡いブルーのブラウス、濃いブルーのロングスカート。

【データ】 父・隆三《りゅうぞう》は米穀卸売業の山花商事の契約社員。母は直子《なおこ》。一人娘。ある事件以来、父が失踪し、横領の容疑をかけられる。同じ会社の経理課勤務の島村《しまむら》との結婚話は破談になる。

【出会い】 竹村警部と一緒に阿部家を訪ねた浅見の目的は、「お父さんを助けに来ました」というものであった。「帰って下さい」と大声を上げる悦子に、「逃げていてはだめです」と諭《さと》す。

【浅見の目】 やせぎすで外観はいかにもひ弱そうだが、相当気が強いらしい。

【悦子の目】 たった一度、それもあまり好ましくない出会いだったのに不思議な余韻《よいん》を残した

人。柔らかな自然体に思わせて、まっすぐシンの通った、少し怖いようなところがある。

【出来事】国道七号線を走行中、浅見はハンドルから左手を離し、固く握りしめられた悦子の拳を掴んだ。冷たくて震える拳を、温もりが戻るまで離さずにいた。「もう大丈夫」という悦子の声に手を離そうとすると、「お願い、そのままにしていて」と悦子は浅見の手を挟み込むように握った。

立花《たちばな》 穏代《やすよ》

【作品】札幌殺人事件　【住所】北海道札幌市豊平《とよひら》区平岸《ひらぎし》
【年齢】三十一、二歳　【職業】クラブ「ユリアンヌ」ママ
【容姿】色白で面長《おもなが》の美しい顔立ち。
【データ】十年前、銀座のクラブ「まゆ」に勤めていた。客の一人と結婚したが、離婚。二年前、故郷の札幌に帰って自分の店を持つ。今の店は、ススキノの表通りに面した七階建ての雑居ビルの四階にあり、二十六歳になる弟の則行《のりゆき》が見つけてくれた。白井《しらい》に客以上の好意を抱く。
【出会い】穏代の経営する「ユリアンヌ」に、浅見がやってくる。浅見が入ると「東京の方でしょう」と穏代が話しかけてきた。「東京の匂いがします」といって名刺を浅見に渡す。
【浅見の目】不安を抱えているせいか、翳《かげ》りを感じさせるが美しい人だ。僕より少し下かな。結婚しているのだろうか。所帯じみた感じはないけれど、パトロンだとか恋人だとか、たぶんそ

ういう関係の男がいるのだろうな――。

【穏代の目】真面目なのかいいかげんなのか、分からない人。

【出来事】穏代に縋《すが》り付くような目で見られたとき、浅見は初めて年下の女性だと実感する。電話で話した時は、受話器を通して伝わる穏代の心細さを感じて、浅見はますます彼女を見捨てるわけにはいかない気分になった。

赤山《あかやま》　裕美《ひろみ》

【作品】札幌殺人事件　【住所】北海道札幌市

【年齢】二十五歳　【職業】グラフィックデザイナー

【データ】愛称「赤ちゃん」。恋人の立花則行とは、高校の美術部で一年先輩だったころから十年近い付き合い。喫茶店「ターフェル」の近所に叔父夫婦の家があり、居候している。両親と兄夫婦は夕張《ゆうばり》でメロン農家を営んでいる。高校進学と同時に札幌へ出る。則行の紹介でプロモート会社に就職する。

【出会い】藤田に頼まれて相談に乗った女性と「ターフェル」で待ち合わせた浅見は、則行と待ち合わせていた裕美と出会う。裕美は浅見たちを見て不倫だと思う。

【裕美の目】光源氏《ひかるげんじ》みたいな男が本当にいるんだわねえ。

財田《たからだ》　雪子《ゆきこ》

【作品】記憶の中の殺人　【住所】東京都世田谷区野沢《のざわ》
【年齢】十九歳　【職業】大学生

【容姿】雪のように白い肌、意志の強そうないくぶん張った顎以外は欠点のない整った顔。彫りの深い顔立ちで、形の良い口許。

【データ】お嬢さん学校で有名な女子大に通う。財田家のお墓は吉祥寺《きちじょうじ》の清林寺《せいりんじ》。三年前、姉の芙美子《ふみこ》が十九歳で睡眠薬を飲んで死んだ。また、ゼット精工社長であった父・啓伍《けいご》が南麻布《みなみあざぶ》のマンションで殺される。母・志津代《しづよ》は四十六歳。

【出会い】四月末、浅見は事件を調べに財田家を訪問。鑑識課員と一緒だったため、刑事と誤解され、雪子は射るような瞳で浅見を見つめる。

【浅見の目】色白でほっそりした美少女だ。目の表情が生き生きして、精一杯気を張って生きている様子が爽やかだ。十四歳も差がある未成年を相手にしているようには思えない。

【雪子の目】「普通の人と思考回路が違うんじゃないですか」「マザコンだなんて考えられません。そういうふうに装っていらっしゃるんでしょ、ほんとは」

【出来事】広尾《ひろお》の明治屋《めいじや》の前の喫茶店で待ち合わせる。パーティにでも出掛けるように着飾って、化粧までしている雪子は普段よりいっそうまぶしい。年齢差がなければ、冷静ではいられない浅見であった。二度目に同じ喫茶店で会ったときは、最後に雪子が父の死を思って、声も

立てずにポタポタと涙を流すのを見て、気の強い女性はこうやって泣くのか――と、浅見は慰めの声もなく、ただ傍観するしかなかった。

丹野《たんの》　奈緒《なお》

【作品】華の下にて　**【住所】**京都府
【年齢】十五歳　**【職業】**N女学院高等部学生

【データ】祖父・丹野忠慶《ただよし》は丹正流家元。父・博之《ひろゆき》はその一人娘・貴子《たかこ》と結婚した婿養子。母は真面目でスタンダードな考え方をする人で、丹正会館副館長を務める。祖母の真実子《まみこ》は万事に奈緒の味方で、四十四代目家元を孫娘に嗣《つ》がせようとする。この春ミッションスクールのN女学院高等部へ進学。小さい頃からのかかりつけの医師・吉宮《よしみや》の娘と同級。

【出会い】京都で行われた国際生花シンポジウムを取材するため浅見は会場につめた。そこへ奈緒が母と一緒に姿を見せる。

【浅見の目】立ち姿といい、二人の男を前にして物怖《ものお》じせず、堂々と挨拶するなど、さすが家元の血筋だけはある。ずいぶんしっかりした子だ。

【出来事】学校をさぼって補導されそうになった所に浅見が来合わせて、助けてもらう。浅見は「悩みがあるときは逃げてはいけない。逃げないで前を向いていけばいい。後ろを振り返っても、惨《みじ》めな自分が見えるだけ、何もいいことはない。そう思って、真っ直ぐ前だけを見て歩くこと

にしているんです」と言って「これから先、つらいことがあって、誰にもわけを言えなかったら、僕に電話してみなさい」と名刺を渡す。奈緒は後日、家出をして浅見に会いに来る。

梶川《かじかわ》 優子《ゆうこ》

【作品】 蜃気楼　**【住所】** 富山県富山市
【年齢】 二十三歳　**【職業】** 埋没林博物館アルバイト

【容姿】 お姉さんタイプの外見。きついところもあるが結構あどけない顔。
【データ】「すっごく」が口癖。大学で気象と地学を専攻・学芸員の資格がある。本来なら学芸員として勤務できるのだが、富山市に住んでいるため、魚津《うおづ》の勤務先では越境になるらしくアルバイトという名目で働いている。なかなか気丈な性格。大学卒業後、売薬《ばいやく》さんの資格のうちの乙鑑札《おつかんさつ》を取る。女っぽさには欠ける。約一時間かけてダークブルーの四百CCのバイクで通勤。
【出会い】 四月十四日、「越中《えっちゅう》富山の薬屋さん」の取材途中、浅見は魚津の埋没林博物館を訪れ、今年初めての蜃気楼に出くわす。そのとき案内を務めてくれたのが優子であった。
【浅見の目】「すっごく」を連発するところが初々《ういうい》しい。四月に就職したばかりの新人かも。
【優子の目】 正気なの?→このひと、わりとうぶなのかも→付き合って正体を暴いてやる。
【出来事】 自宅からほんの五分ばかりの所で、優子にばったり会い、運命を感じる。浅見は声が

上擦るほど感動してしまい、珍しく、半ば強引に「ちょっとその辺でお茶でも」と誘う。そして「これはただごとではない。神様が僕に命令を下したとしか考えられない」とまくし立て、あなたのおじいさんを殺した犯人を捕まえるよう、神が命じているに違いない、と決めつける。

中瀬古朝子《なかせこあさこ》

【作品】姫島殺人事件　【住所】東京都杉並区高円寺《こうえんじ》
【年齢】二十一、二歳　【職業】女子大生

【容姿】それほど長くない髪を無造作に後ろで束《たば》ね、ややきつい眼だが、鼻梁の高さも、口許のキュッと締まった感じも、理知的。

【服装】胸に猫の絵をプリントしたTシャツ、淡い紅茶色の地に同系色のチェックのキュロット。

【データ】父・大志《ひろし》と母・芳江《よしえ》は姫島村で土産物屋「ラ・メール」を経営。朝子は島の中学ではマドンナ的存在だった。東京の女子大に通う。卒論が姫島の歴史研究で、古事記や日本書紀の姫島に関する部分を暗記している。就職を目の前に、旅行雑誌の記者に憧れ、ルポライターという職業に興味を抱く。

【出会い】取材で姫島を訪れた浅見が、ホテル新海《しんかい》の近くの土産物屋にフラリと入った。そこが朝子の両親の経営する店で、姫島を取材していると言う浅見に、姫島なら娘の朝子が詳しいといって、夏休みで帰省していた娘を紹介される。

【浅見の目】理知的でなかなかいい。

【朝子の目】変な人→物を書く人は表現が違う→結婚するには歳が離れすぎ→白い歯が印象的→行きずりの人なのに、胸がときめく→女性の気持ちが分かっていない人→「浅見さんには素敵な人が大勢いらっしゃるでしょう？ 私なんかの出る幕はありませんよ」

【出来事】取材後「今度は東京で会いましょう。おいしい団子を食わせる店を紹介します」というと朝子は他愛なく喜んだ。そして朝子は予告もなく浅見家を訪ねる。大学が始まるので東京に帰ってきたという。車海老の大きな箱を抱えてきた。須美子とも打ち解けて、母の雪江に「光彦にはもったいない」と言われる。朝子には何もかもよく見えて、「お母様も素敵な方」と言い、ソアラにまで感激して「センスがいいですね」と溜息をつく。「坊っちゃまと呼ばれているし、やっぱり浅見さんて、ええとこのボンボンなんですねえ」と感心し、親の持ち込んだ結婚話は無かったことにしてくれと言った。

坂口《さかぐち》富士子《ふじこ》

【作品】崇徳伝説殺人事件　【住所】京都府

【年齢】二十二歳　【職業】福祉法人「白峰園《しらみねえん》」事務員

【データ】俳句をやっている。吟行会《ぎんこうかい》にも参加。東京の四年制大学を出てフリーターをしていたが、七ヶ月前京都に住む両親が探してくれた、北嵯峨野《きたさがの》にある白峰園に就職。今は実家から通

っている。大学三年に、誠意のかけらもない男と付き合ったことから、以降、男と付き合うのに一定の距離を置くようになった。栗石肇《くりいしはじめ》から結婚を前提の付き合いを申し込まれる。

【出会い】あるアパートを張り込んでいた浅見は、友人を心配して訪ねてきた富士子《ふじこ》に声をかける。浅見は話を聞くため「どこか喫茶店でも」と誘い、富士子は軽四輪に浅見を乗せて「せいほう」に案内する。富士子は浅見の率直で飾らない物言いに、どんどん心を開いていく。

【浅見の目】正直な人だ↓ずいぶん積極的になった。

【富士子の目】悪いことをしそうな人間には見えない↓鳶色の目に心まで吸い取られそう↓気取らないけど、どことなく品がある。きっと「ええとこのぼんぼん」なんだ↓警察にも詳しいこの男はいったい何者？↓何を考えているかわからない人だ。

【出来事】浅見と「イノダ」という店で食事の約束をしたのに、肇からも京都ホテルに誘われる。そのことを浅見に電話で報告して、「私は断るつもりですから」という。富士子には、意地を張っているだけでない別の感情があるのを見た浅見は、京都ホテルで肇に紹介してもらうことを提案する。その食事に同席した肇の母から、肇が焼き餅を焼くから、といってどういう関係かを訊かれて、浅見は「そういうことでしたら、どうぞご心配なく。僕は家に帰れば愛する妻がいますから」とウソを言う。その言葉を、富士子は信じたくなかった。

池本《いけもと》 美雪《みゆき》

【作品】皇女の霊柩 【住所】京都府
【年齢】二十一歳 【職業】大学生

【容姿】中肉中背で、顔も体型も引き締まった健康美。

【データ】長野県木曽《きそ》の馬籠《まごめ》生まれの大学三年生。今は母の実家である京都の祖父の家に下宿して大学に通う。母方の祖父・牟田部茂吉《むたべもきち》は八十四歳で二十年前K大教授を退職。脇本陣《わきほんじん》だった池本家は、島崎藤村《しまざきとうそん》の生家とは近所で、曾祖父は藤村と遊び仲間だった。父・広一《こういち》は馬籠で土産物屋兼喫茶店「えびす屋」を営む。母の志保《しほ》は色白の肌の京女《きょうおんな》で、娘の美雪から見ても美しい。卒論のテーマを皇女和宮《かずのみや》の江戸下りに決めて、同期で二つ年上の大杉《おおすぎ》をアッシーに使う。

【出会い】七月の半ば、浅見が事件を追って馬籠に向かう途中、中津川《なかつがわ》で渋滞中のソアラに、美雪を乗せたアッシー大杉の運転するセフィーロが追突したのが初まりだった。

【浅見の目】健康そうな娘だ。目をクリクリさせて、ポキポキした喋り方だが、実に感じがいい。

【美雪の目】信用できるし頼れるひとだと思う→「やっぱり、浅見さんて頭がいいんですね」→まるで神様みたい→浅見のことを考えると切ない気持になる。

【出来事】馬籠を去るとき、他の人々に聞こえない様に美雪が「浅見さんのこと、好きです」と言った。浅見はふいに愛しさがこみ上げて、このまま美雪をさらってしまいたい衝動に駆られるが、口から出たのは全く別の言葉だった。美雪の顔が悲しそうに歪《ゆが》んだ。

今尾《いまお》　芙美《ふみ》

【作品】藍色回廊殺人事件　【住所】徳島県美馬《みま》郡脇《わき》町
【年齢】二十四、五歳　【職業】染色デザイナー

【容姿】ボーイッシュな短い髪、鼻梁がスッと反《そ》った細面で、目鼻立ちがはっきりしている。

【データ】姉の賀絵《よしえ》は町の図書館勤務。浅見と初めてあったときは姉の名前を騙《かた》る。ワインレッドのJフェリーを乗り回す。家の三和土《たたき》は広く、部屋がコの字型に並ぶかなり大きな家。祖父武治《たけはる》は古武士の風格のある大柄な老人。

【出会い】三月、浅見が四国の寺を巡って、五百羅漢《ごひやくらかん》のある地蔵寺に着いたとき、仏像の脇でポーズを取ってもらった、その女性が芙美だった。

【浅見の目】年齢は二十二、三か――もう少し上かな？　プロポーションも悪くなさそう。旧家の箱入り娘かな。

【出来事】四月末に再び徳島を訪れた時、武治老人から、芙美をよろしく、と言われ、「待って下さい」と浅見はこらえきれず笑い出してしまう。

小内《おうち》美由紀《みゆき》

【作品】はちまん　【住所】神奈川県
【年齢】二十五歳　【職業】フリーカメラマン

【容姿】瞳が透明な湖の色に染まる瞬間がある。痩せ型・筋肉質・胸はまあまあ豊かだが、ヒッ

プから腿《もも》にかけては女性的ではない。ある人に「あなたは、ふつうの人とは違う、貴《とうと》いものがある」と言われたことがある。
【データ】 大学では写真部に所属。卒業後はプロカメラマンのアシスタントを勤める。コマーシャル写真専門の人に半年、ファッション関係の人に一年と少しついたのち、大学の先輩で、文部省勤務の松浦勇樹《まつうらゆうき》に「K」出版を紹介され、現在はフリー。職業柄、早飯食い。松浦はフィアンセで、現在は高知にいる。今時珍しく純潔を守っている。
【出会い】 五月末、『旅と歴史』編集部に行った浅見は、藤田から美由紀を紹介される。
【浅見の目】 意外なほど若く見えて気圧《けお》されそうだ。感性が豊かで、しかも仕事とプライベートな場とを、使い分けることのできる女性。一瞬、得体の知れぬ特殊能力を感じ、戦慄が走る。
【美由紀の目】 鳶色の目に見つめられると魂を吸い取られそうな気がする。浅見に会うときは、浮き浮きした、ゲームのような心地よい緊張感を伴う。言葉でなくても通じるものがある。
【出来事】 止めどなく涙を流す美由紀を見て浅見は、タフな女性のどこにこんな豊かな涙が蓄《たくわ》えられていたのか、と新鮮な発見をする。

緩鹿《ゆるか》　智美《さとみ》

【作品】黄金の石橋　【住所】鹿児島県始良《あいら》郡隼人《はやと》町
【年齢】二十一歳　【職業】霧隼《きりはや》女子大生

【容姿】面と向かうと圧倒されるほど整った顔。目がむやみに大きくて、タレントの安達祐実《あだちゆみ》を少し面長にした感じ。

【データ】藤田の友人の娘で、霧隼女子大四年。史学を専攻し、東京の親元を離れ寮生活をしている。卒論のテーマに石の文化史を選ぶ。男を男と思わない所が短所。喫茶店『今再《いまさ》』のマスター、新田《にった》に恋している。プライバシーを、他人に覗かれたり干渉されることを恥と感じる主義。

【出会い】浅見は九州取材のついでに藤田から、友人の娘の様子を見てきてくれと頼まれる。智美の通う霧隼女子大に行き面会する。智美は見知らぬ男に怪訝《けげん》な目を向ける。

【浅見の目】美人だなあ。あっさり別れたくない。プライドの高い女性だ。

【智美の目】よく分からない人。少年みたいにすっごく若々しいかと思うと、老成したような事を言う。何でも見通してしまう才能の持ち主なのに、決して偉ぶらないし、私のような生意気な女を丁寧《ていねい》に扱ってくれる。それでいてやるときはガツンとやる人。

【出来事】石橋に詳しい田平《たひら》のもとへ智美が浅見を案内したとき、田平に「おまんさあは緩鹿智美をどげん思な」と聞かれ「問題なく美人です」と答える。「じゃったら嫁にもらう気はなかな」という問いには「もちろん、ぼくの方は大歓迎です」と浅見は笑いながら答える。

中田《なかた》 絵奈《えな》

【作品】氷雪の殺人　【住所】東京都世田谷区経堂《きょうどう》
【年齢】二十二歳　【職業】大学生

【データ】小田急線経堂駅から五分の古いマンションに母と住む。父と離婚した母は気性の激しい人で、絵奈は母とぶつかる。高校生の時、十六歳違いの先輩、富沢春之《とみざわはるゆき》と出会い、現役で東大に入り、エリート社員となった富沢に憧《あこが》れる。一浪して大学に入り、二年目の秋、絵奈の二十一歳の誕生日に富沢に抱かれた。以来、愛人となる。富沢の死を自殺とは思えないでいる。

【出会い】密命を受けて北海道に行った浅見は、利尻富士の六合目の見晴台を過ぎて間もなくの場所で、花を供える女性、絵奈に出会い、「お身内ですか」と声を掛けた。

【浅見の目】まだ少女の面影を残した女性。経験豊富と思ったとたん、息苦しいものを感じる。

【絵奈の目】いったい、何者?→わりとウブでいい人なのかもしれない→不思議な人→無頓着に見せてそのじつ繊細なのでは→まるでミステリー小説の名探偵みたい。

【出来事】「旨いウニを食わせる店っていうのに行きませんか。一人で行くのもつまらないと思っていたところです」と浅見は絵奈を誘う。絵奈は唯一の恋を失って自分のすべてを喪失したようなショックに襲われたばかりだというのに、浅見の誘いに心が揺らぎ、その虚《うつ》ろな心の中にスーッと吹き込む隙間風に揺れる、一輪挿《ざ》しの花のような、頼りなく危なげなものを感じた。

式《しき》 香桜里《かおり》

【作品】ユタが愛した探偵
【住所】沖縄県国頭《くにがみ》郡恩納《おんな》村
【年齢】二十二歳
【職業】南沖縄観光協会職員

【容姿】細面で目鼻立ちがはっきりしている。きれいな瓜実顔《うりざね》で人形のような端正な顔立ち。

【服装】●沖縄の郷土衣装「紅型《びんがた》」の打ち掛けに琉球風髪型。●水色のブラウスに紺のパンツルック。●クリーム色のキャミソールの上にアニマルプリントのカーディガン、ダークレッドのハーフパンツ。●紅型のような模様をプリントした普段着のワンピース。

【データ】父母は十年前事故死。生まれながらに高い霊力を具《そな》えている「性高生まれ《サーダカウマリ》」で、人には見えないモノが見えてしまう。那覇《なは》市内の短大を卒業して、観光協会に勤務。琉球の踊りや三線《さんしん》も嗜《たしな》み、民謡も歌う。いつも真っ直ぐ相手を見つめて話をするので馴れない者はドギマギする。

【出会い】十月十四日、ユタに会うため沖縄の観光協会を訪ねた浅見は、毎朝新聞の牧田《まきた》から香桜里と琵琶湖テレビ記者の湯本聡子《ゆもとそうこ》を紹介される。牧田は浅見を「名探偵」としてみんなに紹介する。

【浅見の目】明らかに異文化の香りを感じさせる顔だ。目は漆黒でつややかな童女の目のようだ。

【香桜里の目】会った瞬間、すぐに「あ、この人、私と同じ」と分かる。

【出来事】事件を調べにトンネルに行ったとき、霊気を感じた香桜里は、体をふるわせ「浅見さん、抱いて……」と浅見に体をもたせかけた。香桜里の体は氷のようで、浅見は自然に胸の内に香桜里を抱え込み、香桜里は浅見の胸に顔を埋めた。

湯本《ゆもと》 聡子《そうこ》

【作品】ユタが愛した探偵　【住所】滋賀県大津《おおつ》市
【年齢】二十九歳　【職業】琵琶湖テレビ報道部記者

【容姿】丸顔で目が大きい。見た目には二十四、五歳の若々しさがある。

【データ】実家は長野県飯山《いいやま》市。大学から大津に住む。入社して間もなく報道部に配属され、二年間の見習いの後、放送記者になる。五人いる記者の中では中堅になる。結婚の意志はない。

【出会い】沖縄の観光協会を訪ねた浅見は、事件を追って沖縄に来た聡子に出会う。

【浅見の目】キュートな感じの女性。

【聡子の目】「頭がいいんですね」。知れば知るほど不思議な人。

【出来事】密かに浅見に好意を抱いていた聡子は、酔いつぶれて浅見の車に乗せられ、ホテルの部屋まで送ってもらう。翌朝目が覚めて、自分の醜態に気付きショックを受ける。

追加報告書

～浅見光彦倶楽部《くらぶ》について

もう一つの世界へようこそ。

ここでは、軽井沢に存在する、内田康夫公認のファンクラブ「浅見光彦倶楽部」をご紹介しましょう。

現実と想像、虚構と真実が融合した浅見光彦倶楽部は、浅見光彦をこよなく愛する仲間「アサミスト」たちの住む世界です。悠久のときの流れを感じさせるクラブハウスや、木漏れ日を浴びながらアフタヌーンティを楽しむことができる喫茶店などもあり、同じ心をもったアサミスト同士が集《つど》う不思議な世界です――。

その一　浅見光彦倶楽部

倶楽部に関する謎

Q浅見光彦倶楽部はなぜできたのか？

センセの「日頃お世話になっている浅見君に何か恩返しがしたい」という一言で始まった。

Q倶楽部はいつ誰が設立したのか？

九三年八月にセンセが設立。

Qクラブハウスと事務局はどこにあるのか？

クラブハウスの所在地は、センセの自宅もある軽井沢。事務局はクラブハウス内に密《ひそ》かに存在する。

Qアサミストの名付け親は？

センセ夫人である作家・早坂真紀《はやさかまき》さんで、浅見ファンの人という意味でのアサミストと、「アサミ」＋「ミスト」（軽井沢と霧は切っても切れない関係があることから）、そして朝霧（アサミストと読める）の三つがかかっている。

Q マークは誰が作ったのか?

センセがデザインした。マークをよーく見ると、A(アサミ)・M(ミツヒコ)・C(クラブ)の文字が浮かび上がってくる。

Q 会員番号一番はだれか?

もちろんセンセである。ちなみに百番までの会員番号は特別会員といって、センセのご友人の作家諸氏や榎《えの》木《き》孝明《たかあき》氏、辰巳《たつみ》琢郎《たくろう》氏などの方々である。

Q 浅見さんは何番なのか?

年齢の三十三歳に合わせて会員番号三十三番を進呈。ただし、浅見さんがちゃんと会員証を持ち歩いているかどうかは不明である。

Q 会員になるための条件とは?

名探偵・浅見光彦をこよなく愛する読者であれば、国籍、性別は問わない。ただし、年齢は十一歳以上とする。

Q なぜ十一歳以上からなのか?

その年齢ぐらいであれば、センセの本をしっかり理解してもらえるであろう、ということから。

会員番号1番はやっぱり軽井沢のセンセ

浅見光彦倶楽部のマークはセンセのデザイン

Ｑ家族会員の条件とは？

正会員の家族で、同一住所であり、前出の「会員の条件」を満たしていればＯＫ。

Ｑ家族会員と正会員の違いはなにか？

会報などが届かないだけで、資格は正会員と同じ。会員番号は正会員と区別を付けるため、九万番台からとなっている。

Ｑ会員名簿は発行しているのか？

プライバシー保護の関係で名簿の公表は行っていない。

Ｑ会員は何人いるのか？

現在約一万人。設立以来七年間、会員数は平均一万人というとんでもない人数。

Ｑ会員の男女比は？

男性と女性の比率は、だいたい三対七の割合。浅見さんの魅力か、センセの魅力か……。いずれにせよ、女性パワー強し。

Ｑ会員の年齢構成は？

十代から九十代までさまざまだが、男女とも、三十代と四十代が五割を占《し》める。

Ｑ会員の最高齢はいくつ？

最高齢の方は九十二歳。浅見光彦が年齢に関係なく愛されているということがわかる。

Q海外へも会報は発送してもらえるのか？

料金や海外への出版物の送付で生じると思われる問題などから、海外への発送は行っていない。

Q海外在住でも入会したい場合はどうしたらよいか？

海外在住の方は、ご家族や親戚など、日本在住の方の住所で登録していただけば大丈夫。その登録先に郵便物を届け、受け取った方から、転送していただく形をとってもらっている。

Qテレビで放映されている浅見シリーズのドラマのクレジットに、浅見光彦倶楽部とあるのはなぜ？

会員がエキストラとして参加しているから。ドラマのロケ現場近くに在住の会員に、エキストラの協力やロケ見学のお知らせが行く場合がある。運がよければ、衣装に着替えてドラマに出演のチャンスもある。もちろん出演の俳優さんと身近に接することもできる。

Qセンセはいつもドラマに登場するのか？

時間がある時だけ、時々出演している。最初の頃は、台詞ありだったが、最近は通行人などでちょこっと出演する場合が多い。

Qテレホンサービスって何？

出版や、映像化など最新の情報をお知らせするサービスのこと。

（TEL　〇二六七－四五－八五六一）

Qテレホンサービスは定期的に更新しているのか？

新情報がある時にのみ入れ替えており、定期的には更新していない。そのため、数日間だけ流れる期間限定のレアな情報の時もある。

Qテレホンサービスでセンセの美声が聞けるのは本当か？

本当。年に一、二回の確率。とくに年末年始の数日間は、センセからのメッセージを聞くことができる可能性が高い。

Q『プロローグ』って何？

『死者の木霊』から『杜の都殺人事件』までの内田作品のプロローグと、センセの書き下ろしエッセイが収録されている本。浅見光彦倶楽部発行で、限定五千冊の稀少本。

Qプロローグは書店でも購入できるか？

プロローグは浅見光彦倶楽部でのみ販売しており、クラブハウスでしか入手が不可能である。

Qグッズや書籍は通信販売で購入できるのか？

会員のみ可能。会員以外の方は、クラブハウスで販売しているのでそちらで入手できる。

Qどんなグッズがあるのか？

人気のグッズはセンセにそっくりのセンセ人形と、会員の目印にもなるアサミストバッジ。

そのほかで現在販売中のオリジナルグッズは以下の通り。

センセ人形キーホルダー／ポストカード／封筒／便箋／カップ&ソーサー／テレホンカード／ブックカバー／シール／ポロシャツ／トレーナー／Tシャツ／クラブハウス絵はがき／センセ人形ワールド絵はがき

Q 公式ホームページはあるのか？

現在、浅見光彦倶楽部の公式ホームページは開設していないが、インターネットの普及率が高まれば開設するかも。

会報「浅見ジャーナル」に関する謎

Q 会報はどのくらいの間隔で発行しているのか？

年四回、一月、四月、七月、十月と季刊で発行。稀に号外の発行もある。

Q 会報はどんな形態？

B5サイズ、モノクロで通常十六ページ。増ページの場合もある。

オリジナルグッズはここでしか手に入らない。内田作品もすべて揃っている

Q 会報の中身は？

センセの文章や浅見さんの文章なども掲載。他に会員からの投稿、特集記事、イベントのお知らせ、新刊や映像化の情報と盛りだくさん。

Q 特集記事の中身は？

例えば、ジャーナル6号の特集「ヒロインランキング」では会員の投票結果を発表。ちなみに一位は稲田佐和、二位野沢光子。他に浅見さんの名言集や座談会、軽井沢案内、西ヶ原案内など。

Q 会員が選んだ次世代浅見役一位は誰？

第一回の投票結果は一位野村宏伸《のむらひろのぶ》さん。二位唐沢寿明《からさわとしあき》さん（ジャーナル8号／94年）。第二回の結果は一位が内野聖陽《うちのまさあき》さんで二位が上川隆也《かみかわたかや》さん、三位野村宏伸さんだった

「浅見ジャーナル」も創刊28号に。巻頭にはセンセや浅見のエッセイが載る

（ジャーナル16号／97年）。

Q会員が選んだ映像化したい作品は何？

『華の下にて』『長崎殺人事件』『白鳥殺人事件』『津和野殺人事件』『明日香の皇子《あすかのみこ》』『軽井沢殺人事件』が希望が多かった作品（ジャーナル11号／96年）。今のところ『津和野殺人事件』以外の希望は叶《かな》っていないので、これからの映像化作品が楽しみである。

Q会報でセンセのミステリーが読めるのは本当？

本当。基本的にはセンセと会員が交互に執筆する「リレーミステリー」形式で、タイトルは『例幣使《れいへいし》街道殺人事件』。

Qリレーミステリーは一冊にまとめて発行されるのか？

いずれ完結したら刊行される予定だが、いつ終わるのか、結末はどうなるのかなど全く分からないという、まさにミステリーな小説のため、いつになるかは不明。

Q浅見さん宛にメッセージを送ると、答えてくれるって本当？

本当。会員が浅見さんに聞きたいこと、伝えたいこと、言って欲しいことなどをメッセージにして送ると、ジャーナル紙上にて、浅見さんが直接答えてくれる。

Q浅見百科って何？

ジャーナルで数回にわたり掲載された、浅見作品に関する用語について解説したもの。「あ」

から始まり「わ」まで分類され収録。例えば『悪食《あくじき》』……「自称、何でも食するという浅見さんのこと。もちろんジョークである」など。

倶楽部主催のイベントに関する謎

Q 倶楽部主催のイベントではどんなことをやるのか?

センセの住む軽井沢で、大規模なパーティを開催。他には「軽井沢のセンセを囲む会」や「クリスマス会」など。

Q「軽井沢のセンセを囲む会」はどんなことをするのか?

秋冬にクラブハウスで開催されるこのイベントは、三十人ぐらいの参加者が、センセを囲んでおしゃべりするというもの。参加者はセンセと一緒に記念写真を撮ったり、会員同士の交流を深めている。

Q 浅見光彦倶楽部の初めてのイベントは何?

九四年十月に軽井沢で開催された「創設記念懇親会」が、倶楽部が主催した初めてのイベント。約二百人が参加した。内容は、会食歓談、センセと編集者諸氏によるパネルディスカッ

ション、写真撮影など。

Q他に大きなイベントは何があったのか？

過去のイベントをご紹介しよう。九五年には東京都北区で「○○を食べる会」と称し、平塚亭の団子やクラブハウスで当時販売していたケーキ（現在は販売していない）を食べながら、クイズ大会などで盛り上がった。九六年には大阪で「アサミスト大集合」を、九七年には軽井沢で「アサミスト大集合」。九八年には、センセ夫妻の「世界一周旅行㊙報告会」を東京で開催。九九年はセンセの作家生活二十年目を祝い、船上パーティを開催した。

Q倶楽部主催のミステリーツアーは行わないのか？

今のところ倶楽部主催のツアーは計画していない。過去に、軽井沢バスツアーと称し、軽井沢近辺で作品の舞台になった場所を訪れたことはある。またJR東日本と協力し、「ミステリアス信州」ツアーを行っている。二〇〇〇年は豪華客船「飛鳥」にてミステリークルーズが開催される。

Qサイン会は行っているのか？

書店や出版社が主催のサイン会は、新刊が発行となった時に記念して行われる場合が多いが、倶楽部では毎年八月の第一日曜日に、クラブハウスでサイン会を開催。クラブハウスで購入の書籍に限るが、会員以外の参加もＯＫ。

浅見光彦倶楽部では、さまざまな趣向のイベントがある。
センセと直接、話ができるのもアサミストにはたまらない

Ｑ地方でのイベントはあるのか？

なかなかクラブハウスを訪れる事ができない方とも交流ができるように、取材などで訪れた土地に住む会員と「集い」と称して、センセとのミニ懇親会を開くことがある。今まで行ってきた「集い」を挙げると、岩手県平泉《ひらいずみ》市、静岡県沼津市、山口県柳井《やない》市、沖縄県恩納《おんな》村、秋田県大曲《おおまがり》市、福岡県福岡市など多数。


Ｑエリアスタッフって何？

エリアスタッフとは、ボランティアで作品の方言チェックや情報提供、取材で現地を訪れたセンセの案内役、「集い」の会場設営などを手伝ってくれる会員と、その制度のこと。


Ｑイベントではセンセ演奏のピアノが聴けるって本当？

「軽井沢のセンセを囲む会」や「クリスマス会」は、センセとおしゃべりができるだけでなく、運がよければ、センセ演奏のピアノを聴くことができる。


Ｑイベントには会員以外でも参加できる？

原則として、クラブハウスのサイン会以外は、倶楽部主催のイベントには参加できない。ただし、ロケ見学やエキストラなどは、会員以外でも参加できる場合もある。


Ｑイベント以外でもセンセに会えるか？

クラブハウスが軽井沢に完成して以来、センセは時間がある限り、執筆の合間をぬって一週

間から十日に一回ほどの割合で、ふらりとクラブハウスに現れる。初春や晩秋の頃はクラブハウスを訪れる人も少ないため、センセ独り占め状態を味わえる幸運な人も。

運のいい人はセンセ夫妻のミニ・コンサートに遭遇することも⁉

その二　クラブハウス

Ｑきっかけはファンへのプレゼント？

クラブハウスは、浅見光彦倶楽部会員の入会者数の多さに感激したセンセが、会員の集《つど》いの場所になればと、九四年八月に軽井沢に建設。総工費およそ一億円は、センセが全額負担。浅見光彦倶楽部会員であれば、無料で入館できる。もちろん、一般の方も内田ファンであれば、入館は可能である（要入館料）。

Ｑクラブハウスは見つからない？

クラブハウスは、長野オリンピックで使用されたカーリング会場がある塩沢《しおざわ》地区の一画にひっそりと建てられている。塩沢湖を目指して来ると一番分かりやすいのだが、クラブハウスへの曲がり角を見落としやすいので注意。訪ね訪ね何とかたどり着きましたという方もいて、来館をするまでもが、ミステリー要素たっぷりのクラブハウスなのである。

Ｑミニイベントってなんだろう？

館内で開催のミニイベントでは、会員の方からの作品が数多く展示される。恒例となった「書き初め展」では、毎年数十点もの力作が集まり、センセの作品も楽しめる。来年は何を

クラブハウスはいまや軽井沢の新名所。軽井沢駅からは車で約10分

書こうかと、センセは楽しみながらも頭を悩ませている。他に「年賀状展」「『浅見さんが見た風景』写真展」「テレカ展」「イラスト展」など。変わったところでは、登場人物死亡者リストを展示した「慰霊祭」など、会員の参加無しでは考えられないものばかり。

Ｑクラブハウスではセンセの本がすべて販売されているのか？

クラブハウスでは、文庫からノベルス、ハードカバーにいたるまでセンセの著書がすべて（絶版本は展示のみ）揃《そろ》っている（アンソロジーは除く）。また、連載中の一部月刊誌なども販売している。書店で見つからなかった作品があったらクラブハウスで探してみよう。

Ｑ展示品には「幻のあの絵」があるって本当？

実は、『赤い雲伝説殺人事件』に登場した「赤い雲の絵」を、倶楽部で保管している。作品の中では、「赤い雲の絵」はヒロインが書いたことになっているのだが、こちらは実在の雪江さん作。

Ｑ展示品っていくつあるの？

常時、館内には三十点以上の展示品がある。倶楽部で保管している展示品の数は、百近くあり、ときどき展示替えも行われているので、何回来ても楽しめるようになっている。展示品をいくつか紹介すると『天河伝説殺人事件』の「五十鈴《いすず》」や、『平城山を越えた女』で登場した、行方しれずとなっているはずの国宝（？）「香薬師仏《こうやくしぶつ》」、『隠岐伝説殺人事件』で発見され

た「毒ガスボンベ」など危険な展示品も。

●まだ一度も入館したことのない方や、興味のある方のために、館内をご案内しよう。

まず、クラブハウス入口のガラス扉のドアを開け入ると、浅見人形が平塚亭の包みを抱えて出迎える。ここは風除室になっていて、館内唯一の喫煙スペースでもある。作品に登場した、いくつかの展示品が飾られており、浅見さんが置き忘れた傘もあるので、チェックしてみよう。

風除室のドアを抜けると、そこからは完全に内田作品の世界——。一階は吹き抜けのフロアで、暖炉《だんろ》やピアノ、ソファが設置されている。ソファには三十人ほどが座れ、冬場は暖炉を囲んでのおしゃべりも出来る。クラブハウスでのイベントは、ほとんどがこのフロアで行われている。

正面カウンターで受付をし、パンフレットを片手に、まずは二階へ。受付カウンター右手に階段があり、階段の右脇にはクラブハウスへなかなか顔を出すことができない先生の代わりに、等身大センセパネルが置いてある。センセパネルと並んで記念撮影も出来る。

そのまま階段を上がると、途中には、連載で使用された貴重な挿絵の原画が数点と、浅見役でおなじみの榎木孝明氏実筆の絵が飾られている。上がりきった所が展示室で、ここには作品に登場した品が展示されている。床には事件の現場検証の跡があり、『漂泊の楽人』で浅見さんに譲られたワープロも展示。また展示室の一画は、浅見さんスペースになっており、『旅と歴史』

のルポ原稿や藤田編集長から送られてきたらしいFAXまである。他にも通知表や、小学生の時の書き初め、乳歯《にゅうし》など、よく雪江さんが貸し出しをOKしてくれたなという物まで置いてある。展示品をひとつひとつじっくりと見ていけば、もう一度読みたくなることうけあいである。絶版となった貴重な本も展示されており、センセデザインの自費出版本である『死者の木霊《こだま》』や『本因坊《ほんいんぼう》殺人事件』『「横山大観《よこやまたいかん》」殺人事件』などマニア垂涎《すいぜん》の品ばかり。

展示室を一通り見終わったら、一階の「おみやげコーナー」を覗いてみよう。センセの著作以外に、センセ夫人・早坂真紀さんの著作も全作揃っている。

受付カウンターの左手には、「浅見ジャー

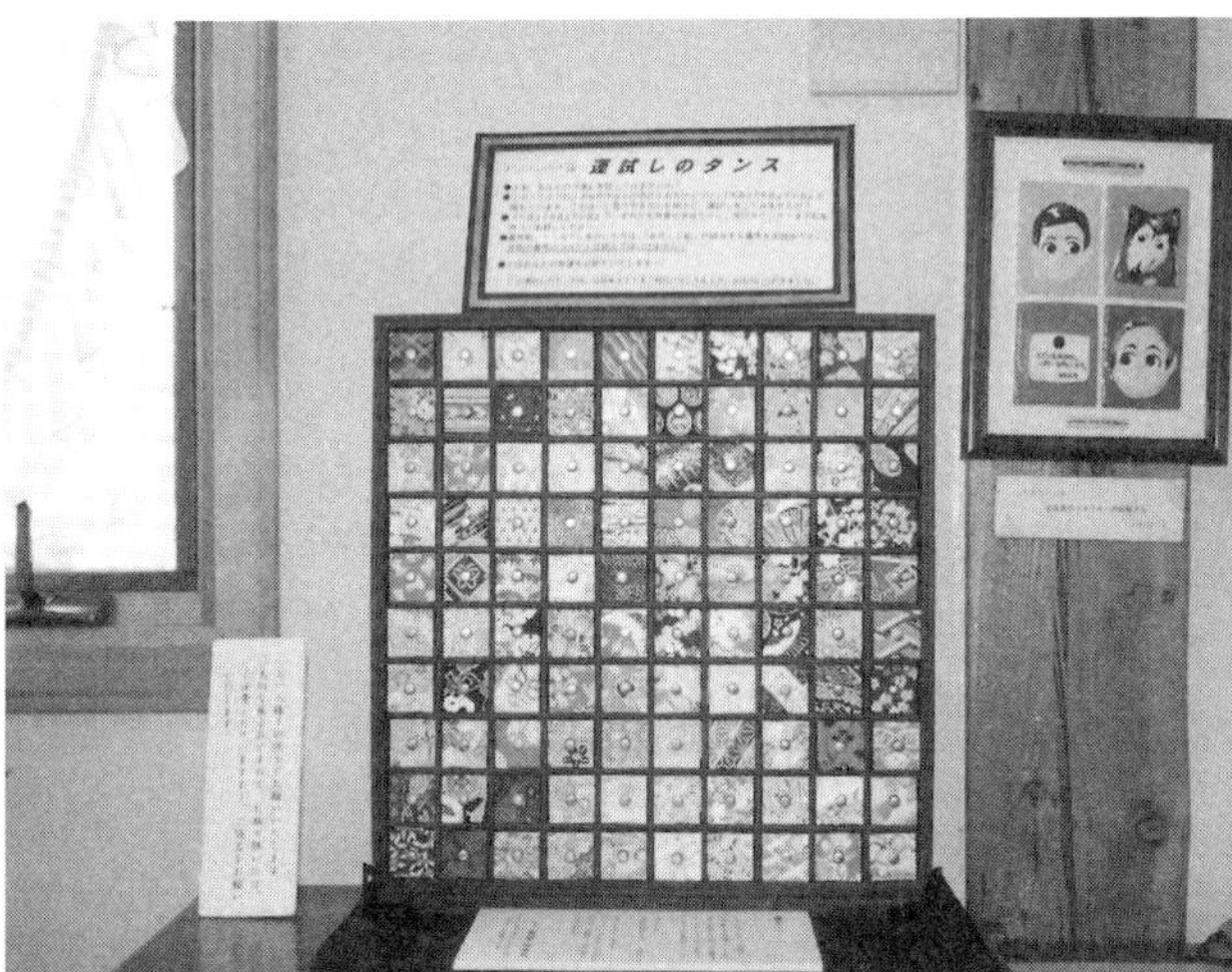

運試しタンス。「大吉」「中吉」「小吉」を引いた人は特製おみくじがもらえる

ナル」や映像化された作品の脚本、落書き帳が置いてある。クラブハウスが完成してから続いている落書き帳は、現在十数冊という数になっていて、中のどこかにはセンセや浅見さんからのメッセージも。時間がある方はぜひメッセージを探してみてほしい。

一階のフロアには他にも色々な展示品がある。出窓には沖縄でセンセと浅見さんが作ったとされる陶芸品や、『幸福の手紙』に登場した「不幸の手紙」がある。また館内の五ヶ所に「下司《げす》」の千社札《せんじゃふだ》が貼られており、一つ一つ探していくのも楽しいだろう。それから入口近くに置かれている『氷雪の殺人』に登場した「運試しタンス」の引き出しをひとつ選び、その日の運勢を占ってみるのはいかがだろうか。ただし当たるかどうかは、本人の心がけ次第といったところか……。

そして帰り際には、ぜひクラブハウスオリジナルスタンプを、パンフレットに押して旅の思い出を持ち帰ってほしい。

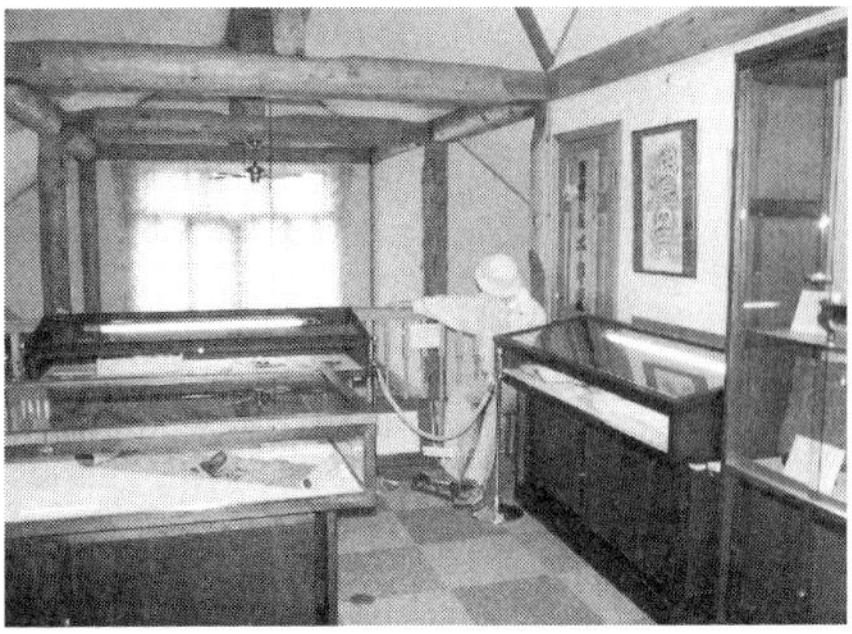

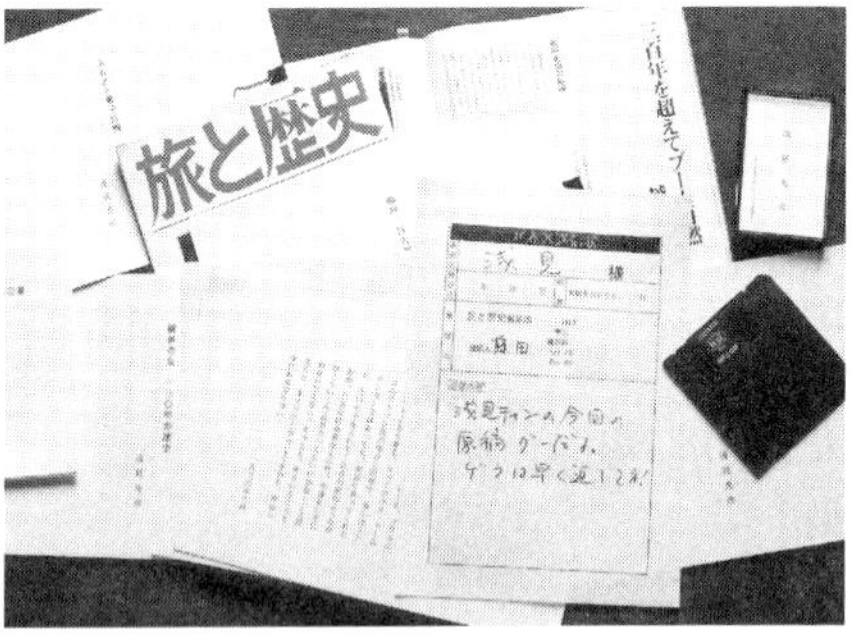

展示室では、「浅見のルポ原稿」や「下司の千社札」など、浅見ワールドにたっぷり浸れる

その三 「ティーサロン 軽井沢の芽衣《めい》」

Q「軽井沢の芽衣」はなぜ建てられたのか?

クラブハウスに遊びに来た会員の方や内田作品のファンの方が、食事をしたり、のんびりとお茶を楽しんだりできる場所を提供しよう、ということから九八年七月にオープンした。

Q名前の由来は?

軽井沢のセンセのカミさんこと、早坂真紀さんの著作『軽井沢の芽衣』に由来して名付けられた。店内には『芽衣シリーズ』で使用された表紙の原画も飾られている。

Q場所はどこにあるのか?

場所は、クラブハウスから車で五分ほど離れた、旧女街道《きゅうおんなかいどう》沿いにある。周りは緑がいっぱいで、古き良き軽井沢を彷彿《ほうふつ》させる。

Q営業期間はどうなっているのか?

「軽井沢の芽衣」は、春から秋にかけて営業し、冬期は十一月上旬より三月末頃まで休業となるのでご注意。

Q「軽井沢の芽衣」ではセンセ夫妻に会えるか？

センセは打ち合わせに使用したり、ふらりとお昼を食べに来店したりするので、遭遇できる可能性はある。またセンセ夫人は、普段は昼頃からほとんど店にいるので会える確率は高い。

●ゆっくりとくつろげる、軽井沢そのものの雰囲気をもつ喫茶店「ティーサロン 軽井沢の芽衣」を紹介しよう。

「ティーサロン 軽井沢の芽衣」には、店の前に車を十台停めることができる駐車場があり、店から西へ二百メートルの所に第二駐車場もある。自転車の方はアプローチに自転車置き場があるのでそちらへ。

「軽井沢の芽衣」は森に抱かれたティーサロン。豊かな自然に囲まれて本当の軽井沢らしさがあふれている

車を降りて、駐車場から続くアプローチを歩き、左手の広い芝生の庭を眺めながら入口へ。ドアを開け風除室を抜けると、いまにも『軽井沢の芽衣』の主人公・芽衣が現れそうな雰囲気の店内が広がり、日常とは違うゆったりとした時間の流れる空間が出迎える。オープンテラスの席もあるので、新緑の頃などぜひ利用してほしい。

飲み物は紅茶が中心。浅見さんも愛飲の「プリンス・オブ・ウエルズ」や日替わりでフルーツの香りが楽しめるフレーバーティやフルーツティ、アールグレイやダージリンなどの紅茶が数種類とコーヒー。ジュースも山ぶどうやナイヤガラなど数種類揃っている。

食事のメニューは、現在「ドライカレー」「ピラフ」「ホットサンド」の三種類。「ドライカレー」はセンセもお気に入りで、来店のたびに注文するほど。「ピラフ」はピラフだけで食べてもよいし、添えられた高原野菜たっぷりのラタトゥイユと一緒に食べると、またひと味変わって飽きない。「ホットサンド」はパンのサクサク感とモッツァレラチーズとハムのコンビネーションがたまらない一品。デザートにおすすめの「カフェ・コン・ジェラート」は、バニラアイスの上からエスプレッソを注いだもので、とろけるような味わい。

またお茶の時間には、スコーンはいかがだろうか。外はサックリ、中はしっとりの手作りスコーンに、こちらも手作りのジャムを付けて紅茶と一緒に味わっていただきたい。ちなみにジャムはお土産としても販売している。ケーキも、日替わりで楽しめる。

グッズも充実していて、オリジナルのカップやお皿、ティーコゼーなど、店でも使用している品を販売。ミニタオルやティッシュケースなど、お土産にいかがだろうか。早坂さんの著書はもちろん、センセの文庫も販売しているので、購入してテラスで読書、というのもいいかもしれない。また、オリジナルポストカードもあるので、テラスで木漏れ日を浴びながら、軽井沢の空気を書き綴《つづ》ってみてはいかが？

センセお薦めのドライカレー。紅茶もフルーツティーなど他の店では味わえない名品ぞろい

「軽井沢の芽衣」の店内は客席もゆったり。天気の良い日は外のテラスで小鳥のさえずりを聴きながらティーブレイク

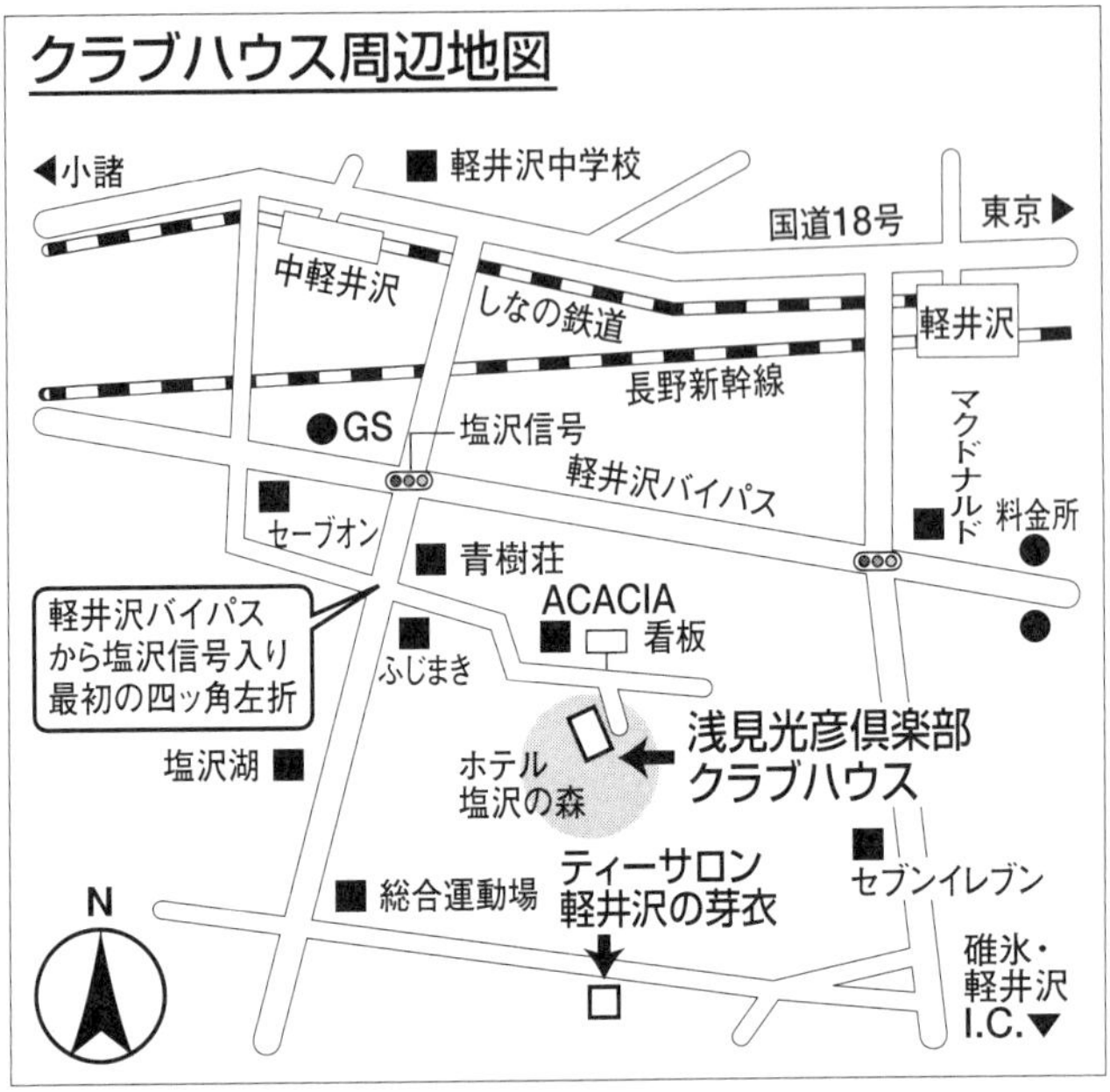

●浅見光彦倶楽部クラブハウス

長野県北佐久郡軽井沢町長倉504

★開館時間　AM10：00〜PM5：00（入館はPM4：00まで）

★休 館 日　毎週火・水曜日（当日が祝日の場合は開館）、年末年始（冬期休館日および休館日の変更については、テレホンサービス〈☎0267-45-8561〉でご案内いたします）※8月無休

★入館に関しては必ず会員証をご提示下さい。会員同伴のご家族・ご友人など、会員以外の方が入館なさる場合は、有料になります。（大人500円・高校生以下200円）

★倶楽部のイベント等の都合で、ご入館をお断りすることもあります。

●ティーサロン軽井沢の芽衣

長野県北佐久郡軽井沢町発地1293-10　☎0267-48-3838

★営業時間　AM10：00〜PM5：00（夏期はPM6：00まで）

★定 休 日　毎週水曜日　※8月無休・冬期休業

浅見光彦度チェック

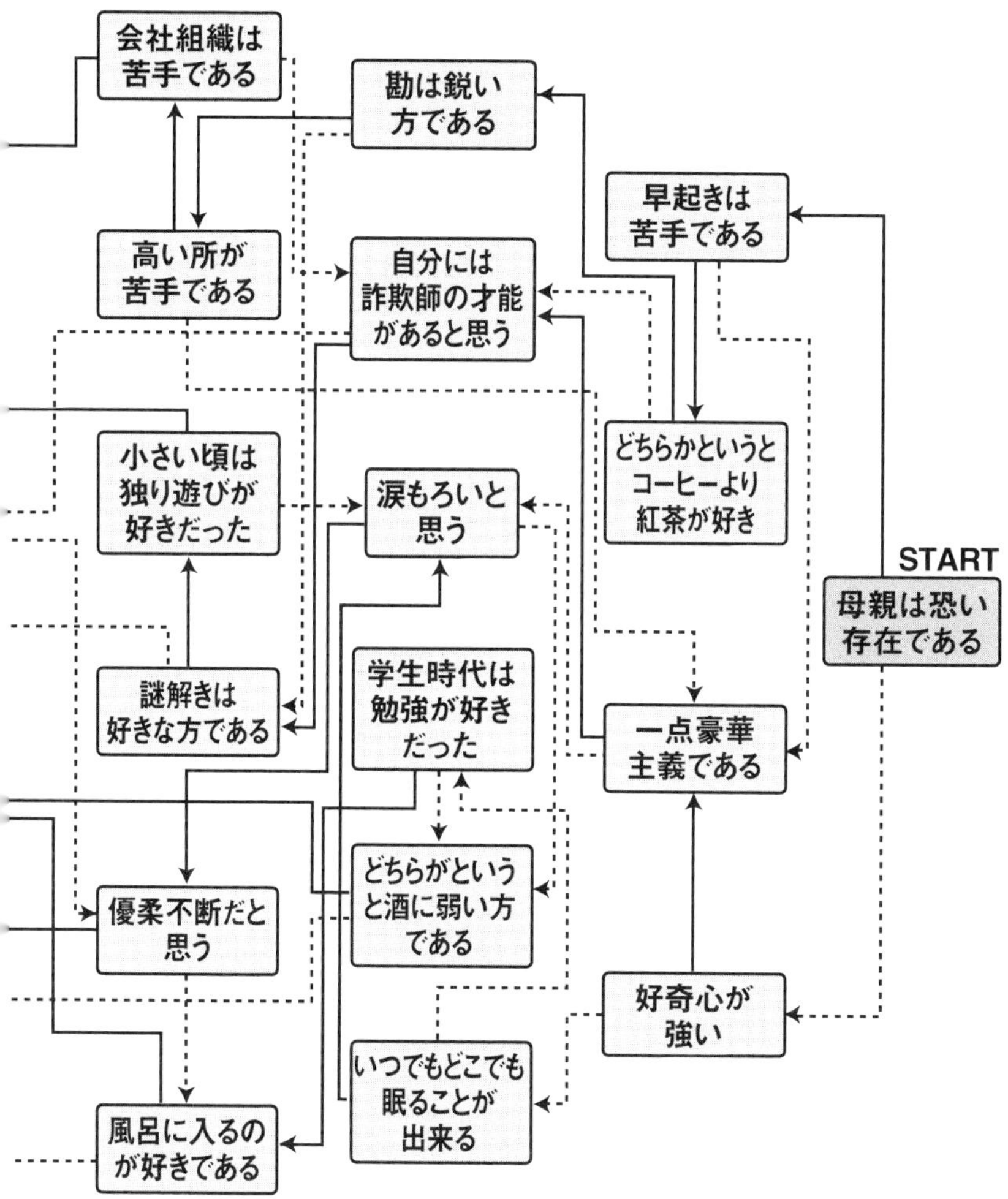

YES
NO
START
母親は恐い存在である
早起きは苦手である
好奇心が強い
勘は鋭い方である
どちらかというとコーヒーより紅茶が好き
一点豪華主義である
会社組織は苦手である
自分には詐欺師の才能があると思う
高い所が苦手である
涙もろいと思う
いつでもどこでも眠ることが出来る
小さい頃は独り遊びが好きだった
学生時代は勉強が好きだった
謎解きは好きな方である
どちらがというと酒に弱い方である
優柔不断だと思う
風呂に入るのが好きである

浅見光彦度
100%

あなたはまさしく浅見光彦です。

このまま波瀾万丈の人生をばく進していってください。あなたの行く先にはいつも事件が待ち受けていることでしょう。

浅見光彦度
80%

あなたはほぼ浅見光彦です。

今ならまだ引き返すことは可能です。あなたも浅見さんのように、居候を体験し、じっくりと将来を考えてみてはいかがでしょうか。

浅見光彦度
50%

あなたは普通です。

しかし浅見光彦になれる素質は十分あります。もっと好奇心が強くなり、事件などに首を突っ込みはじめたら、浅見さんになる日も近いかも。

浅見光彦度
20%

あなたはあまり浅見光彦らしくありません。

でもその方が、幸せな社会生活が送れるのです。しかし、この辺で一歩くらい道を踏みはずしてみても面白いかも!?

浅見光彦度
0%

あなたは浅見光彦とは正反対の人です。

おそらく自立した立派な「おとな」でしょう。この調子で頑張れば、いずれは陽一郎さんになれるかもしれません。

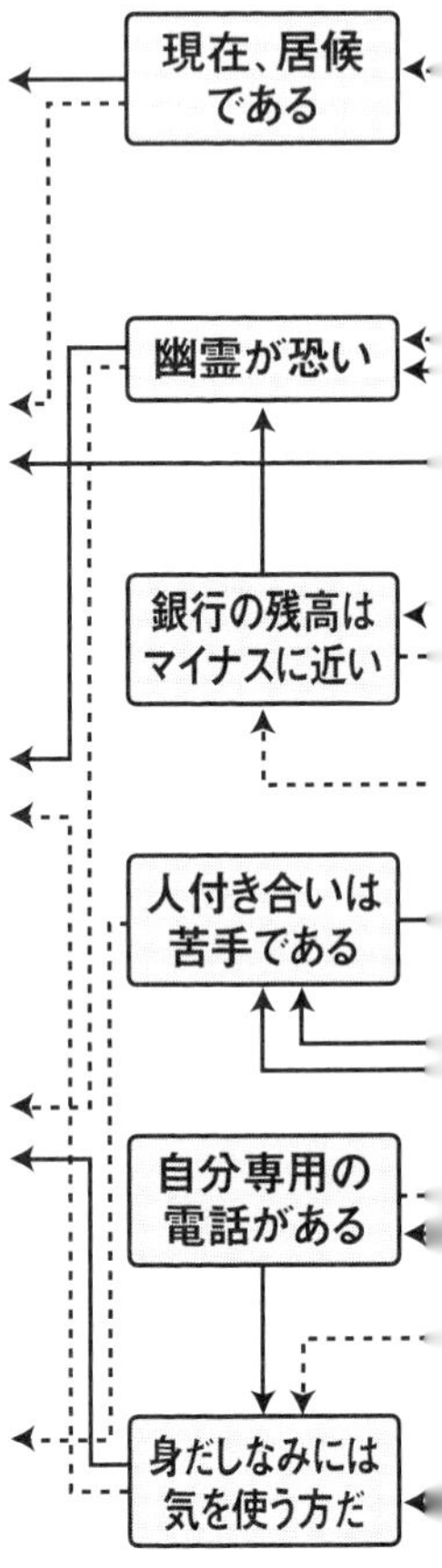

現在、居候である
幽霊が恐い
銀行の残高はマイナスに近い
人付き合いは苦手である
自分専用の電話がある
身だしなみには気を使う方だ

編著を終えて

浅見光彦の住む世界《アサミワールド》は、あなたのすぐそばに存在します。

扉を開けば、誰もがいつでも訪れることができるその世界。そこには、思いがけず事件に遭遇し苦悩している姿や、魅力ある女性たちに迫られあわてふためているシーンなど、浅見光彦の存在する無限の世界が広がっています。

本書では、浅見光彦の住む世界《アサミワールド》をさらに楽しんでいただくため、「事件」「仕事」「家族」「交友」「女性」の五つの世界への扉をご用意いたしました。一人一人が心に抱くアサミワールドの、道しるべになれれば幸いです。

さあ、あなただけの扉を開けて、あなただけの浅見光彦を見つけて下さい。

浅見光彦倶楽部事務局

※本書のデータは『後鳥羽伝説殺人事件』から『ユタが愛した探偵』までの浅見シリーズ長編八十作品と短編三作品を参考にしました。なお短編三作品は、『鏡の女』に収録されている作品です。

《内田康夫 著作リスト》（★印は「浅見光彦シリーズ」）

1 死者の木霊《こだま》
2 本因坊殺人事件
3 ★後鳥羽伝説殺人事件
4 「萩原朔太郎」の亡霊
5 ★平家伝説殺人事件
6 遠野殺人事件
7 戸隠伝説殺人事件
8 シーラカンス殺人事件
9 ★赤い雲伝説殺人事件
10 夏泊殺人岬
11 倉敷殺人事件
12 多摩湖畔殺人事件
13 ★津和野殺人事件
14 パソコン探偵の名推理
15 明日香の皇子
16 ★佐渡伝説殺人事件
17 「横山大観」殺人事件
18 ★白鳥殺人事件
19 「信濃の国」殺人事件
20 ★天城峠殺人事件
21 杜の都殺人事件
22 ★小樽殺人事件
23 ★高千穂伝説殺人事件
24 王将たちの謝肉祭
25 ★「首《くび》の女《ひと》」殺人事件
26 盲目のピアニスト
27 ★漂泊の楽人
28 ★鏡の女（「鏡の女」「地下鉄の鏡」「透明な鏡」）
29 軽井沢の霧の中で
30 ★美濃路殺人事件
31 ★長崎殺人事件
32 十三の墓標

33 ★終幕《フィナーレ》のない殺人
34 北国街道殺人事件
35 ★竹人形殺人事件
36 ★軽井沢殺人事件
37 ★佐用姫伝説殺人事件
38 ★恐山殺人事件
39 ★日光殺人事件
40 ★天河伝説殺人事件（上）
★天河伝説殺人事件（下）
41 ★鞆の浦殺人事件
42 ★志摩半島殺人事件
43 ★津軽殺人事件
44 ★江田島殺人事件
45 追分殺人事件
46 ★隠岐伝説殺人事件（上）
★隠岐伝説殺人事件（下）
47 少女像《ブロンズ》は泣かなかった
48 ★城崎殺人事件
49 湯布院殺人事件
50 ★隅田川殺人事件
51 ★横浜殺人事件
52 ★金沢殺人事件
53 ★讃岐路殺人事件
54 ★日蓮伝説殺人事件（上）
★日蓮伝説殺人事件（下）
55 ★琥珀の道《アンバー・ロード》殺人事件
56 ★菊池伝説殺人事件
57 釧路湿原殺人事件
58 ★神戸殺人事件
59 ★琵琶湖周航殺人歌
60 ★御堂筋殺人事件
61 ★歌枕殺人事件
62 ★伊香保殺人事件
63 ★平城山《ならやま》を越えた女

64 ★「紅藍《くれない》の女《ひと》」殺人事件
65 ★耳なし芳一からの手紙
66 ★三州吉良殺人事件
67 ★上野谷中殺人事件
68 ★鳥取雛送り殺人事件
69 ★浅見光彦殺人事件
70 ★博多殺人事件
71 ★喪《うしな》われた道
72 ★鐘
73 ★「紫の女《ひと》」殺人事件
74 ★薔薇の殺人
75 ★熊野古道殺人事件
76 ★若狭殺人事件
77 ★風葬の城
78 ★朝日殺人事件
79 浅見光彦のミステリー紀行 第1集
80 ★透明な遺書

81 ★坊っちゃん殺人事件
82 ★「須磨明石」殺人事件
83 死線上のアリア
84 ★斎王《さいおう》の葬列
85 浅見光彦のミステリー紀行 第2集
86 ★鬼首《おにこうべ》殺人事件
87 浅見光彦のミステリー紀行 第3集
88 ★箱庭
89 ★怪談の道
90 ★歌わない笛
91 ★幸福の手紙
92 浅見光彦のミステリー紀行 第4集
93 ★沃野の伝説（上）
★沃野の伝説（下）
94 ★札幌殺人事件（上）
★札幌殺人事件（下）
95 浅見光彦のミステリー紀行 番外編1

96 ★軽井沢通信
97 ★イーハトーブの幽霊
98 浅見光彦のミステリー紀行 第5集
99 ★記憶の中の殺人
100 ★華の下にて
101 ★蜃気楼
102 ★姫島殺人事件
103 浅見光彦のミステリー紀行 番外編2
104 ★崇徳伝説殺人事件
105 我流ミステリーの美学
106 ★皇女の霊柩
107 ★遺骨
108 存在証明
109 ★鄙の記憶
110 全面自供
111 浅見光彦のミステリー紀行 第6集
112 ★藍色回廊殺人事件
113 ★はちまん（上）
114 ★はちまん（下）
115 ふりむけば飛鳥
116 ★黄金の石橋
117 ★氷雪の殺人
118 浅見光彦のミステリー紀行 第7集
119 ★ユタが愛した探偵
名探偵浅見光彦の食いしん坊紀行

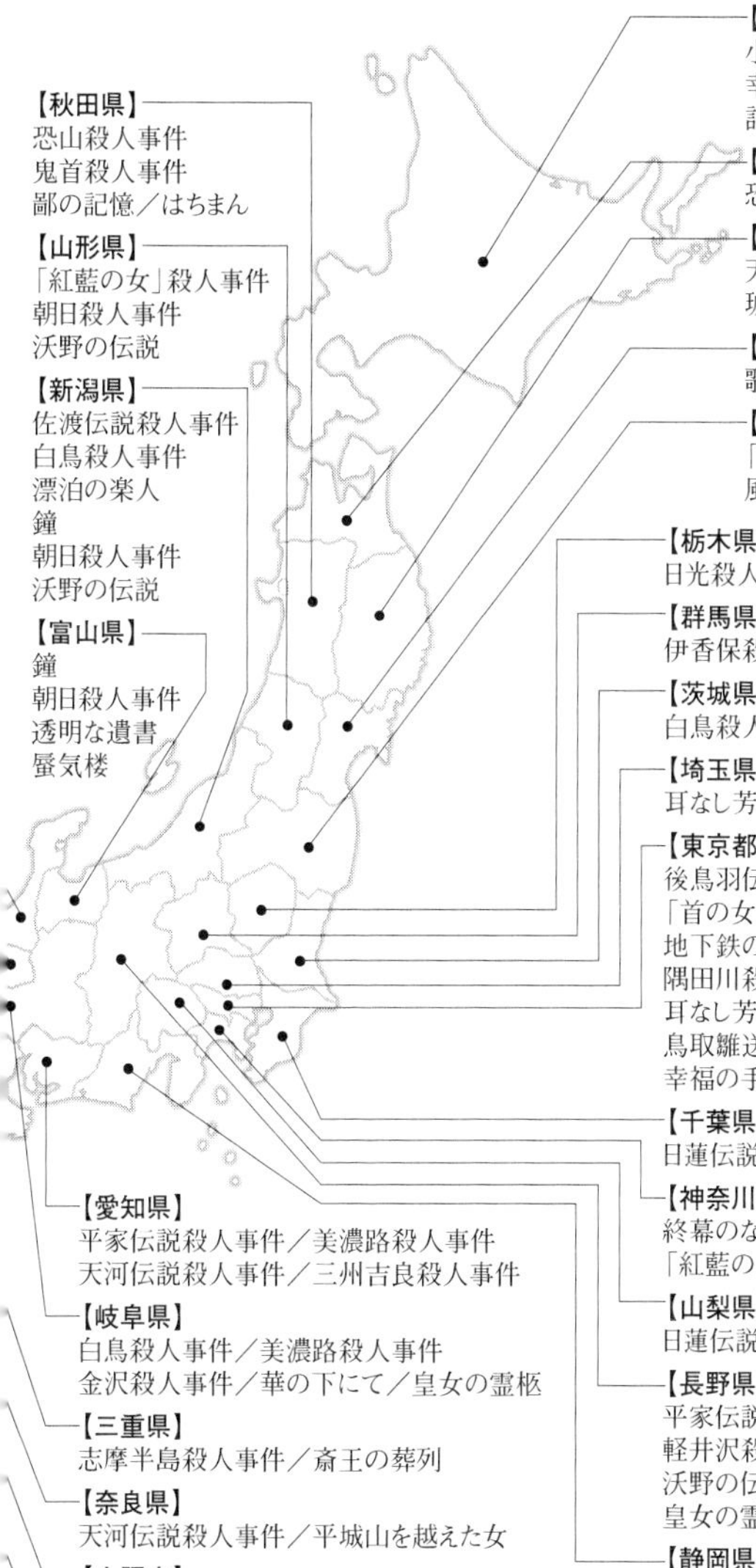

【北海道】
小樽殺人事件／地下鉄の鏡（鏡の女）
幸福の手紙／札幌殺人事件
記憶の中の殺人／氷雪の殺人

【青森県】
恐山殺人事件／津軽殺人事件

【岩手県】
天城峠殺人事件／志摩半島殺人事件
琥珀の道殺人事件／イーハトーブの幽霊

【宮城県】
歌枕殺人事件

【福島県】
「首の女」殺人事件／歌枕殺人事件
風葬の城／透明な遺書

【秋田県】
恐山殺人事件
鬼首殺人事件
鄙の記憶／はちまん

【山形県】
「紅藍の女」殺人事件
朝日殺人事件
沃野の伝説

【新潟県】
佐渡伝説殺人事件
白鳥殺人事件
漂泊の楽人
鐘
朝日殺人事件
沃野の伝説

【富山県】
鐘
朝日殺人事件
透明な遺書
蜃気楼

【栃木県】
日光殺人事件／遺骨

【群馬県】
伊香保殺人事件／皇女の霊柩

【茨城県】
白鳥殺人事件

【埼玉県】
耳なし芳一からの手紙／鳥取雛送り殺人事件

【東京都】
後鳥羽伝説殺人事件／津和野殺人事件
「首の女」殺人事件／鏡の女（鏡の女）
地下鉄の鏡（鏡の女）／隠岐伝説殺人事件
隅田川殺人事件／「紅藍の女」殺人事件
耳なし芳一からの手紙／上野谷中殺人事件
鳥取雛送り殺人事件／喪われた道／薔薇の殺人
幸福の手紙／皇女の霊柩／氷雪の殺人

【千葉県】
日蓮伝説殺人事件

【神奈川県】
終幕のない殺人／横浜殺人事件
「紅藍の女」殺人事件／浅見光彦殺人事件

【山梨県】
日蓮伝説殺人事件

【長野県】
平家伝説殺人事件／小樽殺人事件
軽井沢殺人事件／菊池伝説殺人事件
沃野の伝説／記憶の中の殺人
皇女の霊柩

【静岡県】
天城峠殺人事件／漂泊の楽人
透明な鏡（鏡の女）／日光殺人事件
喪われた道／「紫の女」殺人事件
箱庭／鄙の記憶

【愛知県】
平家伝説殺人事件／美濃路殺人事件
天河伝説殺人事件／三州吉良殺人事件

【岐阜県】
白鳥殺人事件／美濃路殺人事件
金沢殺人事件／華の下にて／皇女の霊柩

【三重県】
志摩半島殺人事件／斎王の葬列

【奈良県】
天河伝説殺人事件／平城山を越えた女

【大阪府】
白鳥殺人事件／御堂筋殺人事件／遺骨

【和歌山県】
熊野古道殺人事件

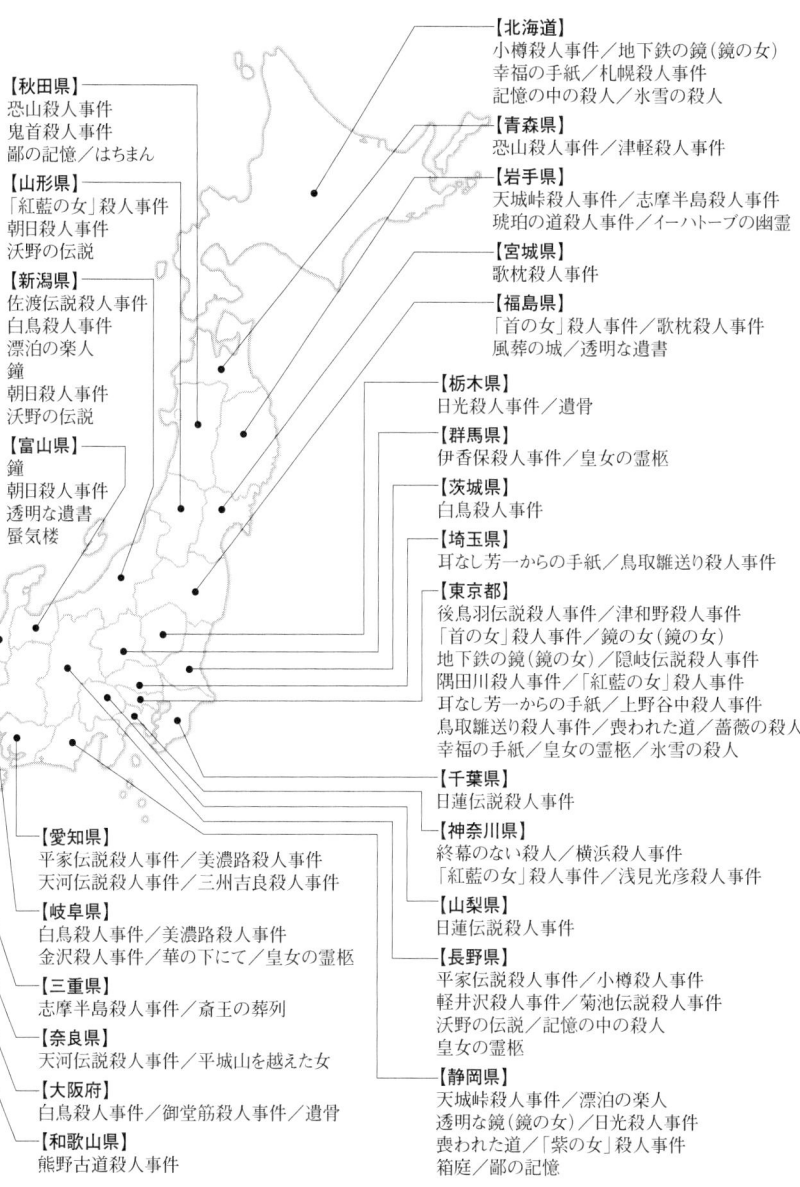

浅見光彦全国制覇マップ

『後鳥羽伝説殺人事件』から『ユタが愛した探偵』まで

【沖縄県】
ユタが愛した探偵

【石川県】
金沢殺人事件／はちまん

【福井県】
白鳥殺人事件／竹人形殺人事件
若狭殺人事件

【滋賀県】
白鳥殺人事件／琵琶湖周航殺人歌
斎王の葬列／ユタが愛した探偵

【京都府】
平城山を越えた女／「紫の女」殺人事件
若狭殺人事件／華の下にて／蜃気楼
崇徳伝説殺人事件／皇女の霊柩

【兵庫県】
城崎殺人事件／神戸殺人事件
薔薇の殺人／「須磨明石」殺人事件
遺骨／はちまん

【鳥取県】
鳥取雛送り殺人事件／怪談の道
華の下にて

【岡山県】
歌わない笛

【島根県】
津和野殺人事件／「首の女」殺人事件
隠岐伝説殺人事件／箱庭

【広島県】
後鳥羽伝説殺人事件
佐用姫伝説殺人事件／鞆の浦殺人事件
江田島殺人事件／鐘／箱庭／はちまん

【山口県】
赤い雲伝説殺人事件／耳なし芳一からの手紙
箱庭／姫島殺人事件／遺骨

【福岡県】
浅見光彦殺人事件／博多殺人事件

【佐賀県】
佐用姫伝説殺人事件

【長崎県】
長崎殺人事件

【大分県】
姫島殺人事件

【熊本県】
菊池伝説殺人事件／はちまん
黄金の石橋

【鹿児島県】
黄金の石橋

【宮崎県】
高千穂伝説殺人事件

【愛媛県】
坊っちゃん殺人事件

【高知県】
平家伝説殺人事件／はちまん

【香川県】
讃岐路殺人事件／鐘
崇徳伝説殺人事件

【徳島県】
藍色回廊殺人事件

※主に舞台となった土地を浅見光彦倶楽部が独断で選び作成したマップであり、複数の県に記した作品もあれば、作中に地名が登場していても、記してない作品もあります。

ま行

升波警部　19, 59
松浦勇樹　276
松岡　93
松川慧美　247
松島珠里　188, 190, 259
松波春香　211
松本清張　167
丸山納美　220
三神洋　81, 250
ミコちゃん　→野沢光子
三郷夕鶴　18, 239
水上和憲　127, 218
水上秀美　180, 195, 217
水沼真理子　256
水野警部　119
御堂筋殺人事件　31, 44, 235
美濃路殺人事件　31, 166, 192, 210
耳なし芳一からの手紙　240
三宅譲典　119, 127, 164
宮崎さとみ　254
宮沢　166
宮島警部補　57
宮本警部　49, 50
村上正巳　17, 157, 222
「紫の女」殺人事件　20, 93, 183, 249
名探偵　50, 57, 157, 158, 168, 252, 254, 279
元久聡子　245
森史絵　234

や行

矢代　239
藪中刑事課長　48
山田部長刑事　58
山本部長刑事　62
ユタが愛した探偵　22, 279, 280
湯本聡子　181, 279, 280
緩鹿智美　277
沃野の伝説　24, 32, 52, 90, 143, 265
横沢　90
横浜殺人事件　31, 47, 55, 226
吉田須美子　29, 102, 136, 146, 175, 185, 240, 272
吉野県警本部長　42
依田部長刑事　60

わ行

若狭殺人事件　20, 34, 81, 103, 182, 194, 202, 251
脇本優美　261, 262

智子　45, 91
鞆の浦殺人事件　21, 33, 45, 46, 166, 220
鳥越美晴　186, 188, 250

な行

長崎殺人事件　27, 78, 211
長洲警視　55
中瀬古朝子　271
中田絵奈　278
中村典子　61, 190, 264
七高部長刑事　63
平城山を越えた女　30, 238
成沢久子　186, 188, 191, 193, 213
錦織幸男　213
西村　255
日蓮伝説殺人事件　31, 48, 136, 140, 168, 174, 179, 229
日光殺人事件　31, 170, 216
野上部長刑事　45, 91, 220
野沢光子　17, 102, 145, 149, 179, 188, 192, 206
野本美貴　193, 213

は行

博多殺人事件　26, 32, 44, 245
袴田啓二郎　79
萩原秀康　159, 261
箱庭　25, 60, 169, 260
橋本警部　19, 47, 148
畑中有紀子　235
畑山警部　55
はちまん　25, 190, 275
服部清香　141
花田警部補　57
華の下にて　31, 62, 105, 133, 186, 188, 269
羽田記子　110, 246
パパ　→浅見陽一郎
馬場医院　116
林教授　23, 160, 204
薔薇の殺人　18, 80, 142, 186, 250
春山順子　182, 188, 227
樋口実加代　199
鄙の記憶　17, 64, 89
姫島殺人事件　31, 63, 90, 106, 156, 271
氷雪の殺人　27, 33, 83, 107, 157, 278
漂泊の楽人　29, 34, 55, 208
ヒョロノ内　→堀ノ内
平石　162
平塚亭　101, 149, 207
平野哲子　209
平山巡査長　62
広崎多伎恵　183, 243
琵琶湖周航殺人歌　17, 36, 90, 155, 234
終幕のない殺人　36, 56, 179, 206
風葬の城　28, 89, 104, 252
福川　22
藤田編集長　18, 30, 33, 35, 59, 95, 174, 180, 241, 255, 264, 267, 276, 277
藤波紹子　23, 188, 195, 215
藤本紅子　188, 193, 226
平家伝説殺人事件　17, 42, 47, 101, 154, 188, 197
坊っちゃま　136, 147, 148, 205, 240, 254, 272
坊っちゃん殺人事件　30, 104, 182, 256
堀越部長刑事　19, 46, 119
堀ノ内　17, 119, 153
本沢誠一　161
本沢千恵子　18, 23, 161, 181, 204
本田政男　78
本間本部長　33

佐渡伝説殺人事件
29，49，50，132，186，200
讃岐路殺人事件
24，52，79，130，167，228
佐橋登陽 124，214
佐用姫伝説殺人事件 186，191，213
沢木義之 60
三州吉良殺人事件 29，184，241
三之宮由佳 237
式香桜里 190，279
設楽家 141
信濃のコロンボ →竹村岩男警部
篠原洋一 242
島田 168
島野県警本部長 44
志摩半島殺人事件 31，56，79，
101，158，185，186，188，221
島村学長 139
霜原宏志 155，239
正法寺美也子 137
白井貞夫 17，154
白倉教授 224
白鳥殺人事件 30，160，194，201
蜃気楼 31，47，62，82，139，270
杉岡 63
崇徳伝説殺人事件
31，52，157，177，272
「須磨明石」殺人事件 21，257
隅田川殺人事件 24，35，131，198
須美ちゃん →吉田須美子
諏訪江梨香 182，251
清野翠 254
芹沢玲子 194，201
先代のばあや 146
千田部長刑事 58
曾宮一恵 20，190，249
曾我泰三 127

た行

高岳尚人 60
高木 156
高千穂伝説殺人事件
18，23，161，204
田上トシ 204
財田雪子 188，193，268
竹人形殺人事件 26，32，43，78，
134，135，162，212
竹林部長刑事 56
竹村岩男警部 51，90，265
多田警部 47
多田部長刑事 54
立花穏代 266
立石清風 129
谷奥部長刑事 61
谷口県警本部長 43
丹野奈緒 186，188，269
智秋朝子 216
智秋友康 124，216
小さい兄さん →浅見光彦
地下鉄の鏡 28，34，209
津軽殺人事件 17，19，46，55，
158，183，185，222
月岡三喜子 191，210
辻 232
辻村暁子 52，228
津田麻衣子 180，203
津野 158
津和野殺人事件
24，32，49，116，133，199
寺沢詩織 244
天河伝説殺人事件
31，127，164，180，217，219
透明な遺書
21，36，37，60，173，254
透明な鏡 36
徳永 126
鳥取雛送り殺人事件
28，30，183，243
鳥羽部長刑事 53
富沢春之 278

大原部長刑事　52, 168, 228
緒方聡　119
岡田夏美　253
岡村里香　260
隠岐伝説殺人事件
31, 128, 180, 224
恐山殺人事件　23, 155, 188, 215
小樽殺人事件
28, 54, 161, 180, 203
鬼首殺人事件
31, 60, 91, 105, 188, 259
小野田亜希　232

か行

怪談の道
31, 51, 128, 159, 183, 261, 262
鏡の女　28, 29, 35, 48
梶川優子　270
鹿島里美　241
粕谷　52, 167, 228
片岡明子　212
片瀬真樹子　231
片山府警本部長　44
加堂孝次郎　36
金沢殺人事件
50, 108, 144, 188, 227
鐘　19, 50, 52, 59, 80, 103, 168, 247
唐橋春美　154
軽井沢殺人事件　26, 51, 163, 213
軽井沢のセンセ　→内田康夫
軽井沢通信　20
川口充男　119
川島智春　219
記憶の中の殺人
21, 26, 37, 141, 188, 189, 268
菊池伝説殺人事件
31, 51, 108, 179, 181, 231
菊池由紀　193, 231
貴島　156
北川龍一郎　33, 165
北原千賀　227
城崎殺人事件　29, 102, 225
樹村昌平　20, 252
草西老人　163
「首の女」殺人事件
17, 34, 77, 145, 192, 206
久保彩奈　228
熊谷美枝子　185, 230
熊野古道殺人事件　36
久米美佐子　191, 258
「紅藍の女」殺人事件
18, 34, 156, 239
黒須　169
小池　230
皇女の霊柩　25, 83, 274
幸福の手紙　61, 82, 190, 264
神戸殺人事件　31, 89, 182, 232
越川春恵　33
後藤聡　157
後鳥羽伝説殺人事件
17, 34, 42, 45, 91, 137
小林孝治部長刑事　61, 91
小林朝美　30, 178, 202
小堀警部　50
駒津彩子　186, 200
小松美保子　23, 177, 193, 198
小柳　246

さ行

斎王の葬列　17, 154, 191, 258
才賀雄三警部補　63
榊原県警本部長　42
坂口富士子　272
坂崎県警本部長　43
崎上由香里　257
桜場　168
佐治貴恵　180, 224
札幌殺人事件
22, 33, 126, 266, 267

〈索　引〉

あ行

藍色回廊殺人事件　84, 107, 275
相川　17, 36, 155
赤い雲伝説殺人事件　24, 46, 198
赤山裕美　267
秋元北海道沖縄開発庁長官　27, 33
明智小五郎　57, 245
朝倉理絵　185, 193, 236
朝日殺人事件　24, 48, 176, 253
浅見和子　25, 136, 141, 143, 144, 148
浅見智美　25, 136, 145
浅見佐和子　137
浅見秀一　116, 122, 124, 142, 163, 164
浅見雅人　145
浅見光彦　18, 135, 137
浅見光彦殺人事件　244
浅見光彦の秘密　135
浅見祐子　137
浅見雪江　23, 29, 32, 94, 101, 116, 118, 119, 129, 135, 136, 142, 144, 147, 155, 164, 197, 198, 225, 242, 272
浅見陽一郎　26, 27, 32, 42, 44, 117, 122, 136, 138, 140, 142, 144, 163
芦野鷹次郎　243
安達理紗　252
阿部悦子　265
阿部美果　30, 190, 238
天城峠殺人事件　30, 43, 178, 202
天沢まゆ子　225
荒谷警部補　59
琥珀の道殺人事件　19, 48, 57, 174, 178, 185, 230
飯塚　169
イーハトーブの幽霊　31, 62
伊香保殺人事件　29, 79, 149, 183, 237
池沢　24
池宮果奈　240
池本美雪　274
遺骨　18, 106, 170, 175
石井靖子　193, 222
石原英之部長刑事　64
居候　→浅見光彦
伊藤木綿子　179, 195, 229
稲田佐和　119, 188, 197
井上英治　167
今尾芙美　275
今峰部長刑事　62
岩崎夏海　186, 188, 189, 194, 221
上野谷中殺人事件　20, 35, 59, 169, 242
喪われた道　31, 102, 109, 246
歌枕殺人事件　29, 34, 58, 84, 109, 186, 236
歌わない笛　18, 81, 169, 204
内田康夫　18, 19, 33, 46, 93, 116, 174, 194, 211, 230
梅本観華子　235
浦本可奈　106
漆原肇子　208
江田島殺人事件　27, 42, 223
『えちぜん』の女将　119
榎木孝明　20
榎本　158
黄金の石橋　20, 64, 95, 99, 175, 277
小内美由紀　190, 275
近江佳美　223
大島翼　159, 261, 263
大杉　274
太田トミ子　233
大林繭美　242

切りとり線

★読者のみなさまにお願い

この本をお読みになって、どんな感想をお持ちでしょうか。祥伝社のホームページから書評をお送りいただけたら、ありがたく存じます。今後の企画の参考にさせていただきます。また、次ページの原稿用紙を切り取り、左記編集部まで郵送していただいても結構です。

お寄せいただいた「100字書評」は、ご了解のうえ新聞・雑誌などを通じて紹介させていただくこともあります。採用の場合は、特製図書カードを差しあげます。

なお、ご記入いただいたお名前、ご住所、ご連絡先等は、書評紹介の事前了解、謝礼のお届け以外の目的で利用することはありません。また、それらの情報を6カ月を超えて保管することもありません。

〒101―8701（お手紙は郵便番号だけで届きます）
祥伝社　書籍出版部　編集長　岡部康彦
電話03（3265）1084
祥伝社ブックレビュー　http://www.shodensha.co.jp/bookreview/

◎本書の購買動機

＿＿＿＿新聞の広告を見て	＿＿＿＿誌の広告を見て	＿＿＿＿新聞の書評を見て	＿＿＿＿誌の書評を見て	書店で見かけて	知人のすすめで

◎今後、新刊情報等のパソコンメール配信を　希望する　・　しない
（配信を希望される方は下欄にアドレスをご記入ください）

@

※携帯電話のアドレスには対応しておりません

100字書評

極秘調査ファイル2　浅見光彦の真実

住所

なまえ

年齢

職業

極秘調査《ごくひちようさ》ファイル2　浅見光彦《あさみみつひこ》の真実《しんじつ》

平成12年8月15日　初版第1刷発行
平成23年3月25日　　　第2刷発行

監修者　内田康夫《うちだやすお》

編著者　浅見光彦倶楽部《あさみみつひこくらぶ》

発行者　竹内和芳

発行所　祥伝社《しようでんしや》

〒101-8701
東京都千代田区神田神保町3-6-5
☎03(3265)2081(販売部)
☎03(3265)1084(編集部)
☎03(3265)3622(業務部)

印　刷　堀内印刷

製　本　関川製本

ISBN978-4-396-61111-8 C0095

極秘調査ファイル

浅見光彦の秘密

内田康夫［監修］
浅見光彦倶楽部［編著］

「いかに浅見について無知だったかを痛感した!」

著者・内田康夫氏も驚く
“名探偵”の真実とは?

祥伝社